Confessions d'une Célibataire

Catalogage avant publication de Bibliothèque et
Archives nationales du Québec et Bibliothèque et Archives Canada

Beaubien, Mélanie, 1975-
Confessions d'une célibataire
ISBN 978-2-89585-422-7
I. Normandin, Julie, 1983- . II. Titre.
PS8603.E352C66 2014   C843'.6   C2013-942382-6
PS9603.E352C66 2014

© 2014 Les Éditeurs réunis (LÉR).

Image de la couverture : 123RF

Les Éditeurs réunis bénéficient du soutien financier de la SODEC
et du Programme de crédit d'impôt du gouvernement du Québec.

Nous remercions le Conseil des Arts du Canada
de l'aide accordée à notre programme de publication.

Nous reconnaissons l'aide financière du gouvernement du Canada
par l'entremise du Fonds du livre du Canada pour nos activités d'édition.

Édition :
LES ÉDITEURS RÉUNIS
www.lesediteursreunis.com

Distribution au Canada :
PROLOGUE
www.prologue.ca

Distribution en Europe :
DNM
www.librairieduquebec.fr

 Suivez Les Éditeurs réunis sur Facebook.

Imprimé au Québec (Canada)

Dépôt légal : 2014
Bibliothèque et Archives nationales du Québec
Bibliothèque nationale du Canada
Bibliothèque nationale de France

MÉLANIE BEAUBIEN   JULIE NORMANDIN

Confessions d'une Célibataire

LES ÉDITEURS RÉUNIS

Des mêmes auteures

Mélanie Beaubien :
Intensité recherchée, Éditions ADA, 2011.

Julie Normandin :
Ma revanche sur Cendrillon, Éditions Québec-Livres, 2013.

À toutes celles qui aiment le rose, les paillettes, le magasinage, les comédies romantiques, les souliers, le chocolat et les soirées entre amies,

Aux participantes des soirées Cosmo, Choco et Talons hauts,

Et, surtout, aux amoureuses de la chick lit.

1
Quand je serai grande...

— Bonjour, je m'appelle Séléna Courtemanche et je suis ici pour vous parler du métier que je veux faire quand je serai grande. Je n'ai que dix ans, mais je sais ce que je veux faire dans la vie. Depuis que je suis toute petite, encore plus petite que maintenant, je veux devenir médecin. Pas n'importe quel médecin, un médecin qui aide à mettre au monde les bébés. Quand j'étais en première année, j'aimais beaucoup grimper dans les arbres en arrière de chez moi. Ils étaient très hauts. Un jour, mon pied a glissé et je suis tombée. Ma jambe s'est brisée et ma mère m'a amenée à l'hôpital. Quand je suis arrivée, un médecin a fait une radiographie de ma jambe droite et m'a trouvée très drôle parce que je posais beaucoup de questions sur la grosse machine et sur ce qu'il allait me faire après. Même si ça faisait mal, je riais avec ma mère parce que je posais encore plus de questions quand le médecin m'a fait mon plâtre. Quand je suis retournée à l'école quelques jours plus tard, tous les amis de ma classe ont écrit ou fait un dessin sur mon plâtre. C'était très agréable, mais je n'ai pu me baigner de l'été. Et parfois, ça piquait beaucoup. Je réussissais à me gratter en glissant un crayon ou une règle sous mon plâtre. Toute cette histoire m'a beaucoup fait réfléchir sur le métier que je voulais exercer plus tard. Au début, je voulais devenir un médecin qui répare les jambes cassées des enfants comme moi. Mais après, quand j'ai vu ma tante Suzanne avoir son joli bébé, j'ai pensé que je pourrais devenir un médecin pour les bébés dans un gros hôpital, comme celui qui est près de chez moi, le CHUL. Je passe toujours devant pour me rendre à la maison. Quand je vais travailler là, je vais pouvoir aller dîner chez moi tous les midis avec ma maman. Fin.

— Merci beaucoup, Séléna, c'était très intéressant, dit l'enseignante.

Pendant que les applaudissements fusaient de toute part dans ma classe, j'étais très fière d'aller me rasseoir à mon pupitre en pensant que je serais la meilleure médecin du monde. Je n'avais nullement conscience à cette époque de tout le chemin que j'aurais à parcourir pour y arriver. Et que manger avec ma mère tous les midis relèverait davantage du fantasme que de la réalité.

Ce soir-là, en rentrant de l'école, je m'étais empressée d'aller rejoindre maman dans sa chambre où elle dormait, comme toujours. Je tenais à lui partager le résultat de mon exposé oral, soit 9,5 sur 10. Les seuls points perdus étaient attribuables à mon débit trop rapide. Maman avait souri, les yeux encore endormis. Je la revois prendre ma main, en embrasser l'intérieur, geste affectueux habituel de sa part, et me demander

d'aller fermer les rideaux. Comme tous les autres jours, mon père a servi le souper à dix-sept heures trente et nous avons mangé sans elle en silence.

Aujourd'hui, c'est la fête des Mères. En fait, je devrais dire que c'est le dimanche de la fête des Mères, parce que c'est toujours un dimanche. Tout le monde le sait, excepté cette connasse de caissière qui, plutôt que de me servir avec un tant soit peu de politesse, préfère bavarder avec sa collègue. D'ailleurs, elle me fait penser à la blonde de mon père, Diane.

— Je trouve ça tellement génial que ton père ait pensé t'inviter aujourd'hui. C'est une belle attention, tu dois être contente, dit Ophélie, enthousiaste.

Étant d'un naturel positif, Ophélie, une amie d'enfance, presque une sœur pour moi, cherche toujours à faire ressortir le bon côté des choses.

— Ne rêve pas en couleur! Si je suis forcée de me taper un souper avec mon père ce soir, c'est justement à cause de Diane. De quoi elle se mêle, celle-là? Si elle s'attend à ce que je joue à la fille avec elle et que je lui apporte des fleurs, elle se met un doigt dans l'œil.

— Pourquoi tu vois juste le négatif? Diane est très gentille. Tu leur rends visite combien de fois par année? Deux fois maximum? Ce n'est pas exagéré de passer une soirée avec eux.

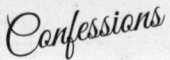

— La fête des Mères quand t'as pu de mère, c'est comme fêter Noël sans sapin.

Ophélie emprunte un air découragé devant mes paroles incendiaires à propos de mon père et de sa conjointe.

Avec une bonne bouteille de rouge comme passager, je roule en direction de leur maison située à Val-Bélair, c'est-à-dire beaucoup trop loin de chez moi. Pas que je suis une de ces filles snobs qui refusent de sortir de Sainte-Foy, mais plutôt que je ne saute pas de joie à l'idée d'alimenter des conversations qui tourneront autour de la température et des spéciaux chez IGA. Penser à cette soirée suffit à me donner envie de boire le vin que je viens d'acheter, adossée à la pierre tombale de ma mère. Une version de la fête des Mères digne d'intérêt. Heureusement qu'Ophélie ne m'entend pas penser. Quand une visite au cimetière paraît plus excitante qu'un souper de famille, ça frôle la pathologie.

Me voilà rendue à Val-Bélair, ville ayant subi pendant plusieurs années les railleries des humoristes. On y racontait que les gens passaient la soirée sur le perron, leur Ski-Doo au bord de la porte. Peu importe le regain qu'a eu cette ville, dans ma tête, tout ce qui est associé à ma « famille » est passé de mode.

— Mais quelle idée de chausser des escarpins dans une entrée en *garnotte*? marmonné-je les dents serrées, accompagnées d'une démarche indolente.

— Bonjour, Séléna, me lance mon père Marcel, qui a tout entendu.

— Allô, papa.

«Peut-être que tu pourrais être moins sèche, beauté! Ça commence mal!»

— Salut, ma choueeeeeeette! Comment s'est passée la route? Tu es tellement jolie et puis tes cheveux sont magnifiques, commente Diane. Tu les as changés depuis la dernière fois. Ça se peut-tu friser naturel de même! J'aimerais tellement ça, les miens sont raides comme de la broche. Pourquoi tu portes des souliers à talons hauts? Tu as la taille d'un mannequin, toujours habillée comme une carte de mode en plus. Chaque fois que je te vois, je me dis: «Mais pourquoi elle ne fait pas la page couverture d'une revue?»

«Hey, la grande, recule pis donne-moi de l'air! Avec ta coupe ménopause[1], tu peux ben m'envier, le seul salon de

---

1. Coupe ménopause: style de coiffure qui ne se déplace pas sous l'effet du vent et qui reste la même au réveil. Comprendre ici qu'une quantité industrielle de fixatif a été pulvérisée sur des boucles faites au fer à friser.

beauté dans le coin, c'est le sous-sol de ta voisine Marcelle qui fait des permanentes et des *brushings* (en français : thermobrossage... pas génial comme mot) à temps plein. Pis tes maudites pantoufles capitonnées rouge et bleu... *Please!* Brûle-moi ça au plus sacrant. »

— Merci, c'est gentil, dis-je avec dédain en apercevant Brandon venir à ma rencontre.

Brandon est un Yorkshire. J'adore les animaux, mais juste parce que c'est le chien de Diane, je le déteste.

— J'ai pensé à toi, je t'ai préparé du rôti et des petites patates jaunes. Je sais que t'aimes ça, précise Diane, toute excitée.

— Merci, c'est gentil, répété-je.

Pendant que mon père mange ses haricots verts coupés en conserve, le regard dirigé vers son assiette, Diane alimente un monologue sur les vers blancs qui tuent sa pelouse et sur le produit pour les exterminer.

— J'ai entendu aux nouvelles qu'il faut mélanger quatre litres d'eau avec quatre cuillerées à café de savon à vaisselle. Les vers n'aiment vraiment, mais vraiment pas ça. Tu devrais voir le terrain chez ma sœur, il ne reste plus rien. Son mari a dû mettre de l'engrais. Au moins, notre cour arrière est encore belle. C'est la pelouse avant qui l'est moins. Savais-tu,

Séléna, que les vers blancs, c'est ça qui se transforme en grosses bibittes brunes…?

Avant de vomir dans mon assiette, je l'interromps :

— Tu veux dire des hannetons. Je n'ai pas le temps d'écouter les nouvelles, je travaille trop.

— Justement, comment ça va au travail?

Mon père est vivant! Il parle.

— Bien, comme d'habitude.

Par chance que le dessert était bon, ça m'a évité de parler pendant quelques minutes. Diane a poursuivi son monologue composé de détails TELLEMENT pertinents.

— Quand on pense à ça, certains desserts du Québec ont des noms vraiment bizarres : pouding chômeur, pets-de-sœur, grands-pères au sirop d'érable, gâteau Reine Élisabeth…

Je lève les yeux au ciel et Brandon me ramène sur terre en aboyant.

— Qu'est-ce qui se passe, mon beau pitou, hein? dit Diane accroupie, les mains sur les genoux, en parlant comme une mère s'adressant à son bébé.

Sur ce, nous passons au salon regarder la télévision.

Les deux s'assoient confortablement dans leurs causeuses inclinables respectives, une crème de menthe à la main pour mon père et un Piña colada pour Diane. Quant à Brandon, il me tient gentiment compagnie sur le canapé, pendant que j'attends avec impatience une raison de fuir. Par chance, j'avais prévu le coup en demandant à Marilou de m'appeler vers vingt heures trente. Pile à l'heure.

— Veuillez m'excuser, un appel de l'hôpital.

Je m'enferme à double tour dans la salle de bain, j'appuie sur la touche Répondre et je lance :

— *Please*, sors-moi d'ici avant que je fasse une crise d'apoplexie congénitale.

— Séléna, ça n'existe pas, me dit Marilou, découragée. Tu es bien placée pour le savoir !

Marilou, alias Germaine, ne mâche pas ses mots quand vient le temps de nous raisonner. Déjà au secondaire, elle ne donnait pas sa place. En vieillissant, cette facette de sa personnalité domine de plus en plus.

— *Whatever*, je dois partir d'ici au plus vite.

— T'as juste à dire que l'hôpital a besoin de toi pour un accouchement urgent ; de toute façon, tu dois être de garde ce soir ?

— Oui, mais ils vont me dire que je ne suis sûrement pas la seule médecin à être appelée.

— Dis-leur que ce sont des triplés prématurés, pis que la mère va mourir, me répond-elle pour se débarrasser de moi.

Insultée que Marilou ne saisisse pas toute la gravité de ma situation, je lui raccroche au nez. Je retourne au salon, l'air faussement dépité, pour leur annoncer que, «malheureusement», je dois partir.

— Déjà! s'exclame Diane.

Pendant que je chausse mes escarpins et que Brandon me renifle le derrière, Diane accourt vers moi, un plat Tupperware à la main.

— Tiens, ma belle, je t'ai mis un peu de rôti et des patates jaunes. Tout ce qu'il te faut pour ton lunch cette nuit, me dit-elle en traçant des ronds de sa main dans mon dos en guise de caresse maternelle.

Et mon père, jouant avec sa monnaie dans ses poches, se penche pour m'embrasser sur les joues.

— Tu reviens quand tu veux, ça nous a fait plaisir de te voir.

La main sur la poignée de la porte, prête à partir, je leur fais la bise d'un air détaché. Le sourire aux lèvres, je fais des courbettes dans la *garnotte* jusqu'à ma voiture. Ce qu'Ophélie appellerait une belle fuite assumée, j'en fais ma liberté. Tout ce que je veux, c'est être chez moi en compagnie de mon Roméo…

2
Drôles d'oiseaux

Je monte les escaliers menant au deuxième étage de l'immeuble, heureuse de retrouver mon petit nid douillet et de pouvoir retirer mes souliers qui, pour une dixième fois, ont provoqué des ampoules épouvantables. Pourquoi nous, les femmes, endurons-nous une telle souffrance pour être jolies ? J'ignore pourquoi nous sommes masochistes à ce point. Il doit y avoir quelque chose d'inconscient là-dessous, sinon nous nous promènerions uniquement avec des ballerines. Je ne peux même pas affirmer que je porte des talons hauts pour être plus grande, car je le suis déjà trop pour une bonne partie des hommes, soit les cinq pieds huit pouces et moins. Je repense à ma soirée… Je suis consciente d'avoir été en SPMF (syndrome prémenstruel familial), un état qui m'habite chaque fois que j'entre en contact avec ma famille. J'ignore pourquoi je me sens dans cet état… En fait, je le sais, mais préfère l'ignorer. Je me conditionne à rejeter toute tentative de rapprochement familial. C'est viscéral.

Je cherche mes clés dans mon foutu gros sac à main et, comme à l'accoutumée, ça me prend juste assez de temps pour perdre patience, histoire que le glaçage déborde davantage de mon *cupcake*. J'aime bien ma nouvelle expression, qui signifie « mettre de l'huile sur le feu, en rajouter sur le tas, c'est la cerise sur le *sundae*, la goutte qui fait déborder le vase », etc. Je vais tenter d'en faire ma marque de commerce en la semant à tout vent.

— Allô!

— Allô! Allô! me répond Roméo.

— Tu as passé une bonne journée?

— Allô! Allô!

Je m'empresse d'aller rejoindre mon Roméo, le seul ayant le pouvoir de mettre un baume sur mes soucis.

— Allô! Allô! me lance-t-il en sautant d'une patte sur l'autre sur son barreau.

Puis je lui fais signe, tel un maestro, pour qu'il me chante la pomme. Et il s'exécute en sifflant du Beethoven.

Chaque fois que j'ouvre la cage blanche de Roméo, avant qu'il s'envole partout dans l'appartement, il prend le temps de me saluer en baissant la tête, prêt à recevoir une caresse.

Pendant que mon homme vaque à ses occupations en survolant la cuisine, je m'affaire à nettoyer sa cage afin qu'elle soit aussi propre que puisse l'être le château d'un prince. « *Please*, beauté, c'est toujours ben juste un oiseau. »

Le téléphone sonne au moment même où j'ai les deux mains dans la crotte de *cockatiel*. C'est Marilou.

— À ce que je vois, tu t'en es sortie indemne ?

— Merci de t'en informer, je viens tout juste d'arriver et, comme toujours, tu as choisi le bon moment pour me téléphoner.

— C'est-à-dire ?

— T'as pas envie de le savoir.

— OK. Puisque tu décides de me faire des cachotteries, j'ai quelque chose à te raconter.

— Quoi ? T'as encore décidé de laisser Benjamin ?

— Pff ! Non. C'est pas ça. Devine qui j'ai croisé tout à l'heure ?

— Kevin Parent ? *Please*, dis-moi que tu l'as pris en photo pis qu'il avait encore la même coupe de cheveux que dans *Café de Flore* !

— J'aimerais bien te répondre oui, mais non, ce n'est pas lui. Tu vas quand même aimer ce que je m'apprête à te dire. Je crois que j'ai croisé l'homme de ta vie.

— Ah, Marilou ! T'as pas envie de gérer ta propre vie amoureuse plutôt que la mienne ?

— Non, sérieux, je te le jure! Je suis certaine que vous feriez un beau couple. Un petit nouveau qui vient de rentrer à la banque. Grand brun aux yeux bruns, un *leader* naturel, charismatique à souhait, sportif…

Je m'empresse de l'interrompre, lui permettant ainsi d'économiser de la salive avant qu'elle fasse jaillir en moi un intérêt soudain pour un pur inconnu. Pas le temps pour ça.

— Coudonc, tu te magasines déjà un nouveau chum?

— OK. Ton SPMF n'est pas encore terminé? J'aurais dû y penser, rétorque Marilou.

— Désolée. Tu sais bien que mes journées «familiales» ne sont jamais gaies.

— Te connaissant, tu n'as sûrement pas envie d'en parler. Donc… jeudi, dix-neuf heures, c'est bon pour toi? Je vais penser à un bon restaurant pour une première rencontre.

— Il s'appelle comment? demandé-je, curieuse.

— Rémi…

Je lui coupe la parole.

— Mets Rémi dans ta liste personnelle, parce que ça ne m'intéresse pas. Je suis bien seule. Je n'ai pas le temps pour quelqu'un dans ma vie. Les compromis et les concessions, ce n'est pas pour moi.

— Séléna, tu sais très bien que la solitude n'est pas faite pour la femme. Un jour ou l'autre, tu auras besoin d'une dose d'hormones mâles dans ta vie.

— Ne t'en fais pas pour moi. Quand j'en ai besoin, je claque des doigts et ils font la file. Tu en connais beaucoup, des filles qui donnent aux hommes ce qu'ils veulent? Du sexe, point final?

— Arrête de faire ta snobinarde. Ça ne te va pas du tout.

D'un ton complice, je lui réponds:

— Je blague, mais sérieusement, pas de *date* pour moi jeudi.

Après avoir pris un bon bain chaud, immergée sous un nuage de bulles aux fraises, et mangé un bol de céréales pour faire passer les patates jaunes de Diane, je m'installe pour la seule chose qui puisse me servir de décharge émotionnelle: le magasinage en ligne.

Mai est le mois des bikinis et des robes d'été, en plein ce dont j'ai envie! Je suis obnubilée par toutes les couleurs tendance que me renvoie la page de Victoria's Secret. *Fuck* le budget! Ce soir, je me crée des besoins. Au moment même où je m'apprête à ajouter un sixième article à mon panier, une fenêtre s'affiche à l'écran.

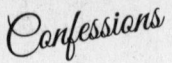

Christophe : T'es pas encore couchée ?

Séléna : Non et toi ? Ta femme ne requiert pas tes services d'Adonis ?

Christophe : Comique, ma beauté désespérée.

Séléna : Désespérée, moi ? Je me sentais comme une crotte de nez, mais tout va très bien depuis dix minutes. Je suis en train de regarnir ma garde-robe pour l'été.

Christophe : Et de quelle couleur sera ton nouveau modèle de ceinture de chasteté ?

Séléna : Pff ! De quoi parles-tu ? Tu sauras, mon cher, que célibat est loin de rimer avec abstinence.

Christophe : Comment s'est passée la soirée avec ton père ?

Christophe me connaît par cœur. Même si je voulais lui cacher quelque chose, ce serait impossible. Nos années de cohabitation à l'université, et maintenant le fait de travailler ensemble tous les jours, nous lient de façon unique. J'ai tendance à laisser se dégrader mes relations avec la gent masculine, peu importe le type de relation. À part Roméo et Christophe, je rejette tous les hommes qui essaient d'entrer dans ma vie. Je sais que j'ai un bobo quelque part, mais ça ne me tente pas de mettre le doigt dessus. Les pansements roses «psychologiques» avec des dessins font le travail, du moins pour l'instant.

Séléna : Comme toujours, en SPMF depuis ce matin. Diane avait, comme d'habitude, son bâton de dynamite dans les fesses. Mon père était muet comme une carpe, pis le souper passe pas.

Christophe : D' Christophe vous conseille du Maalox, un grand verre d'eau, une bonne nuit de sommeil et un déjeuner avec votre meilleur ami demain à six heures trente. Bonne nuit, beauté désespérée. Love.

Je ferme la session. Je confirme ma commande en ligne et garnis ainsi ma carte de crédit, je suis libérée de toute tension intérieure. La seconde suivante, une pointe de culpabilité semble vouloir faire surface (je devrais plutôt dire une once de culpabilité), mais je m'empresse de la repousser. Je couvre la cage de mon Roméo avant de me glisser dans mon immense lit et de m'étendre en étoile. Mon lit que j'aime d'amour. Je me frotte les pieds sur le matelas, m'étire les membres, replace mes oreillers, remonte les couvertures jusqu'à mon nez, renifle l'odeur printanière du détergent et m'immobilise pour profiter de ce moment de grâce.

Chères lectrices, vous avez le droit de croire que ce lit est beaucoup trop grand pour une célibataire, mais sachez que mon *ego* le remplit sans problème.

Mon téléphone se met à vibrer, j'ai reçu un texto. J'ouvre un œil, regarde de loin sur la table de nuit. Message de ma dernière conquête :

Es-tu chez toi, ma rouquine ? J'ai envie de ton corps de déesse et d'agripper ta tignasse de lionne.

Avec dédain, j'allonge ma main, efface le message et me recouche aussitôt.

3
Shérif, fais-moi peur !

Soudain, tout devient noir. Il se dégage une odeur de fumée dans la pièce. Je veux gagner la sortie avant que les émanations m'empêchent de respirer. Je couvre ma bouche de mon avant-bras et avance à tâtons. Je reconnais la commode de ma chambre. Forcément, la porte devrait être à droite. Je marche dans le corridor menant à la salle de bain, puis poursuis jusqu'à la cuisine, le carrelage sous mes pieds m'indique que je suis près de la sortie. Ma gorge brûle, je tousse, je panique. Tout ce qui occupe mon esprit, c'est trouver Roméo pour l'amener avec moi. Ophélie me regarde.

— Laquelle des deux tapisseries choisirais-tu pour la salle de bain ?

Je me réveille en sursaut, confuse, ne sachant pas si la sonnerie de mon téléphone fait partie de mon rêve ou si c'est la réalité. Je réponds, le cœur battant, la voix de Christophe se fait entendre.

— Où êtes-vous, Docteure Courtemanche ? Je vous attends devant notre cocktail de fruits habituel.

Fiou ! Ce n'était qu'un cauchemar.

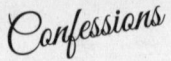

— Eh merde ! Je suis désolée, oublie-moi. C'est ton appel qui vient de me réveiller. On se retrouve à l'hôpital. *Ciao !*

Ma Fiat 500, que je surnomme affectueusement Anabelle, roule à vive allure vers l'hôpital. Pas le temps de compter mille et un, mille et deux, mille et trois à l'arrêt obligatoire, comme dans les cours de conduite automobile, je fais plutôt un stop à l'américaine. Au même moment, je lève les yeux vers mon rétroviseur, un véhicule de police semble vouloir me doubler. Erreur ! Malheureusement, c'est contre moi qu'il en a.

— Eh merde !

Je me range sur le bord de la route et je cherche, paniquée, mon certificat d'immatriculation. Je réalise que la date d'expiration est échue. Je visualise, sur le comptoir de la cuisine, mon nouveau certificat reçu il y a quelque temps. Et encore merde ! Le policier se dirige vers moi, je baisse ma vitre.

— Bonjour, madame. Vos papiers, s'il vous plaît.

Les yeux plongés dans mon sac à main, cherchant encore mon document que je sais pourtant chez moi, je me lance dans un discours totalement décousu. Le policier m'arrête (c'est le cas de le dire) et me demande mon permis de conduire. Il repart vers son véhicule, permis et assurances en main.

Comme si ma journée de cul d'hier n'était pas suffisante… Ça part mal la semaine. Cinq bonnes minutes s'écoulent avant que je le voie enfin sortir de sa voiture. Beau bonhomme ! Il

se penche vers moi, mais cette fois-ci je le regarde droit dans les yeux.

— Vous rouliez à soixante-douze kilomètres heure dans une zone de cinquante. Voici votre constat d'infraction. Je me sens généreux ce matin, j'ai inscrit soixante-cinq. Pour ce qui est de votre certificat d'immatriculation, vous avez quarante-huit heures pour le présenter au poste de police le plus près de chez vous, ajoute-t-il en souriant.

— Avoir disposé de plus de temps, monsieur l'agent, je serais restée quelques minutes de plus pour discuter de mon infraction avec vous. Si vous êtes libre ce soir, voici mes coordonnées.

Est-ce vraiment ce que j'ai dit ? Pas du tout. Mais j'aurais eu envie de le faire, juste à voir le vert de ses yeux et son sourire craquant. Je réponds plutôt, les dents serrées :

— Merci ! Bonne journée !

En franchissant les portes de l'hôpital, j'aperçois Christophe qui m'attend, un café dans une main et un cocktail de fruits dans l'autre.

— Tiens, ma beauté désespérée. On se revoit pour dîner ?

J'acquiesce en le remerciant rapidement de son attention et je poursuis ma course folle jusqu'à mon casier pour me changer.

Dès mon arrivée au département d'obstétrique, je consulte mes dossiers. La journée s'annonce bien remplie.

— Bonjour, madame Desrosiers, je suis D^{re} Courtemanche. C'est moi qui vais vous accoucher aujourd'hui.

— Vous m'avez l'air bien jeune pour être docteure, s'écrit-elle entre deux douloureuses contractions.

— Et vous me semblez âgée pour avoir un premier enfant. Les ridules chaque côté de vos yeux trahissent votre âge.

Je n'ai pas dit ça à voix haute, j'ai plutôt formulé une phrase polie et rassurante.

— On me le dit souvent, malgré mes quatre ans de pratique derrière la cravate, excluant bien sûr ma résidence et bien que je ne porte pas de cravate (tentative de blague). Vous pouvez être assurée que tout ira bien. Je peux vous appeler Caroline ?

— Vous vous apprêtez à me regarder l'entrejambe. Nous sommes assez intimes pour que vous m'appeliez Caroline, me lance-t-elle sèchement.

— L'infirmière m'a dit que vous êtes dilatée à quatre centimètres depuis quatre heures ce matin. Comme la dilatation ne se fait pas assez rapidement, je vais perforer la poche des eaux, ce qui permettra d'accélérer le travail.

Je m'exécute et, d'un pas pressé, je me rends à la chambre voisine, où une autre femme est sur le point d'accoucher.

Nous sommes lundi matin, huit heures trente, et ma semaine se déroulera au rythme effréné de moments heureux, d'autres plus difficiles et certains pénibles, qui me feront espérer grandement mon 5 à 7 de vendredi avec les filles.

En essayant mes différentes tenues de soirée, toutes aussi *glam* les unes que les autres, dans les toilettes de l'hôpital, je pense déjà au menu alléchant du restaurant Savini. J'opte finalement pour une robe bleu cobalt, courte en avant, longue en arrière, de style cocktail. J'ai faim, j'ai envie de boire et de faire la fête. Au moment de sortir, je suis arrêtée au passage par une infirmière. Elle désire discuter de boulot. Elle ne semble pas lire sur mon visage que ce n'est pas le bon moment. Je l'interromps, consciente qu'elle parlera de moi comme étant un médecin froid qui n'a pas envie de fraterniser avec le personnel. Tant pis !

J'ai travaillé fort, divisant mes heures entre la clinique et l'hôpital, maintenant j'en profite. Vive les soirées de filles ! Lorsque j'entre dans le restaurant au *look* branché, l'ambiance est déjà très animée. Les conversations sont engagées, le personnel s'affaire à servir une clientèle heureuse d'être un vendredi soir. Déjà, je me sens bien. Je m'accote au bar, regarde le serveur avec mon plus beau sourire et lui commande un Cosmopolitan. Au loin, j'aperçois Marilou, qui me fait signe d'aller les rejoindre. J'adopte un port de déesse et traverse le restaurant avec assurance en me dirigeant vers mes deux amies. Je remarque quelques regards se tourner vers moi. Des hommes me reluquent et des femmes me jugent sûrement. Aucune solidarité féminine. Marilou et Ophélie sourient, sachant que je m'amuse à jouer à ce jeu chaque fois que j'entre dans un endroit bondé.

Devant une assiette de calmars grillés que nous partageons, les discussions vont bon train. Ophélie nous entretient, encore une fois, de son projet.

— J'ai une multitude de choses à faire avant que les gars viennent poser la céramique dans la cuisine. Demain, je dois choisir les comptoirs et la robinetterie avec Xavier et mon beau-père.

Elle ouvre son sac à main et en sort des échantillons.

— Pensez-vous que je pourrais me lasser d'une couleur foncée comme celle-ci? Le pâle, j'hésite.

Marilou se tourne vers moi.

— As-tu réussi à te faire remplacer pour la semaine prochaine finalement?

— Les filles, vous ne m'écoutez pas, j'ai besoin de connaître votre opinion, s'exclame Ophélie, peinée.

— C'est parce que tu fais juste parler de la construction de ta maison depuis des mois. Est-ce qu'on peut passer une soirée de filles… une vraie ? lance Marilou.

Je tente d'apaiser la situation.

— Je te comprends, Ophélie, mais avec tout le stress que ça t'occasionne, une soirée à parler d'un autre sujet ne te fera pas de tort. De toute façon, tu as bon goût en matière de déco, Marilou n'y connaît rien, dis-je en essayant de la réconforter et de la faire sourire.

— Tu peux bien parler, Marilou, lui lance Ophélie, irritée. Tu dis que je parle toujours de ma maison, mais toi, ton seul sujet de prédilection depuis un an, c'est ta « possible » rupture avec Benjamin. Est-ce que tu l'aimes ? Oui. Non. Peut-être. Je ne sais plus.

L'arrivée de nos plats principaux permet à Marilou de ne pas rétorquer immédiatement. Un délicieux jarret d'agneau braisé me met l'eau à la bouche. Dès la première bouchée, le goût exquis me renverse les papilles.

— Minute, papillon, un *toast* avant de commencer à manger, intervient Ophélie.

Toutes les trois, nous trinquons au bonheur d'être réunies. Je n'ai pas toujours la chance de me joindre à elles le vendredi soir, mon horaire ne me le permettant pas.

Confessions

— Donc, Marilou, où en es-tu avec ton gentil nounours rondouillard, mais ô combien sympathique, demandé-je en rigolant.

— C'est difficile de renoncer à l'attrait de la chair au profit des soirées *cocooning* d'une relation stable.

— Ça fait déjà un an, c'est ton record. Tu dois bien l'aimer, non ? précise Ophélie.

— Je sais que c'est stupide, ce que je vais dire, mais il est trop fin. Ça m'énerve. Il est TOUJOURS de bonne humeur, TOUJOURS disponible, TOUJOURS là pour moi. Ça m'étouffe.

— Tu as constamment été en relation avec des gars qui ne savaient pas apprécier ce que tu es. Je pense seulement que tu n'es pas habituée à ce qu'on prenne soin de toi, ajouté-je.

— De toute façon, ce n'est pas ce soir que je vais régler la question. Je suis tellement mêlée. Parlons plutôt de Rémi.

Dès que j'entends ce prénom, je m'empresse de faire signe au serveur de nous apporter une deuxième bouteille de vin blanc.

— Rémi ? J'en ai manqué un bout ? désire savoir Ophélie.

— Tu n'as absolument rien manqué, il n'y a rien à savoir.

— En tout cas, je lui ai parlé de toi cette semaine. Il souhaite vraiment te rencontrer. Je lui ai montré des photos sur ta page Facebook.

— Ah oui ! Qu'est-ce qu'il a dit ? s'enquit Ophélie.

Je savoure mon vin en silence, fixant ma coupe des yeux.

— Eh bien, dit Marilou en faisant un clin d'œil à Ophélie, au début il t'a donné deux sur dix. Il a réfléchi et a finalement conclu que, puisque tu es rousse et que, selon son expérience, les rouquines sont cochonnes, tu méritais un huit sur dix.

Je ne me donne même pas la peine de lever les yeux de mon verre, sachant très bien que les filles se paient ma tête. Le serveur arrive et dépose une assiette devant moi.

— Un homme assis au bar vous offre une spécialité de la maison : un cannolo siciliani.

Je le regarde avec un point d'interrogation dans le front.

— C'est une pâtisserie sicilienne farcie de ricotta, de fruits confits et de chocolat.

Euphoriques, les filles l'interrogent à ma place.

— Quel gars ? s'empresse de demander Marilou.

— L'homme à la chemise bleue assis à gauche du bar. Si je peux me permettre, ça vaut vraiment la peine de vous retourner discrètement, insiste le serveur, du ton « coquin » de celui qui aurait bien pris ma place.

À mon grand étonnement, je reconnais le visage au sourire craquant du policier qui m'a si gentiment remis un constat d'infraction plus tôt cette semaine. Dans le but de le faire languir, je déguste mon dessert avant d'aller à sa rencontre. Pendant que les filles poursuivent leur conversation, tout en me jetant de multiples regards en coin, j'accepte volontiers le verre de Cosmo qu'il m'offre. Ai-je besoin de préciser que la conductrice-en-retard-coupable-d'un-excès-de-vitesse n'a pas le même genre de relation avec celui qui lui a remis un constat d'infraction ? Il a délaissé son air supérieur et semble plutôt timide. Quoique ça prend du cran pour aborder une fille de cette façon. Est-ce un excès de confiance qui cache un narcissique ? *Anyway*, il est mignon et très gentil. Plus l'alcool fait son effet, plus j'ai envie de le ramener chez moi. Je ne vois pas le temps passer, jusqu'à ce que mes amies me saluent et m'informent de leur départ.

— Tu prends un taxi avec nous ou tu restes ? me demande Marilou avec un regard complice.

— Je reste. La vue est pas mal et je n'ai pas envie de dormir seule ce soir.

— Comme tu veux, mais texte-moi en arrivant.

— Ne t'inquiète pas. S'il s'avère menaçant, je lui enfilerai ses propres menottes.

Prête à charmer mon beau policier, je retourne à ma « chaude » conversation.

Une heure plus tard, je me regarde dans le miroir des toilettes du restaurant, m'étirant la peau du visage. Je l'avoue, je suis pompette. De quelle façon puis-je me débarrasser de cet homme qui préfère me parler de sa matraque, de ses arrestations périlleuses et de son uniforme plutôt que de m'allumer ? Tout à coup, je me ressaisis.

« Depuis quand tu dois quelque chose à un gars ? *Please*, prends tes cliques et tes claques et sacre ton camp. »

À peine assise dans le taxi, je reçois un texto de mon « ami santé » (comprendre ici qu'il s'agit d'un *fuckfriend*) :

Où es-tu, ma rouquine ? Je suis devant chez toi et j'ai envie de toi.

Je souris et demande au chauffeur de faire vite.

4
Les griffes de la nuit

La chanson thème de *Star Wars* retentit.

— Y est où, mon foutu téléphone ? me dis-je à voix haute en cherchant dans mon immense sac à main. Pas là !

Je me précipite en courant à la salle de bain, pensant que je l'ai peut-être laissé juste à côté de la toilette, endroit que je privilégie pour regarder mes courriels. Pas là non plus ! Éclair de génie… Dans l'ambiance torride de la veille, je me souviens d'avoir entendu mon téléphone glisser sur le plancher après que mon « ami santé » eut fait voler ma robe à l'autre bout de la pièce. Merde ! Une égratignure de plus sur mon écran. De toute manière, j'avais envisagé de changer d'appareil le mois prochain. Belle façon de rationaliser ma future dépense. Je réponds, essoufflée. C'est alors que se fait entendre la charmante voix de « la police ».

— Allô, Séléna ! Je t'ai attendue longtemps hier. Je te pardonne et t'offre la chance de te reprendre à l'instant.

— Tu veux dire quoi par « à l'instant » ?

— Ouvre la porte et tu verras.

Le cœur battant, je m'approche avec précaution de l'entrée. Je regarde à travers l'œil magique. Je recule, stupéfaite. Beurk! Il n'était pas aussi joufflu, dans mes souvenirs. Je regarde de nouveau. Tout souriant, il joue avec sa matraque en frappant l'intérieur de sa main, comme s'il s'agissait d'un lanceur de baseball prêt à décapiter son adversaire. Il a même troqué son uniforme *sexy* de policier contre celui de facteur, c'est-à-dire bermuda et bas blancs recouvrant ses mollets fermes. Encore beurk! Comment ai-je fait pour m'intéresser à cet homme pendant au moins trois bonnes heures hier soir? J'ouvre la porte, telle une innocente blondasse à la poitrine généreuse dans un film d'horreur qui, plutôt que de fuir son agresseur, crie en se cachant du revers de la main.

— Comment t'as su où j'habitais?

— Facile! As-tu une autre question comme ça?

— Et mon numéro de téléphone?

— Facile! Nous, «la police», on a accès à tout.

— T'es malade, t'as pas le droit de faire ça. Je pourrais te poursuivre en justice pour violation de la vie privée, crié-je.

— Pis toi? Tu penses que tu as le droit de planter là un gars qui te paye un dessert et quelques verres?

— Je veux que tu partes tout de suite, ordonné-je en tentant de fermer la porte.

Il s'interpose avec force pour m'empêcher de le faire. Percevant qu'il est beaucoup plus fort que moi, je réalise que la fuite constitue ma seule option. Je cours dans le but d'atteindre la porte-fenêtre, avec un peu de chance plus rapidement que lui, afin de me réfugier chez ma voisine. Il me rattrape à une vitesse fulgurante, se jette par terre et me fait tomber sur le sol. Il m'attire vers lui. Paniquée, je tente de crier, mais aucun son ne sort de ma bouche. J'entends la sonnerie de mon téléphone entremêlée du chant matinal de Roméo. Confuse et en sueur, je me réveille. Le malaise qui m'habite me permet tout de même de me réjouir que ce ne soit qu'un cauchemar. Je tends la main vers ma table de nuit et constate que c'est l'hôpital qui tente de me joindre. Une pensée pour « la police » me traverse l'esprit… accompagnée d'une pointe de culpabilité qui n'aura pas le temps de m'atteindre davantage, puisque je suis pressée.

J'ai faim! En me dirigeant vers la cafétéria de l'hôpital, après une césarienne d'urgence en compagnie de Christophe, je m'interroge : vais-je choisir la barre énergétique au goût de merde, rapide et efficace, ou le club sandwich et son traditionnel poulet servi trop froid et flanqué de parties croquantes ?

— Tu te risques encore avec le club sandwich ? Tu n'as pas eu ta leçon la dernière fois avec ton mal d'estomac ?

— Je fais ça pour toi. C'est plus long à manger qu'une barre. J'ai envie qu'on jase plus de cinq minutes. Alors, dis-moi, comment ça se passe à la maison ? Tu as l'œil triste aujourd'hui.

Christophe me sourit et ne répond pas à ma question. Il change plutôt de sujet.

— Si tu me parlais à la place de ton chignon-j'ai-pas-eu-le-temps-de-me-peigner-ce-matin. La nuit a été torrrrrrrrrride ? me demande-t-il en faisant rouler ses « r » avec un accent italien.

J'éclate de rire, m'empressant de lui raconter mes prouesses érotiques de la veille et mon réveil cauchemardesque, sans tomber dans le côté vulgaire de la chose, bien évidemment.

— Tu pourrais écrire un livre intitulé *Kamasutra... la suite*. Tu peux être sûre que je l'achèterais.

— L'Adonis est-il en perte d'inspiration ? lui dis-je, en lui faisant une *bine* sur l'épaule.

— Pas du tout. C'est la seule chose qui va bien dans mon couple en ce moment.

— Qu'est-ce que tu veux dire ?

— Julie et moi avons décidé de prendre une pause de quelques jours. Elle est partie chez sa sœur à Rivière-du-Loup hier soir.

Pas étonnée de son commentaire, je tente d'en savoir davantage.

— Quel est l'élément déclencheur cette fois-ci ? Tu travailles trop ? On se parle trop souvent ? Elle est « encore » en remise en question ? Elle veut des bébés demain matin et pas toi ?

— Un peu tout ça à la fois…, me répond Christophe, songeur.

— À ce que j'entends, tu es mûr pour un bon steak sur le BBQ avec ta bonne amie Séléna. Le tout arrosé de beaucoup, beaucoup, beaucoup de vin rouge.

— À condition que tu me concoctes ton sublime, que dis-je, succulent moelleux au chocolat.

— Dis merci à Ricardo, c'est lui le chef. Tu sais à quel point je n'ai aucun talent en cuisine, excepté pour ce dessert et pour déposer la viande sur le gril. Passons sous silence le fait que c'est toi qui allumes le BBQ et qui t'occupes de la cuisson, déclaré-je à peine gênée.

— *Deal*, beauté ; dix-neuf heures, ça te va ?

— Est-ce que Julie risque de te faire une crise ?

— Ce qu'on ne sait pas ne nous fait pas mal, me lance-t-il en essuyant la goutte de mayonnaise collée sur ma joue.

De retour à mon poste, je glisse quelques jujubes dans ma poche, avec l'intention de me remplir l'estomac, étant donné que les trois quarts de mon club sandwich se sont retrouvés à la poubelle. Je sais, je sais… cordonnier mal chaussé côté santé !

— De quelle couleur devrait être la chambre de bébé en ne sachant pas si c'est un gars ou une fille ?

— Ophélie, à ce que je sache, tu n'es pas enceinte.

— Je dois réfléchir à la décoration de ma maison et je ne veux pas repeindre dans deux ans.

— Je suis en train de préparer le souper et tu sais à quel point j'ai besoin de concentration pour mon fameux moelleux au chocolat, sinon je vais tout rater et Christophe m'en reparlera dans dix ans. Rappelle-moi demain et je te promets que je vais faire un effort pour tenir une conversation de plus de deux minutes sur ce sujet.

Pauvre Ophélie ! Chaque fois qu'elle parle à Marilou et moi de la construction de sa maison, nous écourtons le sujet. Elle mérite que nous nous souciions davantage de sa situation, elle qui est toujours tant à l'écoute de nos problèmes.

La sonnette de l'entrée carillonne.

— À qui ai-je l'honneur ? demandé-je en sachant très bien à qui j'ai affaire.

Christophe prend un accent gaspésien et me répond :

— C'est mouaw, ton Kevin. J'ai une caisse de homards dans mon char. Je te cuisine un plat ce souar, ma beauté.

Je lui ouvre la porte en bas de l'immeuble. Adossée, les bras croisés, je l'entends monter et je l'accueille.

— J'ai failli y croire jusqu'à ce que tu ajoutes « beauté » à la fin de ta phrase. Tu aurais pris le bord en échange de Kevin Parent et de sa caisse de homards.

— Tu ne sais même pas comment faire cuire un homard. Je suis sûr que tu l'aurais mis dans le bain et que tu lui aurais donné un nom.

— Ben quoi ? Je suis l'amie des animaux.

— D'ailleurs, à ce propos, j'ai une surprise pour ton Roméo… y a comme une odeur de fumée, Séléna.

— Merde ! Mes patates !

Je cours vers la cuisine en lui criant :

— Tu as beau essayer de l'amadouer tant que tu veux avec tes cadeaux, il chante la pomme seulement aux jolies femmes.

Christophe se fout de ma gueule pendant que tous les mauvais mots de la terre sortent de ma bouche. Il offre du millet en grappes à Roméo qui l'observe, la crête couchée, en cherchant à se cacher au fond de sa cage.

Les steaks sont délicieux, heureusement. Marilou appelle au moment où j'allais remplir de nouveau nos coupes de vin rouge. Je mets le téléphone sur le haut-parleur et Christophe s'adresse à elle.

— La Calèche du sexe, bonsoir.

Je réprime un fou rire alors que Marilou hésite à entamer une conversation.

— Qui parle ?

Nous éclatons de rire, deux bouteilles de vin circulant dans nos veines.

— Franchement, vous êtes cons ! Je pensais que j'étais tombée sur un obsédé sexuel.

— C'est ça aussi, dis-je, crampée de rire.

— Sérieusement, c'est quoi La Calèche du sexe ?

— Un bar de danseuses, lance Christophe.

— Fin connaisseur, le monsieur, ricané-je. Que nous vaut l'honneur de ton appel ?

— Êtes-vous en état de me parler ou vous êtes trop saouls ?

Christophe et moi nous regardons.

— Personne ne tient mieux l'alcool que nous, vas-y, ma belle, on t'écoute. T'es choquée parce que Benjamin t'a fait couler un bain ?

Christophe glousse en entendant ma question.

— Ce n'est pas drôle. C'est presque ça… Il m'a fait livrer des fleurs au bureau simplement pour me dire qu'il avait passé une belle fin de semaine en ma compagnie, dit-elle, irritée.

— Stie que c'est compliqué une femme !

— C'est pas que je suis compliquée. Je sais ce que je veux. Trop de gentillesse et d'attention, ça m'énerve, riposte Marilou.

« *Le rouge à lèvres c'est fini, maintenant c'est le gloss. Ça m'éneeeeeerve* », chanté-je à genoux sur ma chaise, en claquant des doigts et en me faisant aller la couette dans tous les sens.

— Ça va être beau, Helmut Fritz, lance-t-elle, découragée. On repassera pour le concert. Tu es trop pompette pour m'aider. Je te rappelle demain matin.

— Mes moelleux sont dans le four, de toute façon. Rendez-vous au sommet avec Ophélie. *Ciao, bella !*

Je raccroche, Christophe me regarde, les yeux dans la graisse de *bine*, et me demande, le plus sérieusement du monde :

— Au sommet de quoi ?

Je le laisse à sa réflexion en dansant et en chantant, tout en me dirigeant vers la cuisinière.

🎵 « *Ça m'éneeeeeeeeerve. Dans le carré, j'ai tout vomi par terre. Ça m'énerve !* »

La rencontre au sommet a lieu comme prévu à sept heures trente, un café à la main, ma brosse à cheveux de l'autre et mon téléphone sur le haut-parleur. Marilou entame la conversation à trois.

— Si je vous ai réunies ici aujourd'hui…

— On est à l'église à matin ? la coupe Ophélie en riant.

— C'est que je veux régler définitivement mon éternel questionnement à propos de ma relation avec Benjamin.

— Que proposes-tu ? demandé-je.

— Rien ! Pourquoi tu penses que je voulais une rencontre au sommet ? Je suis dans une impasse totale.

— C'est certain que, ce matin, je suis restreinte côté temps « thérapeutique » à te consacrer. Je dois réparer ma gueule de

bois avant de rentrer au travail. Que diriez-vous d'un souper de filles jeudi soir ? Nous pourrions faire le tour de la question.

— Il n'y a pas de risques que l'hôpital requière tes services ? m'interroge Ophélie.

— À seize heures, je serai sortie de la clinique, je ne suis pas de garde. Le sujet est prioritaire.

— Excellent ! Je m'occupe de la réservation. Cosmos, boulevard Laurier, dix-huit heures.

5
Les cinquante premiers rendez-vous

— Sommes-nous arrivées ?

— Presque. Ne retire pas ton bandeau. C'est une surprise, lance Marilou.

— Je me sens comme lorsque j'avais dix ans pis que ma mère me préparait une fête.

Je coupe le moteur. Marilou ouvre la portière à Ophélie en l'empêchant toujours d'enlever le foulard qui lui couvre les yeux. Je lui dis :

— Prends ma main

— Ça sent les frites ! Vous m'amenez au Burger King jouer dans les jeux ?

— Reste tranquille et fais-nous confiance.

Nous marchons vers l'entrée du magasin. Les portes s'ouvrent automatiquement et Ophélie devine l'endroit où nous sommes uniquement en humant l'odeur des lieux.

— Nous sommes chez RONAAAAAAAAAAA !

Elle arrache le bandeau qui lui recouvre les yeux.

— Marilou et moi croyons que tu mérites bien que nous sacrifiions notre après-midi pour t'aider à faire des choix et des achats pour ta future maison. Cependant, je te le dis tout de suite, il est hors de question que je transporte quoi que ce soit. Ma manucure est fraîche.

— Y a pas juste ta manucure qui est fraîche.

Ophélie nous sépare.

— Pas de chicane, les filles. Cet après-midi, on va parler…

Elle sort une liste de son sac à main et poursuit.

— … de cuvette, d'armoires de cuisine et de lambris.

Je lève les yeux au ciel en me tournant vers les meubles de jardin pour ne pas qu'elle me voie.

Une fois dans la rangée de la plomberie, j'en profite pour dénicher le scellant au silicone dont j'ai besoin pour réparer mon évier.

— Quand tu auras un homme dans ta vie, c'est le genre de chose que tu n'auras plus à faire toi-même.

— D'où sors-tu avec tes rôles traditionnels ? Et puis, qu'est-ce qui te dit que je n'ai pas de plaisir à jouer à la plombière ? *Anyway*, nous ne sommes pas ici pour parler de moi, mais bien

pour nous consacrer à Ophélie. On l'a quelque peu négligée ces derniers temps.

— Aaaaaaaaaaaaaah! Les filles, c'est mon frère, s'exclame Marilou, le voyant passer entre deux douches.

Elle se dirige vers lui en courant.

— Ah! Le beau grand frère de Marilou. Quand j'étais plus jeune, je fantasmais sur lui en m'imaginant qu'il m'accompagnerait au bal des finissants. Je dois bien avoir écrit des pages et des pages le concernant dans mon journal intime rose parfumé.

— Daniel? m'exclamé-je, étonnée de la confidence d'Ophélie. Tu ne nous as jamais parlé de ça.

— Es-tu folle! J'étais trop gênée. Marilou lui aurait sûrement dit et j'aurais perdu connaissance chaque fois que j'aurais fait sa rencontre.

— Qui sait, c'est peut-être l'homme de ta vie!

— C'est fin pour Xavier de me dire ça, s'offusque-t-elle.

Nous saluons Daniel au loin et Marilou nous rejoint.

— T'es au courant que mon frère est célibataire depuis deux ans? me demande-t-elle en me donnant un coup de coude dans les côtes.

— Ça fait mille fois que tu me le dis. Je suis bien toute seule, et ton frère n'est pas mon genre. Le célibat me va à merveille, il va falloir que tu l'acceptes, Marilou.

À dix-huit heures, le jeudi, nous nous retrouvons comme prévu au Cosmos pour notre rencontre au sommet. L'hôtesse me conduit vers notre table et j'aperçois Xavier et Benjamin, tous deux portant une chemise propre, ce qui les change de leur habitude, étant la plupart du temps vêtus de Big Bill. Il ne semble pas y avoir de siège réservé pour moi. Le règlement est pourtant strict lors de ces rencontres : pas de testostérone. Xavier est le premier à me remarquer et me salue, alors qu'Ophélie est hystérique.

— J'avais hâte que tu arrives, me dit-elle tandis que Marilou lui fait signe de se calmer le poil des jambes.

Marilou, du haut de ses cinq pieds deux pouces, m'accueille avec un sourire narquois.

— Coudonc, les plans ont changé ? Je ne savais pas que c'était une soirée de couples. Vous avez l'air aussi affolés que si c'était le couple Bradgelina qui venait d'entrer.

Ophélie, ne pouvant plus se retenir, se lève, me prend par les épaules et, ravie, me demande :

— Es-tu prête à rencontrer l'homme de ta vie ?

Des sueurs froides me coulent dans le dos. Attendant la suite, je ne peux détacher mon regard des lèvres d'Ophélie qui, dans un flux de paroles incessant, m'explique le plan de la soirée. Marilou interrompt Ophélie dans son élan euphorique pour me prendre par le bras et m'entraîner plus loin. D'un pas lourd, tentant de me dégager, je réussis enfin à faire jaillir les mots de ma bouche.

— Tu me niaises ? Vous n'avez pas comploté dans mon dos, j'espère ? Vous savez très bien que je déteste me faire mettre devant le fait accompli.

— Séléna, c'est la seule façon que nous avons trouvée pour te convaincre que cet homme est le tien.

— Mais de quel homme tu parles ?

— Rémi, mon collègue de travail. Je t'en ai déjà parlé.

— Je ne désirais pas faire sa rencontre et je t'avais clairement dit non.

Nous n'avons pas le temps de terminer la discussion, Rémi nous aperçoit et se lève, tout sourire. Les lèvres serrées de frustration, je le salue poliment.

— Bon, eh bien je vous laisse. Passez une belle soirée, conclut Marilou, le sourire fendu jusqu'aux oreilles.

Avec galanterie, Rémi tire ma chaise pour que je puisse m'asseoir.

«Comble tes besoins de base, c'est-à-dire boire et manger. Ensuite, décampe.»

— On m'a averti que tu n'étais pas au courant. J'ai donc pris mes informations pour amorcer cette soirée de façon agréable.

Il fait signe à la serveuse, qui dépose devant moi un Cosmopolitan.

— OK! Bravo, le grand! Tu mérites un trophée parce que tu m'as commandé une boisson que j'apprécie, mais ça ne fait pas de toi l'homme de l'année.

Eh non, chères lectrices, ce n'est pas ce que j'ai dit. Je suis bien élevée tout de même! Je l'ai plutôt remercié poliment.

Rémi sort une feuille de sa poche, qu'il déplie.

— Puisque tu n'étais pas consentante à être ici ce soir, j'ai réfléchi et je crois bien avoir trouvé un moyen de te donner envie de rester plus de deux minutes.

Il tousse, pour s'éclaircir la gorge, prend son couteau à beurre en guise de micro et me fait un exposé oral. J'ai l'impression d'avoir huit ans et de me retrouver à l'école primaire. Trop quétaine! J'ai une envie folle de me cacher sous la table.

— Gente dame, bienvenue à cette première soirée romantique. Les mots me manquent pour décrire à quel point votre

beauté illumine cette pièce. Ce soir, je mets de côté mon épée pour devenir votre chevalier servant.

Je regarde tout autour de nous. Pour être plus claire, je cherche, avec des fusils dans les yeux, les regards d'Ophélie et Marilou. Sauvez-moi, quelqu'un !

— Les astres sont alignés pour nous faire vivre une soirée haute en couleur.

J'ai envie de mettre un doigt dans ma gorge pour me faire vomir. Qu'est-ce que c'est que cet énergumène ?

— Douce Séléna, votre longue chevelure rousse attise le feu ardent de mon cœur. Vos yeux présentent le même vert que les eaux cristallines des mers chaudes.

Je sens la crise d'apoplexie congénitale monter.

— Vos taches de rousseur me rappellent le sable fin des plages enchanteresses des Caraïbes, et vos jambes longues et fines, celles des plus belles femmes du monde.

Je prends mon sac à main et m'apprête à me lever. Il éclate de rire en déposant sa feuille et son couteau.

— Impossible de continuer, je me trouve tellement ridicule. Je croyais que tu allais te lever bien avant.

Confuse, je le dévisage avec méfiance.

— Tu veux que je parte ?

— Pas du tout. Je voulais seulement détendre l'atmosphère. On m'a dit que tu es redoutable lorsqu'on te place devant le fait accompli. Ç'a fonctionné ?

— Laisse-moi réfléchir. Je ne suis pas certaine...

Je me rassois, prends une grande respiration et lui souris.

— J'ai trente et un ans et c'est bien la première fois qu'on m'aborde de cette façon. As-tu d'autres surprises du genre dans ton sac à blagues ?

— J'hésitais entre une danse du ventre ou la version 281...

Je lui coupe la parole.

— Ça va être beau.

Je cale mon verre.

— On repart à zéro ? me demande-t-il en me tendant la main. Je me présente : Rémi, trente-deux ans, déjà sous ton charme.

Sourire en coin, je prends soudain conscience qu'il est très beau. Avant de m'exciter, j'aimerais bien le voir debout et surtout voir de quoi il est chaussé. Les chaussures en disent long sur un gars.

Après une heure, j'ai presque oublié que les filles m'espionnent, quoiqu'il est difficile de ne pas remarquer les nombreuses allées

et venues d'Ophélie à la salle de bain, m'observant au passage. Profitant d'une de ses visites, je la rejoins.

— Tu diras à Marilou que son collègue de travail n'est pas du tout attirant et que je compte bien me tirer dès la première occasion.

— Ah! Ce n'est pourtant pas ce que j'ai cru observer de loin. Ton visage affichait de nombreux sourires et tu semblais avoir beaucoup de plaisir en sa compagnie.

— J'ai commandé un burger Sputnik Super Mario avec brie et guacamole. Tu sais ce que ça signifie ?

— Ton fameux *turn off* pour les gars.

Quand on mange un burger, le contenu tombe, les condiments dégoulinent et notre bouche est loin d'être propre. Il n'y a rien de séduisant à regarder une fille s'en engloutir un (ça ou des moules, les minivagins). Le but consiste à vous lécher les doigts de façon non sensuelle. Dégoût garanti. Habituellement, la soirée prend fin rapidement.

Je n'en dis pas plus, ne voulant pas qu'Ophélie décèle un intérêt pour Rémi sur mon visage. Elle doit déjà songer aux préparatifs de mon enterrement de vie de fille.

De retour à la table (Dieu du ciel qu'il est beau !), j'entame mon repas. Rémi s'aperçoit que je suis préoccupée par mes amies, qui ne cessent de me regarder et d'analyser mes moindres faits et gestes.

— As-tu envie qu'on aille manger un dessert ailleurs ?

— Hum… Je ne sais pas trop. Mon seul prix de consolation à passer la soirée avec toi est de déguster une pointe de tarte au chocolat. Elle est délicieuse ici.

— Tu n'as qu'à la prendre pour apporter. Ta sacoche semble assez grosse pour que tu puisses la dissimuler.

J'éclate de rire.

— Qu'est-ce que tu proposes ?

— Qu'on se sauve et qu'on savoure notre dessert sur les Plaines en observant les étoiles.

— C'est *kitch*, non ?

— Préfères-tu aller dans le stationnement ? Là, au moins, t'es certaine qu'il n'y aura aucun élément propice aux rapprochements, me lance-t-il d'un ton blagueur. Je te propose un marché. Je m'occupe de ta pointe de tarte en allant directement la chercher en cuisine pendant que tu te sauves subtilement par la porte arrière et m'attends dans le stationnement. Tes amies penseront que tu es à la salle de bain.

— Quoi ? Tu veux aller dans la cuisine et partir sans payer en plus ?

— Fais-moi confiance ! J'aime les défis, me dit-il en me tendant la main pour signifier que le marché est conclu.

Je me sens dans un film de James Bond. Sauf que dans mon cas, je ne mourrai pas. Rémi me rejoint dans le stationnement, un air de satisfaction sur le visage.

— La police est déjà à nos trousses, tu crois ?

Il ne répond pas à ma question et me tend une boîte contenant non pas une, mais bien deux portions de tarte au chocolat. Mon regard se veut toujours aussi interrogateur.

— Si ça peut te rassurer, mon meilleur ami est propriétaire du restaurant. Je connais tout le *staff*.

Je lui donne une *bine* sur l'épaule.

— Un vrai sac à blagues.

Le moment passé avec Rémi sur les Plaines est très agréable et son humour réussit à me charmer, tout comme ses yeux et ses fesses. Nous décidons de nous rendre sur la Grande Allée pour boire un verre et poursuivre notre discussion, qui se fait de plus en plus rapprochée. Mon téléphone sonne toutes les deux minutes. Les filles me harcèlent en m'envoyant une quantité industrielle de messages textes. Pour les punir, je fais l'indépendante.

Nous arrivons au bar ; dès notre entrée, Rémi se fait intercepter par une fille qui semble non seulement saoule, mais aussi colérique.

— On n'avait pas dit que le vase rapporté d'Italie, c'est moi qui le gardais ? dit l'inconnue à Rémi, beaucoup trop près de lui à mon goût.

Visiblement mal à l'aise, Rémi me dit tout bas :

— Excuse-moi, Séléna, j'ai des choses à régler. Je te reviens dans quelques minutes.

En étant près d'eux, j'entends leur conversation.

— Calme-toi, s'il te plaît, ce n'est pas l'endroit pour ce genre de conversation. Et je ne crois pas que tu sois dans un état approprié pour discuter.

— Pompette ou pas, mon discours serait le même. Ça fait juste trois semaines que j'ai quitté notre appartement et déjà tu es avec une autre fille. Merci de me remplacer si vite. Elle baise bien au moins ?

Je sursaute en comprenant ses propos.

— Ça fait un an que nous deux ça ne va pas bien. Ne me dis pas que tu n'as pas *flirté* un peu toi aussi ces dernières semaines, poursuit Rémi.

— Je te rappelle qu'il y a trois semaines à peine on baisait encore ensemble, pis que c'était plus *hot* que ça ne l'avait été en six ans de relation.

— Je suis d'accord, mais officiellement nous ne sommes plus ensemble. Je ne suis pas en train de te tromper.

Je choisis ce moment pour m'approcher de lui et lui glisser à l'oreille :

— Rémi, je crois que je vais vous laisser. Bonne fin de soirée.

— Ne pars pas comme ça, me répond-il pendant que son ex a presque les yeux sortis de la tête.

C'est évident qu'elle ne partage pas son opinion.

Avant que le taxi ne passe me prendre, je lis les messages d'Ophélie et Marilou, et entre-temps Rémi me rejoint à l'extérieur du bar.

— Je suis désolé, Séléna, je ne pensais jamais qu'on allait croiser mon ex.

— Le monde est petit, tu sais. Écoute, Rémi, je crois que tu as des choses à régler de ton côté. J'aurais volontiers couché avec toi, mais ça n'aurait pas été plus loin de toute façon.

— C'est fini depuis longtemps avec Karine…

— Tu n'as pas à te justifier, lui dis-je avant de lui souhaiter une bonne fin de soirée.

Couchée en étoile dans mon grand lit, je pense au déroulement de la soirée. Je sais bien que les filles ne veulent que mon bonheur, mais mes histoires finissent toujours en queue de poisson. Et c'est voulu, je ne veux pas m'engager. Un psy me parlerait d'autodestruction, avec l'idée de rejeter avant d'être rejetée. Il m'entraînerait dans une réflexion profonde sur les méandres de mon enfance. La thérapie n'ayant pas aidé ma mère, elle ne donnerait sûrement aucun résultat avec moi. Je n'ai pas envie de ressasser le passé. Je texte les filles, pour ne pas qu'elles s'inquiètent :

> Le seul homme de la maison ce soir, c'est Roméo. Sans rancune, bonne nuit.

Tourner de tous les côtés dans mon lit ne correspond pas à la définition que je me fais d'une bonne nuit de sommeil. Je décide donc de réparer mon évier à deux heures du matin, une façon moins coûteuse d'apaiser mon anxiété si je compare au magasinage en ligne. En appartement depuis l'âge de seize ans, j'ai appris très tôt à me débrouiller seule. Même dans mes années de cohabitation avec Christophe, c'est moi qui gérais les problèmes techniques de l'appartement. Avant de commencer mes études en médecine, j'avais

deux emplois en même temps. Je n'ai jamais voulu demander d'aide à qui que ce soit. On n'est jamais mieux servi que par soi-même. Je suis partie tôt de chez mon père, je ne sentais plus que j'avais ma place au sein de cette nouvelle famille. Je devrais dire au sein du nouveau couple Diane-Marcel.

J'ouvre le robinet, tout fonctionne bien. Je range mon coffre à outils et retourne me coucher en espérant trouver le sommeil cette fois-ci.

6
Mange, prie, aime

— On pousse, on pousse, on pousse.

La patiente pousse de toutes ses forces. Un vaisseau sanguin lui éclate dans l'œil (chères lectrices, désolée pour ce détail). Son conjoint lui tient une jambe et l'encourage. Heureuse de voir un futur papa si confiant, je l'encourage à mon tour.

— Vous faites bien votre travail. Vous formez une belle équipe tous les deux. On ne lâche pas.

Les battements de cœur du bébé se font entendre sur le moniteur. Lorsqu'une contraction se présente, ils sont plus lents, le bébé subissant la pression du passage dans le bassin. Le corps humain me fascinera toujours. Chaque fois que j'assiste une femme dans son accouchement, je suis émue par ce miracle de la nature. Quand j'étais petite, ma mère m'a acheté un livre portant sur la grossesse et l'accouchement. Je voulais le lire tous les soirs. J'arrivais même à réciter l'histoire par cœur, ce qui épatait mes parents. Lorsque j'ai commencé mes études de médecine, toutes les branches possibles nous étaient présentées : oncologie, anesthésie, pédiatrie, etc. Je n'ai pas hésité un seul instant à choisir l'obstétrique, alors que Christophe a toujours su qu'il serait urgentologue.

Je retire mes gants et lave mes mains. Je tends le nouveau bébé à ses parents et je quitte la chambre.

— Bonne nuit à vous trois.

Au petit matin, je croise par hasard Christophe dans l'ascenseur.

— Bonjour, Docteure Courtemanche ! Grosse nuit ?

— Qu'est-ce qui vous fait dire ça ?

— La trace de votre chapeau et la sueur sur votre front. Tu es belle quand même. Il te reste de l'énergie pour déjeuner ?

— Ce n'est pas une question à poser. Il FAUT que je mange, sinon je vais tomber.

— J'ai quelque chose à te proposer. Suis-moi.

Il ouvre son casier et en sort un casque de moto.

— Que dirais-tu d'un pique-nique à l'île d'Orléans ?

— Julie en pense quoi ?

— Ma femme est présentement en remaniement de vie. Elle a décidé de s'occuper d'elle. Elle s'est inscrite à un cours de Zumba et passe la journée avec une amie.

— Me semblait qu'elle n'avait plus d'amies? Ayant tout délaissé pour consacrer sa vie à son bel Adonis.

— Arrête de niaiser. Ce n'est pas la joie à la maison.

— Désolée! dis-je avec regret.

— Ça fait partie de son plan «nouvelle Julie», comme elle se plaît à le dire à tout le monde. Elle a donc renoué avec d'anciennes amies du collège retrouvées sur Facebook.

— Et ça t'inquiète, cette «nouvelle Julie»?

— Chassez le naturel et il revient au galop. D'après moi, ses nouvelles résolutions ne tiendront pas la route.

Heureusement, la moto de Christophe n'est pas une Ninja 500R (modèle sport), ça m'évite d'avoir la poitrine collée à son dos et un petit cul *racing*. Faute d'avoir l'air d'une pitoune, j'ai plutôt l'air d'être son amoureuse, assise derrière lui. Ce n'est pas nouveau, depuis le temps que nous nous connaissons, il nous arrive fréquemment d'être perçus comme un couple, au grand désespoir de Julie. Et du mien aussi parfois, puisque certains hommes s'empêchent de me parler quand je suis en compagnie de Christophe. Ce fut le cas, il y a quelques années, lorsque je lui ai présenté Julie. Je la voyais tournoyer autour de nous, hésitant à venir aborder Christophe, de peur que je lui saute à la gorge. Comme nous ne démontrions pas de signes d'affection l'un envers l'autre, elle gardait espoir. Elle a profité d'une occasion où je me repoudrais le nez pour venir m'interroger à propos de mon statut matrimonial. Je lui ai répondu, enchantée, qu'il était célibataire et je me suis empressée de faire les présentations.

Mais aujourd'hui, je laisse les jugements de côté et je profite du vent sur ma peau, de l'air du fleuve, chaud de juin (bien sûr, il y a l'odeur nauséabonde du Saint-Laurent qui vient avec et les nœuds dans mes cheveux, mais au diable ces légers détails, je vis).

— Tu me le dis si je vais trop vite ou si tu as froid.

— Tu me niaises-tu ? Je ne suis pas faite en mousse de combine (comprendre ici : être faible). Tu peux même accélérer.

— Excuse-moi ! C'est parce qu'avec Julie je dois toujours ralentir. Elle chiale constamment qu'elle a peur et qu'elle a la goutte au nez.

Je soupire en entendant ces derniers propos.

Nous arrêtons au vignoble de Sainte-Pétronille, où la vue est à couper le souffle. Devant un verre de rosé aux saveurs fruitées (il est dix-sept heures quelque part dans le monde), je décide de donner mon opinion à Christophe sur sa situation avec Julie, tout en grignotant quelques bouchées de pain frais.

— Je l'aime bien, Julie, mais je la trouve parfois bien capricieuse.

— Ah ! Je sais. Au début de notre relation, je trouvais que ça faisait son charme, mais maintenant ça m'irrite.

— Est-ce que tu te vois faire ta vie avec elle ?

Il me montre son alliance.

— Séléna, j'ai fait la promesse de rester à ses côtés pour le meilleur, mais aussi pour le pire.

— Je suis d'accord avec toi que cet engagement est sérieux, mais j'ai de la difficulté à concevoir que l'on puisse rester avec quelqu'un toute sa vie en étant malheureux juste parce qu'un jour on a fait une promesse à un vieux prêtre, les yeux remplis d'eau et d'amour. Tu sais très bien que l'amour ne dure pas toujours. Vive le romantisme, mais le principe de l'âme sœur… Euh… Non !

— Il est bon, le vin, hein ?

Son regard suppliant me fait comprendre que je dois changer de sujet.

— Et toi, quelle est ta saveur du mois… de la semaine ?

— *Please*, fais-moi pas passer pour une poule de luxe.

— Jamais je ne ferai ça. Le seul luxe dont tu sais faire preuve, c'est de ne jamais sortir sans ton mascara.

— Ce n'est pas une question d'être une poule de luxe. Ça paraît que ce n'est pas toi qui as des cils roux.

— C'est tout à ton honneur, ça fait ressortir tes yeux, me dit-il en me tendant mon casque de moto. A*nyway*, je ne connais aucune autre fille que toi qui change elle-même ses pneus d'hiver. On est loin de la définition de la poule de luxe, si ça peut te rassurer.

Nous reprenons la route, affamés, midi approchant. Comme des enfants, nous décidons de l'endroit où nous mangerons en jouant aux devinettes, notre jeu habituel.

— Ta réponse déterminera le restaurant où nous irons. Tu es prêt ?

— Oui, beauté.

— Que choisis-tu entre : être un crabe et habiter dans un aquarium dont la plus belle femme du monde s'occupe, ouuuuuuuu... être une perchaude, mais libre dans un lac.

— Sans hésiter, j'opte pour le crabe. J'aime les belles femmes, répond-il en souriant.

— Alors ce sera le Resto de la plage.

— Excellent ! J'avais justement envie de fruits de mer et d'une ambiance conviviale.

Lorsque Christophe me dépose chez moi, il est dix-sept heures. L'heure des 5 à 7, mais comme je n'ai pas dormi depuis près de trente heures, ce sera la douche et la chambre à coucher. En ouvrant la porte, je suis accueillie par Roméo qui me chante la pomme pendant que je m'affaire à essayer de démêler les trois mille nœuds qui se sont formés dans mes cheveux à cause du vent. Mon téléphone me signale que j'ai cinq appels manqués et trois messages. C'est mon père. Il doit sûrement y avoir une urgence parce qu'il ne m'appelle jamais. J'écoute le premier message, c'est Diane avec sa voix de perruche : « Bonjour, Séléna, c'est Diane ! La fête des Pères s'en vient, donc on voulait… » Trop excitée pour moi, celle-là, j'appuie sur la touche Pause. Je l'écouterai demain. Je passe au message suivant. C'est encore Diane : « J'oubliais, ma chouette, j'ai… »

J'appuie de nouveau sur la touche Pause. Je tente ma chance au troisième message, tout à coup que celui-là serait vraiment important : « Si tu veux une idée de cadeau pour ton père… »

Il n'en fallait pas plus pour déclencher mon SPMF, fatiguée comme je suis. Avec l'intention de me calmer les nerfs, je me dirige vers la douche, puis vers la cuisine pour me préparer une tisane. Je choisis dans ma collection de DAVID's TEA l'infusion qui se nomme « À la rescousse de maman », qui contient de la valériane, de la camomille et de la menthe poivrée. Ma passion pour le thé et les tisanes s'est transformée en maladie. Il m'est impossible de magasiner dans cette boutique sans ressortir avec au moins cinq nouvelles saveurs.

Confessions

Roméo sur mon épaule, je déguste mon thé en écoutant *The Bachelor*. Un autre plaisir coupable, que j'assume totalement.

Ça cogne à la porte. Je jette un bref regard dans l'œil magique, c'est Micheline, ma voisine d'à côté. Elle ressemble à Janine Sutto, toute petite et délicate. C'est elle qui fait les meilleures tartes à la rhubarbe de la ville. Son mari Raymond est charmant. Tous deux âgés de soixante-quatorze ans, ils veillent sur moi comme si j'étais leur propre fille. Ce qui peut être accaparant par moments, mais leurs petites attentions sont si adorables !

— Raymond m'a fait penser de venir te porter un casseau. Les premières fraises de la saison. Elles sont sucrées, tu vas voir.

— Merci, Micheline, vous direz merci à Raymond de ma part.

— Nous nous sommes dit que tu n'avais pas beaucoup dormi depuis hier. J'ai un restant de macaroni à la viande, si tu veux.

Pas besoin de système d'alarme, mes chers voisins surveillent les allées et venues de mon appartement.

— Je vous remercie, mais j'ai mangé beaucoup ce midi et je n'ai pas faim présentement.

— Nous t'avons aperçue en compagnie d'un beau jeune homme sur une moto…

Je l'interromps rapidement afin d'éliminer le scénario romantique que Raymond et elle ont dû se faire.

— Vous ne l'avez pas reconnu? C'était Christophe, mon collègue médecin.

— Oui oui oui, dit-elle en essayant de me tirer les vers du nez.

Poliment, je la reconduis en direction de son appartement et retourne à mon beau célibataire à plumes.

Mon téléphone sonne. Le numéro de Marilou s'affiche avec, en fond d'écran, une photo de nous deux en train de faire une grimace.

— Salut! Toujours en questionnement?

Une voix masculine se fait entendre.

— Benjamin? Que me vaut l'honneur de ton appel? lui demandé-je, étonnée.

— Je ne sais pas si c'est approprié que je te téléphone. Comme tu sembles le savoir, Marilou prend ses distances depuis quelques semaines, et ça m'inquiète. Plus je suis gentil, disponible et attentionné, plus elle s'éloigne.

Prise entre l'arbre et l'écorce, dois-je faire comme si je ne savais rien ou être honnête ? J'aime beaucoup Ben, mais de là à parler dans le dos de ma meilleure amie, je ne crois pas.

— Qu'est-ce que je peux faire pour toi, Benjamin ?

— J'espérais que tu puisses me dire quels comportements adopter. Je suis fou amoureux de Marilou et je ne veux pas la perdre.

Épuisée, j'aimerais mieux me faire épiler les aines qu'avoir à gérer un couple qui n'est pas le mien.

— Je suis mal placée pour te répondre. C'est à Marilou que tu dois parler.

— C'est un autre problème, justement. Quand je veux lui parler, elle a toujours « subitement » quelque chose à faire.

— Tu sais, Ben, un gars « trop », juste « trop », ça finit par nous taper sur les nerfs.

Silence au bout du fil. La fatigue a eu raison de moi et je viens de faire une gaffe. Ne voulant pas m'enfoncer davantage, sachant que je n'ai pas les ressources psychologiques pour faire face à la situation ce soir, je lui dis que l'hôpital tente de me joindre et que je dois raccrocher.

Le cerveau et le corps en compote, j'opte pour la position de l'étoile dans mon très grand lit. Petit problème : Roméo fait des siennes ; dix-neuf heures, c'est trop tôt pour être dans le noir sous une couverture. Il me transmet sa frustration en chantant à tue-tête, mais pas du Beethoven. Je le trouve si mignon avec ses pommettes rouges et sa crête jaune.

J'enfonce deux bouchons dans mes oreilles. Mon bandeau pour dormir bien en place, je tente de trouver le sommeil en créant des ensembles assortis avec mes nouveaux vêtements au lieu de compter les moutons.

N'en pouvant plus d'entendre les fausses notes de Roméo, je décide de le laisser libre dans l'appartement pour la nuit.

Le sommeil ne vient toujours pas. Je repense sans cesse à ma maladresse avec Benjamin. Assise sur la toilette, la joue gauche accotée sur ma main, presque confortable, je me résous à écouter les messages de Diane : « Bonjour, Séléna, c'est Diane ! La fête des Pères s'en vient, dit-elle d'un ton chantant. On voulait t'inviter à souper dimanche prochain. Ton père m'a dit que tu devais sûrement travailler. En le sachant aujourd'hui, tu vas pouvoir te faire remplacer, n'est-ce pas ? J'ai pensé cuisiner un tartare. Je suis sûre que tu dois aimer ça, tu es *full* urbaine. J'ai jamais fait ça, mais je vais appeler ma sœur. Rappelle-nous pour nous dire si ça te convient. Sinon on peut aller souper au Normandin, ton père aime ben ça. Il faut juste que nous le sachions à l'avance. Tu sais qu'il y a ben du monde au resto ce soir-là. Je ne sais pas s'ils prennent les réservations, mais en tout cas. Je te laisse ma chouette. Bye, là ! »

Confessions

Je tire mes cheveux en gémissant. Roméo vole à mon secours. Stie que ses messages sont longs : « J'oubliais, ma chouette, j'ai gagné une bouteille de vin, alors n'apporte rien à boire. J'étais assez contente. Ton père m'a dit que c'est une bonne sorte. Rebye, là ! Je ne sais même pas si ça se dit. En tout cas, tu comprends ce que je veux dire. Bisou. Bisou. »

Je suis certaine que j'ai quelques cheveux blancs de plus chaque fois que je l'entends me donner des baisers. Je récupère les minuscules grains de patience qu'il me reste pour écouter le troisième message : « Si tu veux une idée de cadeau pour ton père, désolée de te rappeler encore une fois, eh bien je peux t'aider. Il a besoin de nouveaux couvre-bâtons de golf ou d'une manette universelle pour la télévision. J'ai pensé lui offrir un rasoir pour les poils de nez. Ma sœur m'a dit que c'est normal en vieillissant, que ça allonge, ces affaires-là. En tout cas, rappelle-moi, ma belle. Bisou. Bisou. »

Je regarde Roméo, les yeux remplis d'eau. Mon irritation est à son comble. Rien pour m'aider à trouver le sommeil. En me rendant au salon, mon pied glisse sur un caca de *cockatiel*. Une décharge émotive s'impose. Il est hors de question que je magasine sur Internet. Ça suffit, les dépenses, du moins pour cette semaine.

Je fais des exercices dans le but de renforcer mes muscles abdominaux pour éliminer l'hormone de stress (et aussi

sculpter mon corps de déesse, comme dirait mon «ami santé») tout en m'adressant à Roméo.

— Visiblement, je me suis mis le pied dans la bouche avec Benjamin. Même si ce n'est pas à moi à régler leurs problèmes conjugaux, je vais réagir à la situation. Sinon je risque d'en entendre parler encore pendant des mois. Qu'est-ce que tu en penses, mon beau?

Roméo me répond en faisant des vocalises.

Ce matin, le soleil est au rendez-vous. Occasion en or de mettre mon plan Marilou-Benjamin à exécution. Je m'habille en vitesse, enfourche ma bicyclette et me dirige vers la boulangerie du coin. Je hume l'odeur du pain chaud, ce qui alimente mon hormone du bonheur. Je me sens d'humeur joyeuse, gros contraste avec la veille. Quelques chocolatines, deux grands cafés au lait et un bouquet de fleurs plus tard, me voici sur le pas de leur porte. *My God*, quand je me donne, je me donne. Heureusement que je ne suis pas en couple, je ferais partir le gars à la course. J'ignore s'ils sont encore couchés.

Pour éviter de les réveiller, j'utilise le double de la clé que Marilou m'a remis en cas d'urgence. Leur couple EST en situation d'urgence. Donc, j'ai le droit d'entrer sans prévenir.

Je pénètre sur la pointe des pieds, et des bruits bizarres provenant de la chambre à coucher se propagent jusqu'à l'entrée. Ne voulant pas en entendre davantage, ayant l'imagination fertile, je place mes deux mains sur mes oreilles et, du coup, tous mes achats se retrouvent au sol.

— MERDE!

Marilou reconnaît ma voix.

— Séléna!

Elle sort de la chambre, le chandail de Benjamin en guise de cache-sexe. Mon malaise augmente en voyant ses seins. Je ferme les yeux.

— Qu'est-ce que tu fais là?

Paniquée, les deux pieds dans le café, je réponds en bredouillant un paquet d'excuses, toutes plus ridicules les unes que les autres. Je cesse subitement.

— Qu'est-ce que vous faites en train de baiser? Vous n'êtes pas censés être en chicane, vous deux? crié-je.

— De quoi, en chicane? demande Benjamin comme si de rien n'était, caché dans sa chambre.

Ma supposée meilleure amie me lance un regard méchant. Avant que cette situation ne dégénère davantage, je récupère le sac de chocolatines et les fleurs et les remets à Marilou. Ne possédant pas quatre mains, Marilou éprouve une certaine difficulté à cacher ses seins. Je lui fais comprendre qu'il est trop tard parce que j'ai déjà tout vu et la force à prendre ce que je lui tends.

— Vous ne me ferez pas croire que vous n'avez rien à vous dire ! Le sexe, ça ne règle pas tout. Je suis bien placée pour le savoir, lancé-je. Parlez-vous.

Je tourne les talons et saute sur ma bicyclette.

« Ne jamais utiliser le double de la clé de la maison de votre amie, à moins que : de la fumée sorte du toit, votre amie ait téléphoné en panique à trois heures du matin, votre amie ait trop bu (advenant le cas où votre « ami santé » vient vous rejoindre, votre divan ne doit pas être occupé, il est préférable que vous la rameniez chez elle). »

Ne voulant pas perdre toute ma bonne humeur, j'appelle celle qui a toujours le sourire aux lèvres : Ophélie. Comme elle est monopolisée par la construction de sa demeure la fin de semaine, je suis certaine de ne pas la déranger en pleine partie de jambes en l'air.

— Je suis contente d'entendre ta voix. Je m'inquiétais. Quoi de neuf ?

Ce n'est pas nouveau, Ophélie s'inquiète toujours à mon sujet.

— Rien de spécial à part le fait que j'ai mis mon nez au mauvais endroit au mauvais moment.

— Tu es blessée ? C'est pour ça que tu m'appelles si tôt ? me demande-t-elle, prenant mon commentaire au premier degré.

— C'est une expression, Ophélie. En termes précis, j'ai voulu aider le couple Marilou-Benjamin et j'ai compris que nous devons toujours aviser les gens avant de leur rendre visite.

Ma mère serait fière de voir que j'ai bien retenu sa leçon, du moins en paroles.

— Ils étaient en train de se chicaner ?

— Non, de baiser !

Ophélie éclate de rire.

— Tu étais remplie de bonnes intentions. Marilou ne t'en voudra pas, dit-elle pour me rassurer. Tu travailles aujourd'hui ? questionne-t-elle, semblant vouloir changer de sujet.

— Je travaille ce soir et cette nuit. D'ici là, je compte bien profiter du soleil. Es-tu libre pour déjeuner ? On pourrait se rejoindre au parc pour faire un pique-nique.

— Mon père vient nous aider, Xavier et moi, à poser un plancher chauffant dans la salle de bain. Je peux réussir à me libérer vers midi, si ça te convient.

— Êtes-vous en train de vous construire un château ou un *bungalow* ?

— Un caprice de mon chum, le plancher chauffant. Il paraît que c'est très tendance. Selon ses calculs, c'est dispendieux à l'achat, mais économique à long terme. Je lui fais confiance, ce n'est pas mon domaine.

— Ça fait plus de six mois que vous travaillez sur ce projet. J'en serais incapable.

— La construction est plus longue parce que nous désirons faire plusieurs choses nous-mêmes. Une chance que mon père s'y connaît en la matière. Je ne pourrai jamais le remercier suffisamment pour tout ce qu'il fait.

— Vous vivez dans le sous-sol de tes beaux-parents.

— Ils sont super gentils. Nous avons notre intimité.

— Tu enseignes à temps plein en même temps. Tout pour déclencher une crise d'apoplexie congénitale.

— Ça se fait bien. Les enfants de ma classe sont des amours cette année.

Ophélie a cette capacité à toujours voir le bon côté des choses.

— Parlant de famille, comment va ton père ?

— Tu sais comment il est. Il ne m'appelle jamais. Il fait passer ses messages par Diane. Je dois souper chez lui dimanche à l'occasion de la fête des Pères, mentionné-je, irritée.

— Je comprends que ce n'est pas facile, mais dis-toi qu'il cherche tout de même à passer du temps avec toi.

— Avec moi ? Tu veux rire. La culpabilité le ronge et il tente de se racheter.

— Tu es sa fille unique, Séléna. Laisse-lui une chance. Et Diane semble beaucoup t'aimer.

— Diane m'exaspère avec son trop-plein de gaieté et de gentillesse. C'est sa faute à elle aussi si ma mère est partie.

Ophélie est la seule personne sur terre qui connaît en long et en large l'histoire de ma « famille », sujet dont je n'aime pas parler.

— Tu sais bien que ce n'est pas la seule chose qui peut expliquer le décès de ta mère.

— Est-ce qu'on peut changer de sujet ? J'aimerais bien conserver ma bonne humeur.

— Alors, avant de terminer notre conversation, dis-moi juste si tu as un dossier ouvert présentement ?

Chère Ophélie, elle doit demander un homme dans ma vie tous les soirs dans ses prières.

— Aux dernières nouvelles, il n'y a pas eu de dossier ouvert dans ma vie depuis plusieurs années et je ne m'en plains pas d'ailleurs.

— Je garde espoir, dit-elle, un sourire dans la voix. On se revoit ce midi. *Ciao!*

Je la laisse jouer au castor bricoleur et je remonte sur ma bicyclette. Au moment où je m'apprête à traverser la rue, j'aperçois une voiture de police. Craintive que mon cauchemar de l'autre nuit avec l'agent devienne réalité, je pédale à toute vitesse et fonce directement dans un couple marchant en sens inverse. Je perds le contrôle de mon vélo et atterris la tête la première sur le sol. Malaise! Douleur! Merde! L'homme accourt vers moi.

— Ça va, mademoiselle?

Je connais cette voix… Me retournant pour lui faire face, il me reconnaît à son tour. Un immense malaise, plus gros que celui que je viens de ressentir en me retrouvant face contre terre, s'installe.

— Ce n'est rien. Merci de vous être inquiété de moi.

Je le vouvoie comme si je ne le connaissais pas «personnellement»… Sa conjointe se penche à mes côtés, inquiète.

— Vous êtes certaine que ça va? Vous n'avez rien?

Une si belle femme qui semble si gentille…

— Tout va bien, je suis médecin. Désolée pour l'accident. J'ai voulu éviter quelqu'un, ou plutôt je pensais avoir vu quelqu'un. *Anyway*, ce n'est pas important, dis-je, confuse. Je vous remercie de votre aide.

Mon téléphone sonne au moment même où j'ai justement besoin de l'entendre.

— C'est sûrement le travail. Je suis de garde. Je dois répondre. Désolée encore une fois et merci de votre aide !

Je les laisse prendre quelques mètres de distance et je réponds.

— Tu tombes TELLEMENT au bon moment.

— Tu n'es TELLEMENT pas tombée au bon moment, lance Marilou en riant.

— C'est à toi de ne pas me faire un double de ta clé d'appartement, ajouté-je pour me défendre, soulagée de constater qu'elle ne semblait pas en colère.

— Avant de faire un retour sur tes bonnes intentions matinales, tu peux me dire de quoi je te sauve cette fois ?

— De mon « ami santé » avec, tiens-toi bien… sa femme !

— Il est marié ? Tu en es certaine ?

— Ils marchaient enlacés lorsque je leur ai foncé dedans et ils portaient des alliances.

— Qu'est-ce qui te dit qu'il ne l'utilise pas comme « amie santé », elle aussi ?

— Elle semble trop parfaite pour ça.

— Tu vas me faire croire que vous n'avez jamais parlé de vos situations matrimoniales respectives ?

— Crois-tu vraiment qu'on discute de ça quand on se voit ? On fait ce que tu faisais ce matin, point final.

— Ce que tu peux être rationnelle, Séléna. J'ai hâte au jour où tu vas comprendre que les émotions ne sont pas des noms de médicaments. Ça ne te fait absolument rien d'apprendre qu'il est marié ?

— Ça ne me fait rien à moi, mais ça m'atteint pour elle, sa femme. Dans ma tête, il était célibataire et non infidèle.

— Il te l'a présentée ?

— Jamais de la vie ! S'il avait pu se cacher derrière une poubelle, il l'aurait fait. Il m'a semblé très mal à l'aise.

— C'est la moindre des choses, poursuit Marilou en colère. S'il fallait que j'apprenne que Benjamin me trompe, je le sors sur la tête avec ses valises.

— Tu n'as pas à t'inquiéter. Benjamin t'aime vraiment…

Ne sachant pas si elle est au courant de l'appel de la veille, et ayant peur de me remettre les pieds dans les plats, je me retiens de parler.

— Je sais…

Elle marque une pause avant de reprendre.

— Je ne doute pas de son amour, je doute du mien, Séléna.

— Avez-vous discuté ou vous avez juste baisé ?

— Les deux ! Je m'apprêtais à m'endormir lorsqu'il est entré dans la chambre avec une envie pressante de communiquer, comme il dit. Rempli de bonnes intentions, il a sorti un livre intitulé *Le couple en harmonie*.

Je me retiens de rire, puisque Marilou semble exaspérée.

— Il a suggéré que notre discours soit ponctué de « je » pour que notre conversation soit constructive.

— J'ai appris ça dans un cours. Il a raison.

Marilou ne semble pas m'écouter, alors je n'insiste pas davantage.

— J'étais sur la défensive juste à l'entendre. Je me suis mise à crier et je lui ai dit que je ne savais plus quoi penser de notre relation. Ses yeux se sont remplis d'eau et ça n'a fait qu'alimenter ma colère. J'ai envie d'être en relation avec un homme, pas avec un gamin. Il est plus sensible que moi, si ça se trouve. J'ai pris ma valise et j'ai commencé à vider mes tiroirs. Une fois assise dans ma voiture, j'ai réalisé mon geste impulsif et la panique a monté en moi. En entrant dans l'appartement, je l'ai trouvé étendu sur le lit, un oreiller lui cachait le visage. J'ai pilé sur mon orgueil et me suis excusée. Il m'a prise dans ses bras et arriva ce qui devait arriver. On a fait l'amour toute la nuit et tu nous as surpris ce matin, alors que nous en étions à notre troisième fois…

Je m'empresse de l'interrompre.

— Trop de détails, Marilou. Alors, si je comprends bien, vous êtes revenus au point de départ. Je ne suis pas experte en relation de couple, mais Benjamin a raison. Vous devez avoir une bonne discussion. Demande à Ophélie de t'aider à formuler des messages en « je ». Je suis certaine qu'elle excelle dans l'art de la communication en couple. Sa bibliothèque doit être remplie de livres sur le sujet.

— Tu ris, mais je pense que c'est elle qui a donné la référence à Benjamin.

— Tu crois qu'il l'a contactée aussi ?

Je repense à ma conversation avec Ophélie plus tôt ce matin et me rappelle son empressement à changer de sujet.

— Qu'est-ce que tu veux dire par « aussi » ?

Trop tard, le mal est fait.

— Ne te choque pas, Marilou, mais Benjamin m'a appelée pour me demander des conseils. Ses intentions étaient bonnes, crois-moi. C'est pour ça que j'avais décidé de vous rendre visite ce matin. Je voulais juste vous aider.

Je l'entends soupirer à l'autre bout du fil.

— Tout prend son sens maintenant. Je suis désolée que tu aies été impliquée dans notre histoire. Je vais lui en reparler.

À défaut de former un couple, je me suis retrouvée investie dans le sien.

De retour chez moi après une matinée rocambolesque, presque digne d'une nuit à l'hôpital où tous les bébés de la ville décident de se pointer en même temps, mon « ami santé » est là à m'attendre. Ça y est, le glaçage de mon *cupcake* déborde.

— Qu'est-ce que tu fais ici ? Tu n'es pas avec ta femme ? demandé-je avec froideur.

— Je voulais m'assurer que tu allais bien.

— Comme je t'ai dit, tout est OK, mais là je n'ai pas le temps de jaser. Je dois rentrer travailler, lui lancé-je, voulant me débarrasser de lui.

Je déverrouille la porte de mon appartement comme s'il n'était pas là et m'apprête à lui dire au revoir, alors que lui me suit en entrant derrière moi.

— Tu as toujours été un as dans l'art de t'inviter chez moi. Je me répète, je dois aller travailler.

Visiblement, il n'entend pas ce que je lui raconte ou il fait la sourde oreille.

— Alexis, tu m'écoutes? Tu as un problème avec tes tympans? Tu veux que je regarde si tu as quelque chose d'anormal, parce que franchement tu me déranges.

— Écoute, Séléna, je suis mal à l'aise à propos de ce que tu as vu. J'aimerais discuter avec toi deux minutes, me supplie-t-il en avançant vers moi.

Il tente de m'embrasser en déposant sa main sur ma nuque.

— Mettre ta langue dans ma bouche ne t'aidera pas à trouver les bons mots pour m'expliquer ce qui s'est passé. Tu es marié, je te rappelle. Information que j'ignorais, car je peux te jurer que jamais je ne t'aurais refilé mon numéro.

— Tu te sens mal?

— Tu me poses vraiment cette question-là? Eh bien pour ta femme, oui. Sérieusement, je crois que tu n'as plus rien à faire ici, va-t'en, s'il te plaît.

— Tu es certaine que tu ne veux pas que je reste un peu? Même si tu arrives en retard au travail de quelques minutes, ça ne changera rien.

Il est très séduisant avec sa chemise bleu pâle et son sourire coquin, mais je ne céderai pas aux avances d'un TDC. «Ce genre de type qui trompe sa femme impunément, sans aucune once de culpabilité, ne mérite même pas d'être identifié par un acronyme… pour lui, c'est carrément trou de cul. »

— Alexis, tu n'as pas envie de connaître le mauvais côté de Séléna Courtemanche. Tu as soixante secondes pour t'en aller, sans quoi je te jure que je contacte ta femme et lui dis ce que tu fais dans son dos. Je suis sérieuse, rétorqué-je.

À voir ses yeux, il ne me croit pas une seconde, mais il ne pousse pas sa chance et décide de s'en aller, en ajoutant qu'il me rappellera cette semaine. Je suis heureuse qu'il ait pris ma menace au sérieux, car je n'aurais jamais tout divulgué à son épouse. D'un, je n'ai pas ses coordonnées, et de deux, je me serais sentie beaucoup trop mal à l'aise. Déçue, car Alexis se défendait bien au lit, je prépare mon pique-nique, impatiente de retrouver Ophélie pour lui raconter ce qui vient de m'arriver.

— QUOI ? Tu me niaises ?

— J'aimerais bien, mais c'est malheureusement la vérité, expliqué-je à Ophélie tout en déposant une couverture sur le sol, au soleil.

Ophélie et moi avons toutes deux le teint pâle, l'opération FPS 50 débute donc.

— Toi seule sais te retrouver dans pareille situation. Que lui as-tu dit lorsque tu l'as aperçu devant chez toi ?

— Qu'est-ce que tu crois : de partir ! Il ne m'a pas écoutée. Il se foutait complètement de ce que je lui disais, il ne pensait qu'à enlever son pantalon.

— Ce type me fait peur, ça aurait pu mal tourner, cette histoire. Séléna, tu dois arrêter de fréquenter des hommes que tu ne connais pas, je ne me le pardonnerais jamais s'il t'arrivait quelque chose.

Je croirais entendre ma mère.

— Il ne m'est rien arrivé et il ne m'arrivera rien, je te le promets, lui dis-je d'un ton se voulant rassurant.

— Comment peux-tu être si détachée de la situation ?

— Tout s'est bien terminé et, crois-moi sur parole, je ne le reverrai jamais.

— Et s'il se pointe chez toi encore une fois ?

— J'appellerai Raymond, mon voisin. Il lui fera peur avec sa canne. Il peut avoir l'air très menaçant.

Découragée, Ophélie me tend la bouteille de crème solaire et me présente le haut de son dos.

— J'ai toujours détesté étendre de la crème solaire. On en a toujours plein les mains, c'est gras et ça pue la noix de coco.

— Cessez de vous plaindre, Docteure Courtemanche, et faites votre travail, m'ordonne-t-elle. Je ne veux pas ressembler à un homard à la fin de la journée.

Je crème le dos de mon amie, qui doit peser à peine cent cinq livres toute mouillée. Et j'essuie le restant de crème sur mes pieds, un endroit trop souvent oublié et que le soleil adore taquiner. Pas question de peler, trop dégoûtant !

De retour à mon appartement, j'aperçois une voiture bleue similaire à celle d'Alexis dans le stationnement des visiteurs. Ophélie a peut-être raison de s'inquiéter pour moi. Sur mes gardes, je regarde à l'intérieur du véhicule. J'en déduis rapidement qu'il ne s'agit pas de sa voiture juste à voir les multiples sacs de McDo, les canettes vides et les disques compacts qui traînent. Ayant déjà fait un « cours de mise en forme » dans son auto, je me rappelle que le banc situé à l'arrière n'était pas encombré…

Raymond me salue de sa galerie. Une fois rendue à ma porte, je l'entends sortir de son appartement. Je reconnais le bruit de sa canne alternant avec ses pas.

— Comment vas-tu, ma petite ?

— Très bien. C'est gentil de vous en informer.

— Nous avons besoin de bras jeunes et forts pour entrer les sacs de terre et d'engrais qui sont dans le coffre de notre voiture.

— Laissez-moi déposer mes choses et je vous donne un coup de main.

— Tu es bien gentille. Voici les clés.

Je fais quelques allers-retours entre le stationnement et leur appartement.

— Grâce à toi, je vais pouvoir préparer mes boîtes à fleurs et repiquer mes plants de tomates demain matin, me dit Micheline, reconnaissante.

Elle se dirige d'un pas lent vers la cuisine et Raymond me fait signe de la suivre.

— J'ai fait des galettes à la mélasse hier, me dit-elle en déposant une boîte dorée entre mes mains. En voici quelques-unes pour te remercier.

— C'est gentil, mais vous savez bien que ce n'est pas nécessaire. Ça me fait plaisir de vous aider.

— Raymond et moi ne mangerons jamais tout cela et le congélateur déborde. J'y ai mis plusieurs litres de fraises.

Je souris en voyant ses mains fragiles aux doigts teintés de rouge. Elle a dû équeuter ses fraises sur sa galerie en observant les gens passer.

— Ça va te faire du bien de manger, tu es toute petite, ajoute Raymond.

Si je les écoutais, je devrais avoir trente livres supplémentaires pour être en santé, selon leur définition. Ils ont toujours l'impression que je mange comme un oiseau (expression de ma mère). J'ai toujours été mince, je n'ai aucun mérite. Je devrais plutôt remercier la génétique familiale pour mes traits anxieux et mon côté perfectionniste. Bien sûr, je fais du sport et j'ai aussi un rythme de vie qui élimine les calories que je peux emmagasiner.

Épuisée de ma journée, je dois maintenant penser à me préparer pour le travail, alors que je ferais volontiers la crêpe devant la télé. Même si mon emploi me passionne, la tentation de m'amuser avec les filles est parfois plus attirante que les vingt-quatre heures que je m'apprête à faire. Avec plus de temps libres, je ferais comme Ophélie, je bâtirais ma propre maison. Je sais, c'est étonnant, mais je me débrouille plutôt bien dans les tâches manuelles et, surtout, ça me détend. Cela dit, le faire avec un amoureux me semble un exploit. Ophélie n'en parle jamais, mais je soupçonne que son couple traverse des montagnes russes devant l'ampleur de leur projet.

En route vers l'hôpital, je me rappelle soudainement les messages de Diane. C'est suffisant pour miner mon moral. Il faudra bien que je me décide à magasiner un petit quelque chose pour mon père. Sinon ça ne fera qu'un malaise supplémentaire parmi tous les malaises déjà bien en place.

Une soirée tranquille à l'hôpital, c'est plutôt rare. J'en profite pour rendre visite à Christophe.

— Tu t'y connais en équipement de golf ou en manette universelle ?

— Pas vraiment. Pourquoi ? Ma beauté a envie de porter un bermuda blanc et de parader sur un *green* ?

L'image qui nous vient en tête nous fait sourire.

— C'est pour mon père.

Christophe lève les sourcils en signe d'incompréhension.

— Laisse tomber, ce n'est pas intéressant, lui dis-je au moment même où son téléphone sonne.

— C'est Julie. Attends-moi, je reviens.

Je l'observe parler à sa douce et ça me rappelle les débuts de leur relation. Ils étaient très épris l'un de l'autre et ne se quittaient pas des yeux. J'en avais d'ailleurs été jalouse, mon ami ayant disparu de mon existence pendant de nombreuses semaines. Christophe est intense en amour. Engagé certes, mais aussi romantique et attentionné.

Son langage non verbal laisse croire que leur conversation n'est pas des plus agréables. Je me demande ce qu'elle peut bien lui reprocher encore. De toute façon, qu'est-ce que je peux bien connaître aux couples ? Ma seule expérience se résume aux deux années passées avec Cédric lorsque j'avais seize ans. Ah! Mon premier amour, mon premier *bad boy*, mon premier baiser, ma première fois et ma première peine d'amour. Ma seule en fait, si je ne tiens pas compte du deuil vécu lors du décès de ma mère. Ça fait beaucoup de premières pour une seule et même relation. Lorsque j'ai appris qu'il était tombé amoureux d'une autre, j'ai eu le cœur brisé en mille morceaux. Je les avais surpris, main dans la main, alors qu'il devait passer la soirée en famille.

7
Un souper presque parfait

— Tiens, ma chouette, ton Cosmo. Je t'ai ajouté des petits fruits.

— Une brochette de fruits, tu veux dire, dis-je, déconcertée, en posant le bout de mes lèvres sur le bord de la coupe de ce breuvage rose foncé.

J'y trempe mes lèvres, suspicieuse.

J'ai finalement décidé d'accepter l'offre de Diane de manger à la maison. Pas question que je mette les pieds au Normandin. Si une envie folle de manger du steak haché nappé de sauce brune me prenait, je m'en cuisinerais. OK! Je cuisine mal, mais ça c'est un autre sujet.

Brandon, le Yorkshire de Diane, attend patiemment à mes côtés que je lui donne de la nourriture.

— Et puis, ma fille, comment ça se passe au travail?

Surprise que mon père s'intéresse à ma vie, je formule une réponse brève.

— Bien. Rien de nouveau.

— Tu travailles à quel étage donc ?

— En obstétrique.

— J'ai failli arrêter deux minutes pour te saluer la dernière fois que j'y suis allé, mais je ne voulais pas te déranger. Il y a tellement de monde dans cet hôpital-là.

Inquiète et habituée à me limiter à « Salut, ça va ! » avec mon père, je n'ose pas me renseigner sur le pourquoi de sa visite.

— Tu sais comment il est, ton père. Il ne veut jamais consulter un médecin. Il faut l'amener de force chaque fois, intervient Diane.

Me réfugiant derrière mon stéthoscope imaginaire, j'adopte une attitude rationnelle et lui demande s'il est allé à l'hôpital pour subir des tests.

— Ils m'ont fait des prises de sang et j'ai dû faire pipi dans un petit pot.

— Ton médecin t'a expliqué pourquoi tu devais faire ces tests ?

— Tu sais comment est ton père, il n'avait pas consulté depuis vingt ans. À l'âge qu'il est rendu, je commençais à m'inquiéter.

— Donc, tu n'as pas de problème ou de douleur en particulier ?

— Non. Je suis solide comme un chêne.

— Ça, c'est bien mon homme, mentionne Diane en lui caressant le bras.

Fière de nous présenter son chef-d'œuvre culinaire, Diane affiche un sourire radieux. Je fixe les petites fleurs bleues décoratives déposées dans mon assiette. Pour une deuxième fois ce soir, avec méfiance, je goûte le tartare de saumon du bout des lèvres. Étant adepte des sushis, je n'ai aucune crainte de manger de la viande et du poisson crus. Mais là, il s'agit d'un repas préparé par Diane. La femme qui ne sait pas faire la différence entre un maki et un hosomaki, ni entre une truffe au chocolat et un *Reese*.

Drôlement étonnée, je dois avouer que c'est succulent. Les morceaux ont été tranchés très gros et l'assaisonnement est trop présent, mais l'effort est là, je le reconnais.

— Et puis, que dites-vous de mon plat principal ?

— C'est délicieux, ma *chéroune*.

Flattée, Diane tourne son regard vers moi, attendant une réponse de ma part. Mon SPMF m'empêche de ressentir et d'exprimer pleinement ma reconnaissance.

— C'est bien.

— Ton père pense que je pourrais participer à l'émission *Un souper presque parfait*. Il dit que je gagnerais, c'est certain. Avec les deux mille dollars, on pourrait se payer un beau voyage à Old Orchard l'été prochain, s'exclame-t-elle, toute excitée.

Je dissimule mon fou rire de peine et de misère en me disant que le prix du public lui serait sûrement attribué, compte tenu de sa personnalité excentrique.

— Je ne voudrais pas avoir l'air d'une nounoune, par contre. Je n'essaierais pas d'amadouer mes invités en leur offrant des pantoufles. Je ferais attention pour ne pas trop boire et ne pas parler dans le dos des autres. Ça, c'est jamais bon. Est-ce que tu le suis, ce programme ?

Sachant très bien à quelle émission elle fait référence, je lui réponds que ça me dit quelque chose, mais sans plus.

— Ceux qui se donnent une note trop haute, c'est toujours ceux qui ont la moins bonne. Ce qui me décourage, c'est ceux qui racontent des menteries. L'autre soir, la fille a fait croire à ses invités qu'elle avait fait elle-même sa vinaigrette, pis c'était pas vrai ! Même chose pour le pesto acheté par l'autre monsieur bizarre.

Mon père, qui a toujours une théorie sur tout, s'empresse d'en partager une.

— C'est arrangé, ces émissions-là.

— Ben non, mon gros nounours. Dis pas des affaires de même.

L'expression « gros nounours » me fait sursauter. J'en crache presque ma gorgée de vin sur la table. Ce n'est sûrement pas ma mère qui l'aurait surnommé ainsi. La première fois que mon père m'a présenté Diane, quatre mois seulement après le décès de ma mère, j'ai tout de suite vu qu'elle était à l'opposé de celle-ci. Diane a l'air d'une tornade à ses côtés, car ma mère était de nature douce et calme. Je me rappelle qu'elle portait un ensemble bleu poudre avec un élastique à la taille.

— Bonjour, Séléna ! Ton père ne m'a pas menti quand il m'a dit que t'étais une belle grande fille, m'a-t-elle dit sur un ton enfantin alors que j'avais quatorze ans ! Tiens, je t'ai rapporté une petite sacoche du Mexique. Tu vas pouvoir mettre ton rouge à lèvres dedans.

À l'époque, j'étais plutôt rebelle, pas en ce qui concerne mon aspect vestimentaire, mais dans ma tête. Je me souviens d'avoir brûlé la sacoche la journée même, frustrée de voir qu'une femme prenait si rapidement la place de ma mère auprès de mon père. En fait, Diane était dans sa vie depuis un an. Je l'ai compris en voyant ma mère pleurer un soir en arrivant de l'école. Elle ne lui avait pas adressé la parole pendant une semaine. J'en avais donc déduit que quelque chose de grave devait s'être produit. Une nuit, j'écrivais dans mon journal intime, sous les couvertures avec une lampe de poche, et je les ai entendus discuter.

— Je ne veux pas que ta salope s'approche de ma fille.

C'est la seule phrase que j'ai comprise et qui retentit encore aujourd'hui dans ma tête. Ma mère ne haussait jamais la voix et ne disait jamais de mots vulgaires.

Dans les semaines qui suivirent, sa dépression a teinté davantage notre vie familiale, déjà très mal en point.

— Sélénaaaaaa, s'écrie Diane. Tu es dans la lune, ma chouette.

Elle se lève et, avant de se diriger à la cuisine, me chuchote à l'oreille :

— As-tu apporté ton cadeau ? Tu vas pouvoir lui donner pendant qu'on mange le dessert.

Ma réflexion ayant alimenté mon SPMF, je me lève de table et m'oriente vers la salle de bain. Cette dernière est mon havre de paix lors de ces soirées familiales.

— Salut, ma beauté.

— Salut, Christophe. *Please*, aide-moi à me changer les idées. Que choisis-tu entre faire une vie en tant que chèvre ou en tant que vache ?

— Facile ! Une vache.

— Pourquoi ?

— Parce que tu peux manger plus souvent et plus longtemps avec quatre estomacs.

Les secondes s'écoulent en silence.

— Te connaissant, quelque chose ne va pas. Qu'est-ce qui se passe, Séléna ?

Les seuls mots qui voudraient sortir de ma bouche sont : « Ma mère me manque. »

— Je suis dans la salle de bain, chez mon père. Je dois te laisser, dis-je avant de raccrocher subitement.

J'éternise mon moment assis sur la toilette en regardant mes courriels sur mon téléphone. Tout à coup, quelqu'un frappe à la porte.

— Ça va, Séléna ? J'espère que c'est pas le tartare de Diane qui te fait du trouble ?

— Non. Je vais bien. J'arrive tout de suite.

Coudonc, est-ce la fête des Pères qui le rend aussi attentionné à mon égard ?

Lorsque je m'assois à la table, Diane me sert une portion d'un gâteau renversé à l'ananas.

— Je voulais te faire plaisir, mon homme, vu que c'est la fête des Pères. Je sais que c'est ton dessert préféré.

— Tiens, papa, ton cadeau, annoncé-je en lui tendant le sac vert rempli de papiers de soie chiffonnés à la hâte.

— Un cadeau ? Pour moi ? dit-il, adoptant un air faussement surpris.

— J'ai fait l'achat dans une boutique spécialisée. Je ne connais rien en matière de golf. Le vendeur m'a dit que c'était l'élite des couvre-bâtons.

— Wow ! Tu as eu une bonne idée, dit Diane en me faisant un clin d'œil complice, pas subtil du tout.

— Ça me donne une idée, ma fille. Que dirais-tu de m'accompagner au golf prochainement ?

— Euh… Pour jouer une partie ?

— Ben sûr.

— Tu sais bien que je suis aussi compétente au golf qu'en cuisine.

— Pas grave. C'est juste pour le plaisir. Je t'enseignerai quelques petits trucs.

Quand j'étais petite, je l'accompagnais souvent à ses parties de golf. Je m'amusais avec le râteau dans les trappes de sable, je cueillais des fleurs et je prenais place fièrement à ses côtés

dans la voiturette. Parfois, il me laissait la conduire, assise sur ses genoux. Après chacune des parties, que je trouvais le plus souvent interminables, nous dégustions un hot-dog. Ces moments père-fille donnaient du même coup un répit à ma mère qui, déjà à cette époque, ne se sentait pas bien.

Incapable de dire non, j'accepte son invitation en me disant qu'à la dernière minute je me désisterai en prétextant que l'hôpital a besoin de moi.

Diane, à son tour, donne un cadeau à mon père. Ce dernier la remercie pour cette belle tondeuse à poils de nez et d'oreilles! Je me croise les doigts pour qu'il ne l'étrenne pas devant moi. Je détourne mon regard vers Brandon, qui attend encore de la nourriture, lorsqu'il l'embrasse pour la remercier.

— Je vais vous faire un bon café. Ton père m'a acheté une belle cafetière *full gadgets* comme vous aimez, les jeunes. J'ai encore de la difficulté à m'en servir. Ma sœur m'a montré comment, pis je pense que je m'améliore. En veux-tu un? insiste-t-elle.

— J'accepte d'être ton cobaye.

Je rejoins mon père au salon. Nous entendons Diane s'activer dans la cuisine, puis crier:

— Marcel, j'ai besoin de toi. La machine fonctionne pas.

Mon père, assis confortablement dans son *La-Z-Boy*, se lève en soupirant. Les deux inspectent la machine à café de tous les côtés. Comprenant qu'ils n'y arrivent pas, et ne voulant pas dormir ici cette nuit, je les rejoins.

Il ne suffit que d'un regard pour déduire que le problème est simple : la machine n'est pas branchée. « Aucun cadeau qui se branche à Noël pour mon père et Diane. Des plans pour que je passe mon temps à revenir ici leur expliquer comment ça fonctionne. »

Pendant ce temps, rue des Cyprès...

— J'ai peur qu'elle nous déteste. La dernière fois, elle n'était pas contente, dit Ophélie, visiblement mal à l'aise.

— On lui dira que c'est une preuve d'amour de notre part, réplique Marilou avec assurance.

— Tu ne trouves pas qu'on pousse un peu loin ? Et si elle ne veut plus être notre amie ?

— Fais-moi confiance. Elle finira par nous remercier.

Marilou regarde Benjamin d'un drôle d'air, alors qu'il s'affaire à installer un micro.

— Tu es certain de ce que tu fais, mon chéri ?

— Pour une fois que c'est moi qui ai le contrôle sur quelque chose, répond Benjamin en lui faisant un clin d'œil.

Marilou, très consciente de son côté Germaine, ne semble pas s'offusquer face à ce commentaire. Xavier renchérit.

— On voit bien qui porte les culottes dans le couple. Tu devrais lui faire attention, à ton homme, Marilou. Un bon gars de même, ça se trouve pas à tous les coins de rue.

Ophélie lui donne un coup de coude dans les côtes pour le faire taire, Xavier ignorant tout de leur situation amoureuse.

— Tu sauras que, dans un couple, c'est cinquante-cinquante. Je ne le force pas à rester avec moi, proteste Marilou. Il a tous les *Air Lousse* dont il a besoin. Ce n'est pas ma faute s'il ne sort pas.

Offusquée par les propos de Marilou, Ophélie prend la parole.

— S'il y a bien une expression qui me fait dresser le poil sur les bras, c'est bien les *Air Lousse*. Depuis quand doit-on gagner des points pour avoir du temps pour soi en couple ? Hein, chéri ? Tu ne dis jamais ça, j'espère ?

Xavier, manifestement mal à l'aise, la regarde sans dire un mot. Quant à Benjamin, le Roger-Bontemps du groupe, il ne semble pas s'indigner le moins du monde. Il poursuit l'installation, tout sourire.

— Stop ! Je ne pensais pas provoquer un débat national. Redirigeons nos énergies sur la *date* de Séléna, vous voulez bien ? lance Marilou pour sauver la situation.

8
Le show Truman

Rue des Cyprès…

— Je veux comprendre ce qui se passe. C'est important pour son avenir, continue Marilou.

— On ne pourrait pas juste lui demander ?

Ophélie tourne une mèche de ses cheveux blonds bouclés à une vitesse fulgurante, signe flagrant de sa nervosité.

— Elle ne dira rien. Je ne sais même pas si elle est capable de comprendre les raisons de son comportement. Elle préfère toujours mettre des pansements roses « psychologiques » avec des dessins – son expression – plutôt que de régler les problèmes.

— Est-ce que l'une de vous deux peut aller s'asseoir à la table ? Je veux voir ce que ça donne à l'écran, demande Benjamin.

— Séléna arrive dans combien de temps ? s'enquiert Xavier.

— Elle sera là à dix-neuf heures, répond Marilou, tout en regardant sa montre. Il nous reste donc moins d'une heure pour terminer l'installation.

Ophélie prend place à table, permettant ainsi aux gars d'ajuster leur matériel. À son retour dans la cuisine, Marilou sort un objet de son sac à main pour lui montrer.

— J'ai apporté un livre de synergologie de la bibliothèque. On va pouvoir analyser son langage non verbal en plus de ses propos.

— Tu connais la synergologie ? l'interroge Ophélie, étonnée.

— Durant ma période de célibat, ce livre a été très utile. Ça fait trop longtemps que tu es en couple pour comprendre.

— S'il y en a bien une qui n'a pas besoin de décoder le langage du corps des hommes, c'est bien toi! Ils tournent autour de toi comme des mouches.

D'où le surnom de Marilou, «Miel», qui l'a toujours flattée d'ailleurs.

— On devrait dire aux gars de rester dehors.

— C'est quand même grâce à Xavier si on peut faire ça ici.

Déjà en retard, Anabelle, ma Fiat 500, circule à vive allure dans les rues de Québec. Sans trop dépasser la limite, je ne voudrais surtout pas retomber sur mon policier. Je jette un dernier regard sur mon maquillage dans le rétroviseur avant de sortir, je cogne à la porte et j'attends que Marilou me réponde. J'ai eu ma leçon avec mon double de clé. Mon amie me fait signe d'entrer et met sa main sur son téléphone pour empêcher son interlocuteur de l'entendre.

— C'est ma mère. Je te rejoins dans le salon dès que j'ai fini, dit-elle tout bas.

Benjamin me décharge de ma bouteille de Kim Crawford, mon vin blanc préféré lorsque je veux décompresser. Juste à fermer les yeux et à respirer le parfum d'agrumes, le nez dans ma coupe, je sens déjà l'endorphine produire son effet, comme si je venais de faire une heure de cardio.

Je me laisse tomber sur le divan, trop heureuse que ma journée soit terminée et de partager un bon repas avec mes amis.

— Bonjour !

Je cherche d'où vient la voix et j'aperçois un inconnu au beau milieu du salon. Je m'assois et tire sur ma jupe.

— Allô !

— Ne te gêne pas pour moi. Tu peux te recoucher sur le divan. Tu avais l'air confortable.

OH MON DIEU. Je fonds devant ce corps d'Apollon, ce regard gris aux longs cils et ce teint basané.

— Salut! Les présentations n'ont pas été faites. Enchantée, je suis Séléna.

— Enchanté, Louis.

Sa main déposée sur mon épaule pendant qu'il me fait la bise me procure un pincement au creux de l'estomac. Il sent le mâle, le vrai, la virilité à l'état pur.

Je lui demande quel est son lien avec Benjamin et Marilou. Il me répond qu'il est un ami de Ben et qu'ils travaillent ensemble depuis cinq ans.

— Parlant de lui, il devait me servir une bière il y a déjà un bon moment. Je vais aller voir ce qu'il fait.

— Je te suis. J'ai acheté un bon vin blanc.

La cuisine est déserte, la table est mise et un message est aimanté sur la porte du réfrigérateur.

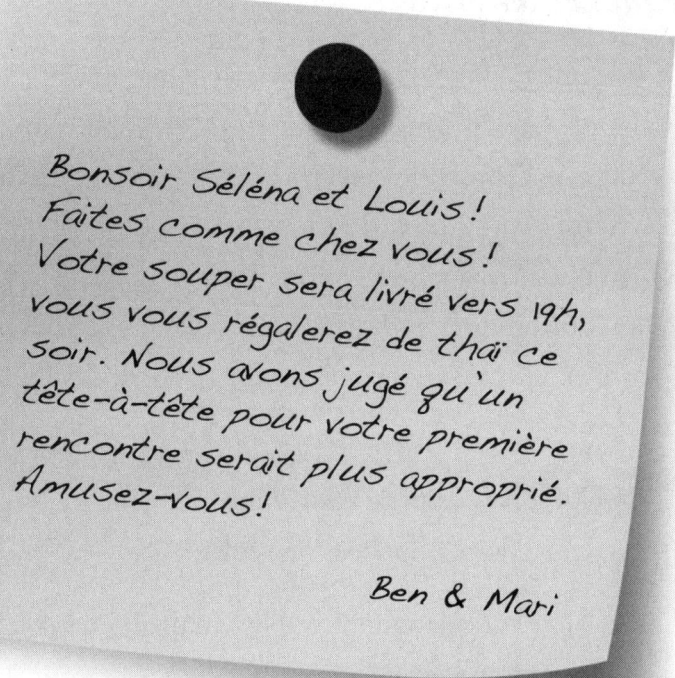

*Bonsoir Séléna et Louis!
Faites comme chez vous!
Votre souper sera livré vers 19h,
vous vous régalerez de thaï ce
soir. Nous avons jugé qu'un
tête-à-tête pour votre première
rencontre serait plus approprié.
Amusez-vous!*

Ben & Mari

Ce mec est tellement *sexe* que j'en oublie vite la colère créée par la supercherie dont je suis victime pour une deuxième fois.

— Je crois qu'on s'est fait avoir. À moins que tu aies été mis au courant…

— Aucunement. Promis, juré. Je dois avouer que je ne suis pas déçu…

Un frisson parcourt mon corps et je détourne le regard. La soirée s'annonce chaude.

Confessions

Pendant ce temps...

Au premier étage de l'immeuble, Benjamin, Marilou, Ophélie et Xavier, tous vêtus *en mou*, sont assis confortablement devant l'écran de télévision en se gavant de bonbons et de chips. Après plus de deux heures de travail, ils sont enfin prêts à assister à la représentation mettant en vedette Séléna Courtemanche, dans le rôle de la célibataire invitée à souper avec un prétendant, et Louis Prévost, dans le rôle du prétendant.

— Quelqu'un a apporté des chips au vinaigre? demande Marilou, entre deux bouchées de réglisse.

— Zut! J'ai complètement oublié, mais j'ai des bretzels au chocolat, répond Ophélie.

— Les filles, lâchez la bouffe, ils sont passés à la cuisine. Ils viennent juste de s'apercevoir qu'ils sont seuls, lance Xavier.

— Vous vous rendez compte, Louis, c'est mon ami. Ça fait cinq ans qu'on travaille ensemble, s'exclame Benjamin avec fierté.

— Il ne s'agit pas d'une vraie vedette, Benjamin. Le film de la soirée ne sera pas à l'affiche prochainement. C'est juste un moyen d'aider notre copine, intervient bêtement Marilou.

— Est-ce qu'ils ont trouvé mon jeu?

De retour au deuxième étage de l'immeuble...

Louis s'empare d'un panier en osier déposé sur la table et lit, à son tour, un deuxième message à notre intention :

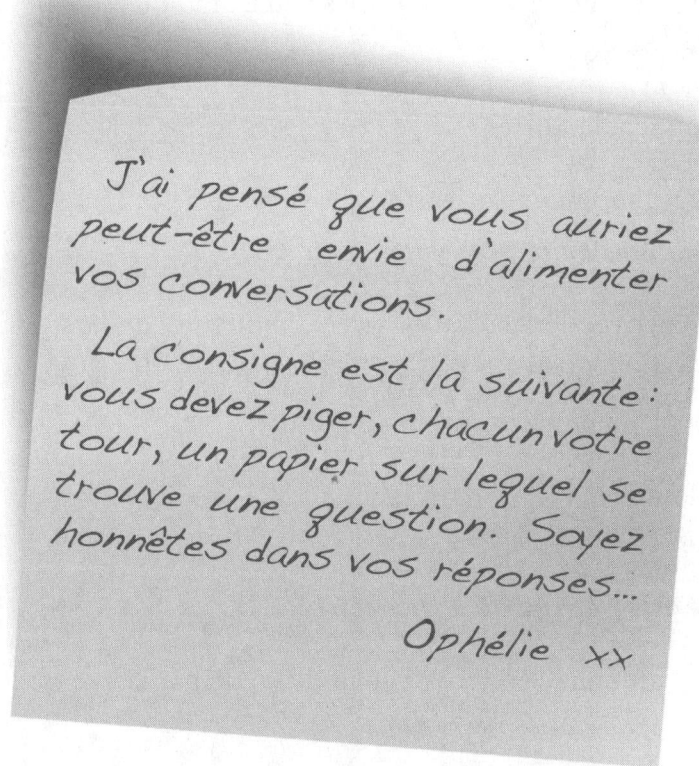

— As-tu envie de jouer ? me demande Louis.

— Je ne sais pas pour toi, mais je crois que nous n'aurons pas besoin d'idées, lancé-je avec un regard *sexy*.

Il approuve mes dires tout en me servant un verre de vin blanc, et nous portons un toast.

— À cette belle soirée qui s'annonce.

Il s'apprête à prendre une gorgée, mais je l'interromps juste à temps.

— Tu dois me regarder dans les yeux, sinon c'est sept ans de mauvais sexe !

On sonne à la porte.

— C'est sûrement le livreur, j'y vais, dis-je à Louis en le quittant difficilement des yeux.

Louis arrive derrière moi avec cinquante dollars, mais rapidement le livreur lui dit que la facture a déjà été acquittée. Décidément, elles ont pensé à tout !

— Alors, que fais-tu dans la vie ?

Au premier étage de l'immeuble…

— Ouuuuuuu, c'est *cute* ! Il vient de lui demander ce qu'elle fait dans la vie, s'excite Ophélie.

— Calme-toi, mon amour, c'est pas un film.

Marilou s'empresse de transmettre les règles de la soirée.

— Des règles ? Hey, Germaine ! T'as pas envie de juste profiter de la vue ? proteste Xavier.

Elle ignore son commentaire et poursuit.

— Règle n° 1 : si ça vire au sexe, nous éteignons la télé.

— Tu penses vraiment qu'ils vont faire quelque chose le premier soir ? demande Benjamin, surpris.

— Tu ne connais pas Séléna pour dire ça, répond Marilou. Règle n° 2 : si nous voyons qu'ils ne s'aiment pas, nous revenons à l'appartement.

— En tout cas, ça n'augure pas pour ça, dit Ophélie toute souriante, en fixant l'écran.

— On se croirait à *Occupation double*, commente Xavier.

— Règle n° 3 : les chips au ketchup sont à moi !

Ils éclatent tous de rire.

De retour en haut où se prépare une orgie… de bouffe !

— Tu préfères le pad thaï ou la soupe aux crevettes ?

— Que dirais-tu de partager ? suggère Louis.

Il se lève en me demandant si je sais où sont rangées les fourchettes.

— Pas besoin d'ustensiles, nous avons des baguettes.

— Euh… Tu vas devoir me faire une démo parce que je suis novice avec des bâtons.

Après quelques essais infructueux, Louis perd patience et plante son bâton dans les aliments comme un gamin. Je ris en le regardant faire.

— Ne ris pas de moi! Si tu es si bonne avec des baguettes, je te mets au défi de me nourrir avec une bouchée de Général cari.

Hummm, *sexy*! En m'exécutant, j'accroche ma coupe de vin, qui tombe sur ma jolie jupe rose. Louis accourt vers moi, une serviette de table à la main, et l'éponge délicatement. Du même coup, il effleure ma cuisse. Une bouffée de chaleur m'envahit tellement la tension sexuelle entre nous est intense. Il insère une main entre mes cuisses pour sécher le surplus de vin. Je m'efforce de résister pendant que son parfum m'enivre. Mal à l'aise, il prend ses distances et s'excuse de son geste, réalisant qu'il venait peut-être de franchir trop tôt une étape. Je deviens pourpre, sans le quitter du regard.

— Rien n'est plus *sexy* qu'une fille qui rougit.

— Ou… toi qui me regardes.

Au premier étage…

Ophélie enseigne à ses acolytes la signification du langage corporel des deux vedettes à l'écran.

— Dans le livre, c'est écrit que lorsque la fille joue dans ses cheveux et les met derrière ses oreilles, c'est un signe d'intérêt.

De plus, les jambes de Séléna sont croisées et son pied est tourné dans la direction de Louis, ce qui exprime aussi une curiosité pour l'autre.

— Pas besoin de bouquin pour comprendre que Séléna est sous le charme, ma chérie, dit Benjamin. Elle ne va tout de même pas coucher avec lui dès ce soir.

— Pourquoi pas ? demande Xavier, presque offusqué.

— Je suis d'accord avec Benjamin. Ils doivent apprendre à se connaître avant.

— Tu vas me faire croire que Xavier et toi avez attendu deux semaines avant de coucher ensemble ? la questionne Marilou.

— Pas deux semaines, un mois !

Marilou lève les yeux au ciel et Xavier confirme les propos de son amoureuse d'un signe de tête.

— Chuuuuuuuuuut ! Xavier, monte le son, demande Benjamin. Je crois qu'il se passe quelque chose.

— Ce n'est pas ce soir qu'on va saisir le mystère Séléna et « le pourquoi du comment » des relations qu'elle mine aussitôt, dit Marilou, visiblement déçue.

— Penses-tu vraiment que ça peut fonctionner ces deux-là ?

— Sexuellement, oui. À long terme, bonne question, répond Marilou. D'après moi, nous allons devoir concocter un autre plan, toi et moi.

De retour au deuxième étage...

Louis fouille dans le panier en osier d'Ophélie en vue de rire un peu de la situation.

— Oh! J'en ai une excellente, tu veux jouer?

— Si ça ne me demande pas de me déshabiller tout de suite, oui.

Il semble étonné de la confiance que je dégage.

— Décris-moi ton meilleur premier rendez-vous.

— Facile... Ici.

Il en pige une deuxième, le sourire aux lèvres.

— Parle-moi de ta famille.

— Tu peux en piger une troisième tout de suite, dis-je, troublée.

Ayant perçu la tension que cela a créée chez moi, il acquiesce et tire un autre papier.

— Est-ce que tu veux des enfants?

— Oui, mais pas à tout prix, et surtout pas avec n'importe qui. À mon tour maintenant : « Quel est ton animal préféré ? »

« Ça paraît que l'auteure de ce jeu enseigne à l'école primaire. »

— Le chien, parce que j'en ai deux. J'en ai adopté un avec mon ex, un bouvier bernois paresseux, et c'est moi qui l'ai gardé après notre séparation. Le deuxième, je l'ai trouvé dans le bois, en arrière de chez nous.

— *Cuuuuuuuuuuuteeeee !* Il sauve des animaux, s'exclament Ophélie et Marilou en chœur !

La soirée se déroule bien, le temps file à toute allure et l'ambiance est plus qu'agréable. Louis fait du sport, il est beau, que dis-je, c'est un Dieu. J'aime sa vivacité d'esprit, son sens de l'humour et son côté ambitieux. « Dis-moi comment tu manges et je te dirai comment tu es au lit », comme dit l'adage. Juste à voir la façon dont il déguste son dessert, c'est-à-dire à bouche que veux-tu, j'espère avoir la chance de valider cette maxime.

Au premier étage…

Les filles constatent que Séléna et Louis ont plusieurs points en commun.

— Qu'est-ce qu'on pourrait faire pour que ça fonctionne cette fois ?

— Les filles, jusqu'ici, vous avez réussi à contrôler pas mal de choses dans cette histoire. Pour la suite, ça appartient à Séléna, avance Xavier.

— Tu ne comprends pas… Une fille de trente et un ans ne peut être heureuse et célibataire, réplique Marilou, frustrée par son commentaire.

— Nous sommes comme ses anges gardiens, explique à son tour Ophélie.

— À partir de maintenant, Xavier, nous les surnommerons « les fées marraines », dit Benjamin, en attendant une réponse à son *high five*.

Un étage plus haut…

Je prends quelques minutes pour me rafraîchir à la salle de bain. Je n'en reviens tout simplement pas à quel point cette fois-ci les filles ont vu juste. J'ai bon espoir que ce soit la baise de l'année. Pendant ce temps, Louis fouille dans la collection de CD de Benjamin, à la recherche d'une musique d'ambiance. Lorsque j'entre dans le salon, il me tend la main afin de m'entraîner dans une salsa cubaine où nos deux corps se rapprochent de plus en plus. Non seulement il est beau, mais il danse comme pas un. La chanson qui suit se veut plus romantique et très propice à un premier baiser.

Chères lectrices, tout comme moi, vous savez à quel point le premier baiser est décisif. Il influence non seulement le moment présent, mais la suite de la soirée ET l'avenir. En termes clairs : si tu embrasses mal = tu baises mal = *turn off* = fin de l'histoire.

Oh my God. Ses lèvres pulpeuses embrassent les miennes avec douceur et fermeté à la fois. Il dirige le moment avec assurance, ce qui me séduit totalement. Le temps s'arrête juste assez longtemps pour que je veuille en demander encore et encore. Je m'éloigne de son visage quelques secondes afin de reprendre mon souffle et mes esprits. Sa main, déposée fermement sur le bas de mes reins, me ramène à lui aussitôt. Au rythme de la musique, il me fait tournoyer sur moi-même, m'enlace dos à lui et me fait danser. Je ferme les yeux pour mieux apprécier le moment. Je sens son souffle chaud dans mon cou, puis sur mon oreille, qu'il mordille sensuellement. Je tente de me tourner pour lui faire face et continuer à l'embrasser, mais il refuse et m'incline le corps vers le sol, digne de l'émission *So You Think You Can Dance*. C'est à ce moment que nous perdons l'équilibre et que nous nous retrouvons étendus sur le plancher du salon. Nous éclatons de rire et rapidement nos lèvres se rejoignent. Je sens son bassin exercer une pression sur le mien…

Au moment même, au premier étage…

Tout à coup, il n'y a plus d'image à l'écran. Les téléspectateurs entendent les rires des deux vedettes qui s'éteignent pour faire place à des soupirs langoureux.

Lorsque Séléna et Louis sont tombés sur le sol, la bibliothèque dans laquelle était posée la caméra s'est déplacée, débranchant du même coup les fils permettant la transmission de l'image. Seuls les micros fonctionnent toujours.

— Non non non! J'ai acheté ce tapis chez IKEA il y a moins d'un mois. Il est hors de question que ma meilleure amie le souille de cette façon.

— Marilou, il y a plus grave que ça. Si Séléna couche avec Louis, il va penser que c'est une salope!

— Mon amour, tu viens vraiment de dire le mot « salope »?

Ophélie ignore la question de Xavier et ordonne plutôt à Marilou de monter à l'étage avec elle pour interrompre leurs cochonneries.

— Benjamin, lance-moi les clés. Ça presse.

— *Come on*, les filles, ça devenait intéressant, lance Xavier, suivi d'un *high five* à Benjamin.

Elles courent et s'arrêtent brusquement dans l'escalier.

— Attends, Marilou. On dit quoi en rentrant? Il ne faut surtout pas qu'ils sachent que nous les avons filmés.

— Fais-moi confiance!

Marilou sonne deux fois avant de tourner la clé dans la serrure.

— Vous êtes là ?

— Attends ! Stop ! Reste dans l'entrée, s'écrie Séléna.

— Je te l'avais dit que ça irait trop loin le premier soir, chuchote Ophélie à l'oreille de Marilou.

Par chance, j'avais juste mon chandail en satin à enfiler et mon soutien-gorge à rattacher. Maudites agrafes ! Je ris en voyant Louis s'inquiéter que son érection soit apparente. Je le tire par le bras, l'assois sur le divan et dissimule son engin sous un coussin.

— Excuse-moi, mais à la grosseur qu'il a, le coussin est préférable à tes mains, plaisanté-je.

En arrivant dans la cuisine, j'aperçois mes deux amies.

— Vous désirez vous joindre à nous ou vous avez simplement oublié quelque chose ?

Ophélie bredouille quelques mots incompréhensibles.

Je demande aux filles où sont passés les gars.

— Euh… Ils sont allés chercher de la bière au dépanneur avant que ça ferme. On a pensé se joindre à vous pour terminer la soirée.

Méchant bon *timing* !

Vers minuit, je les salue tous, sauf Louis, que j'entraîne avec moi sur le balcon. Nous échangeons un dernier baiser et nos numéros de téléphone. Les filles se tortillent de plaisir à l'intérieur et ma super soirée s'achève sur cette note.

— Vous allez lui dire que nous l'avons espionnée ? demande Benjamin.

— JAMAIS ! répondent en chœur Marilou et Ophélie.

— Vous lui direz le jour de ses noces, conclut Xavier.

9
Courrier du cœur

Le Courrier du cœur de *Louison Deschâteaux*

Question :

Madame Deschâteaux,

Je suis un gars qu'on qualifie de gentil et généreux. Je réussis à aborder les filles sans problème, mais on me classe toujours dans la catégorie « ami » et non dans celle des « amoureux ». J'ai tenté les sites de rencontres et les lignes téléphoniques pour que l'apparence physique ne joue pas en ma défaveur, mais dès que je rencontre les filles en personne elles me rejettent. À ce qu'on me dit, je ne suis pas laid, mais je ne réponds pas aux critères de beauté dictés par notre société. J'ai un surplus de poids et mon crâne est quelque peu dégarni. Que me conseillez-vous ?

**Le bon ami
qui ne veut plus en être un**

Réponse :

Cher bon ami,

Si je comprends bien ta situation, tu désires être en couple, mais les filles ne veulent que ton amitié. Par expérience et pour avoir discuté avec des hommes dans la même situation que toi, je peux te confirmer que certaines filles aiment ce type d'hommes. Selon moi, tu n'as juste pas trouvé la bonne fille pour t'aimer à ta juste valeur. Tu ne dois pas changer pour être aimé. Ta lettre ne le précise pas, mais quelle valeur t'accordes-tu ? Tu dois t'apprécier toi-même avant de pouvoir te laisser aimer. Je te souhaite bon succès.

Louison Deschâteaux

Confessions

« La greffe de cheveux, ça ne te dit rien, mec ? *Anyway*, chaque torchon trouve sa guenille », me dis-je intérieurement.

Accoudée à la table de la salle des employés, je feuillette le journal et perds du temps dans la section Courrier du cœur.

Question :

Madame Deschâteaux,

Mon ex et moi sommes revenus ensemble depuis quelques semaines. Nous nous étions séparés après six ans de vie commune. Je l'ai trompé, il m'a trompée. Mais nous avons réalisé que nous nous aimions. Nous n'habitons plus ensemble. Il y a aussi une ombre au tableau : une femme qu'il a côtoyée lors de notre séparation l'aime toujours. Elle appelle plusieurs fois par jour, et même en pleine nuit. Plusieurs de mes amies croient que c'est impossible de recoller les pots cassés et que je me ferai du mal.

Y a-t-il des possibilités qu'il retourne avec elle ? Devrions-nous cohabiter de nouveau ?

Pensez-vous que notre couple a une chance de revivre ou est-il voué à l'échec ?

Lynda, désespérée

Réponse :

Chère Lynda,

Je comprends que cette situation vous tourmente et vous blesse. Pour répondre à vos questions, un couple peut se reconstituer à la condition de recommencer sur de nouvelles bases. Pour ce qui est d'habiter de nouveau avec votre conjoint, je vous suggère d'attendre encore quelque temps, afin de ressentir la durabilité de votre couple. Concernant l'autre femme, dites-vous qu'elle souffre probablement. Vous pourriez inciter votre conjoint à avoir une conversation avec elle afin qu'il exprime clairement son engagement avec vous. L'amour est précieux, il ne faut jamais le tenir pour acquis. Bonne continuité dans l'harmonie !

Louison Deschâteaux

Christophe fait son entrée dans la salle des employés et me surprend dans ma lecture. Je me dépêche aussitôt de fermer le journal et, rapide comme il est, il a eu le temps de mettre son doigt sur la page que j'étais en train de lire.

— Qu'est-ce que tu lis, beauté ? demande-t-il en ouvrant le quotidien. Eh bien… Docteure Courtemanche a des émotions maintenant. C'est nouveau ?

— C'est divertissant !

— Et tes yeux cernés sont attribuables à une nuit torride avec ton «ami santé» ou à des heures de travail prolongées ?

— «L'ami santé» a pris le bord, si tu veux savoir. J'ai découvert qu'il est marié et un peu dérangé de surcroît. Par contre, j'ai un nouveau dossier… Tellement plus *sexy* ! La chimie opère.

Curieux, il prend place à la table.

— Ah oui ? Je veux en savoir plus. As-tu mis ta langue dans sa bouche ?

— T'es con ! dis-je en riant. Oui, je l'ai mise et c'était bon, si tu veux savoir.

— Tu le revois bientôt ?

— Si je me fie aux *sextos* de cette nuit... le week-end prochain. Il travaille dans la construction, donc difficile de faire concorder nos horaires.

— Ça part mal, non ?

— Au contraire, je ne peux pas le trouver achalant.

— Il est au courant que toi et l'engagement, c'est deux ?

— On n'a pas encore abordé le sujet.

— Je te conseille de faire vite si tu ne veux pas qu'il se fasse des idées.

— Voyons, Christophe ! Tu sais très bien que je suis la femme dont tous les hommes rêvent, dis-je en blaguant. Les gars aiment les filles indépendantes et débrouillardes. Je ne serai jamais dans leurs pattes, je ne leur fais vivre que de bons moments.

— Je n'en suis pas si certain... La première fois que j'ai compris que tu ne voulais rien savoir d'une relation amoureuse, ça m'a déçu.

Je le regarde, surprise, et il poursuit :

— Ne me fais pas croire que tu n'as jamais remarqué mon béguin pour toi à notre entrée à l'université.

— Non ! Tu ne me l'as jamais montré !

— Je préférais maintenir notre amitié.

Je tombe des nues. Jamais je n'aurais cru que Christophe ait pu ressentir la moindre attirance pour moi. Ça fait dix ans que nous nous connaissons et il ne s'est jamais rien passé entre nous. Dans ma tête, c'est comme mon frère. Il répond à tous les critères de l'homme idéal, mais pas pour une fille comme moi. Mon bipeur me rappelle à l'ordre au bon moment.

Je regarde le dossier de ma patiente et fais venir l'infirmière pour lui poser quelques questions au sujet du rythme cardiaque du bébé et de la pression artérielle de la mère. L'infirmière m'avise que la future maman est dilatée à dix centimètres, c'est là que j'entre en scène. La journée défile rapidement, je passe d'un bébé à l'autre sans pause. Ces journées sont épuisantes, mais c'est comme ça que je les aime.

À mon arrivée à l'appartement, je suis accueillie par Roméo, qui est toujours aussi heureux de me voir. On cogne à la porte. J'aperçois Micheline dans mon œil magique et lui ouvre aussitôt.

— Bonsoir, ma belle Séléna! J'ai fait du *fudge* avec des *peanuts*. Je sais que tu aimes ça.

— Merci, Micheline! Je suis désolée, mais j'arrive de travailler et je n'ai pas encore eu le temps de prendre une douche.

— Je comprends ça, ma petite. Dis-moi donc, avant que je parte, as-tu un jeune homme dans ta vie ?

— Pourquoi cette question, Micheline ? Vous avez un neveu ou un fils qui vient de se séparer ?

— Tu sais que Raymond et moi aimons bien profiter du beau temps sur notre galerie, et ça fait quelques jours que nous voyons passer une voiture bleue en face de l'immeuble. Le gars regarde toujours vers chez toi et se gare parfois au coin de la rue, mais ne sort jamais de sa voiture.

Dans ma tête, il y a deux possibilités : Marilou… ou Alexis !

— Êtes-vous certaine que c'est un homme ?

— Ah ben là, dit-elle en riant, avec mes yeux fatigués, je ne vois pas jusque-là. En plus, la personne a toujours un chapeau et des verres fumés, difficile de savoir. Je te laisse, ma belle. Je repasserai chercher mon plat Tupperware.

— Merci encore, Micheline, et saluez Raymond de ma part.

Je me dirige vers la cuisine, songeuse. Marilou n'a aucune raison d'agir ainsi. Si c'est Alexis, il a décidément la tête dure. Pourtant, j'ai été claire avec lui…

10
Friends with Benefits

— Un filet mignon de porc farci de homard et d'épinards en croûte de sésame grillé, sauce miel et moutarde, dis-je en lui pointant la recette à l'écran.

— Ai-je bien compris que c'est le menu que tu souhaites préparer pour Louis demain soir ? C'est un peu ambitieux pour toi, non ? Si tu veux, je peux t'aider.

— Merci, Ophélie, mais j'aurai l'aide de Christophe. Je suis réaliste en ce qui concerne mes compétences culinaires.

Christophe arrive à l'heure convenue, comme promis. Nous prenons ma voiture pour faire les achats, en écoutant les succès de l'heure et en chantant à tue-tête. Aller à l'épicerie avec Christophe a toujours été une aventure rocambolesque. Quand il n'est pas en train de jongler avec des fruits, il course avec un panier dans les rangées. Un vrai gamin !

— Si j'achète ça à Roméo, dit-il en pointant une pêche, crois-tu que je gagnerai son amour et que j'aurai droit à un récital ?

— Oublie le projet. Roméo est un oiseau à femmes. Tu ne réussiras pas à l'amadouer.

La caissière passe machinalement les produits au *scanner*.

— Un total de 196,54 $. Avez-vous la carte *Air Miles* ?

Je lui fais signe que non. Elle se tourne vers Christophe.

— Et votre conjoint ?

Ni l'un ni l'autre ne corrigent la caissière, habitués d'être perçus comme un couple.

Nous dégustons une bière rousse pendant que la sauce miel et moutarde embaume l'appartement, Ariane Moffatt embellissant ce moment par ses chansons.

— Prête pour ce soir ?

— Plus que jamais ! Ça fait une semaine que je rêve de ce moment.

— Décidément, Docteure Courtemanche, je ne vous ai jamais vue dans cet état.

— En plus, je porte mes nouveaux dessous Victoria's Secret !

— J'ai hâte de voir le chanceux qui en bénéficiera.

— N'envisage même pas d'être encore ici à son arrivée !

— J'ai tout de même le droit de savoir pour qui je cuisine.

— Tu auras tous les détails lundi, lui dis-je en lui donnant ses affaires et en le poussant vers la sortie.

Louis sera ici dans moins de vingt minutes et tout peut arriver... Plusieurs scénarios se forment dans ma tête. On déguste le repas en tête à tête, puis je lui saute dessus et le déshabille violemment. Pendant que je fantasme, on frappe à la porte. Je replace mes cheveux, remonte mes seins et jette un regard sur mon rouge à lèvres dans le miroir avant d'ouvrir. Libido = -4. Raymond est là, tout sourire.

— Désolé de te déranger, ma petite. Mon épouse aimerait récupérer son plat carré Tupperware, elle a fait cuire trop de pâté au poulet et veut congeler le restant.

Je lui remets le plat en question, espérant qu'il n'ait pas envie de faire la conversation sur la pluie et le beau temps. Disons que j'ai autre chose en tête. Heureusement pour moi, Raymond repart immédiatement. Je monte le son de la musique et exécute quelques pas de danse avec l'intention de me mettre dans l'ambiance, mon verre de vin d'une main et la télécommande du téléviseur en guise de micro de l'autre. Je suis d'humeur joyeuse.

Avant même que j'aie le temps de boire une autre gorgée de vin, on cogne de nouveau. J'ouvre sans réfléchir, certaine que c'est encore Raymond qui veut m'offrir du pâté. Libido = +12. C'est Louis, toujours aussi *sexy*. Dans certains cas, lors d'un deuxième rendez-vous, nous pouvons vivre une déception, l'alcool ou l'ambiance ayant pu fausser notre perception lors de la première rencontre. Mais là, ce n'est pas le cas, il est TRÈS *HOT*! Il porte une chemise bleu ciel qui met en valeur… TOUT!

— Bonsoir…

— Allô…

Les fils se touchent. Louis me prend par la taille, me soulève, j'enlace mes jambes autour de lui. Il ferme la porte avec son pied et m'adosse avec passion contre le mur de l'entrée. Je me délecte de ses lèvres et respire son odeur aphrodisiaque. La chaleur de son corps me transperce et la tension sexuelle que nous avons alimentée toute la semaine explose.

— Est-ce que je t'offre un verre, lui demandé-je entre deux baisers.

— Peut-être tout à l'heure, pour l'instant je m'abreuve de toi.

Je palpe ses bras musclés, puis ses fesses fermes pendant qu'il m'embrasse dans le cou jusqu'au décolleté. J'arrache les boutons de sa chemise en voulant vite dénuder son torse et c'est là que je constate qu'il est bronzé en habitant, c'est-à-dire

qu'il a un chandail blanc de peau. Mais le désir est si fort que ça m'en prendrait bien plus pour refroidir mes ardeurs.

Nous nous dirigeons vers ma chambre. Roméo jacasse assez fort que Louis arrête de m'embrasser ; il soulève la tête en plein dans le feu de l'action.

— Qu'est-ce qu'on entend ? demande-t-il, inquiet.

Sans quitter sa bouche, je lui réponds que c'est mon oiseau qui réagit fortement aux inconnus masculins. Il replonge aussitôt.

Il me transporte jusqu'à mon lit, où il m'y dépose (je n'ai pas eu besoin de lui dire où était ma chambre, son instinct le lui a dicté). Je le regarde retirer ce qu'il lui reste sur le dos, tout en admirant son corps de gars qui travaille dans la construction.

La suite se déroule comme je l'avais imaginé. C'est juste trop parfait ! Deux corps qui se sont trouvés. Compatibilité sexuelle = 15/10.

Cette séance de sexe nous ayant creusé l'appétit, nous savourons le merveilleux repas cuisiné par Christophe.

— En plus de bien faire l'amour, tu cuisines comme une déesse.

— Je dois te faire un aveu… ce n'est pas moi qui ai concocté ce repas. Je n'ai aucun talent culinaire.

— Bah! Pas grave, tu as tellement d'autres qualités…, dit-il en m'embrassant l'épaule.

— Quelle musique as-tu envie d'écouter?

— Choisis. Surprends-moi, comme d'habitude.

— Je te surprends?

— Vous êtes loin d'être une fille ordinaire, Séléna Courtemanche…

Basket de Dan Mangan joue, Louis me caresse la cuisse et se lance dans un jeu-questionnaire.

— Est-ce que tu frises naturellement? Tes cheveux roux sont magnifiques. Et tes yeux, c'est ta vraie couleur? Ta peau est très douce, c'est quoi ton truc?

Déstabilisée, je réponds brièvement à chacune de ses interrogations. L'envie de lui sauter dessus sur le divan me reprend. Je lui retire son assiette des mains et m'assois sur lui à califourchon. Il prend mon visage entre ses mains, me regarde et me dit: «Je t'aime!»

Ces mots ont l'effet d'une bombe. Libido = -12. Je me lève subitement, vais chercher ses vêtements dans ma chambre et les lui remets. Ne saisissant pas ce qui se passe, il me regarde, ébahi. Poliment, je lui demande de quitter mon appartement en lui disant que j'ai besoin de me retrouver seule. Il proteste, essayant de comprendre ce qu'il a fait de mal.

— Écoute, Louis, je pense que tu vas te faire du mal avec une fille comme moi. Je ne cherche pas l'amour ni une relation stable, lui dis-je froidement.

Louis se rhabille, déconcerté, et sort de mon appartement.

Une heure plus tard, je reçois un texto de sa part :

> Nous avons passé un si bon moment ensemble que je cherche encore à mettre le doigt sur ce qui a pu arriver. Si tu as envie qu'on en reparle, je t'offre un café.

Décidément, il n'a rien compris. J'ai besoin de ma dose de magasinage en ligne.

11
Back to the Future

— T'as pas pris deux desserts ?

— Ben quoi ? C'est la place idéale pour être gourmande. Je peux partager, si tu veux !

Je n'ai pas besoin de supplier Marilou, elle salive devant ma crème brûlée aux petits fruits et mon gâteau double chocolat du Cochon dingue.

— Parlant de dessert cochon, tu n'as pas des histoires croustillantes concernant Louis à nous raconter ?

Je laisse tomber ma fourchette et, du même coup, une partie de mon dessert au chocolat sur mon nouveau jeans coupe droite que j'ai eu tant de difficulté à dénicher. J'avale tout rond ce qui me reste de gâteau dans la bouche et m'adosse à mon siège en soupirant longuement.

— Si vous saviez à quel point je n'ai rien à dire sur le sujet.

— Impossible, nous vous avons vus samedi au souper. Vous donniez l'impression d'être amoureux.

— Comment ça, « nous vous avons vus » ? demandé-je à Ophélie, étonnée.

Mon amie semble tout à coup nerveuse et Marilou reformule rapidement sa phrase, plus crûment.

— Quand Ophélie et moi sommes arrivées, ça sentait le sexe à plein nez dans mon appartement.

— Ah, Marilou, répond Ophélie en lui tapant le bras. Ce qu'elle veut dire, c'est que vous sembliez bien vous accorder… comme un piano.

Je lève les yeux au ciel, irritée en repensant à cette soirée.

— Il m'a dit « je t'aime » après qu'on eut baisé. Stie, les filles, c'est la deuxième fois que je le voyais.

— Tu as couché avec lui le deuxième soir ? demande Ophélie, déconcertée. Tu ne le connais même pas et tu as partagé ton intimité avec lui ? As-tu réfléchi à ce qu'il pourrait penser de toi ?

— Il t'a dit ça ? Ben voyons, c'est beaucoup trop tôt, poursuit Marilou, stupéfaite. Benjamin ne m'a pas dit que Louis était du genre dépendant affectif. Êtes-vous censés vous revoir bientôt ?

— JAMAIS de la vie !

Oups ! Je me suis exprimée trop fort. Quelques têtes se tournent vers moi.

— Pourquoi « jamais » ? Tu pourrais lui donner une chance, suggère Ophélie.

— Je l'ai mis dehors alors qu'il était presque nu. Il m'a envoyé un texto pour m'inviter à aller prendre un café, mais je n'ai pas répondu.

— C'est pas trois syllabes qui vont mettre un terme à ta relation. J'avoue qu'il a été maladroit, mais je suis du même avis qu'Ophélie, tu devrais lui laisser une chance.

— Ma « relation », tu dis ?

— Relaxe, Madame-je-panique-je-gâche-et-je-ne-m'engage-pas. Ce n'est pas parce que tu es avec un gars qu'automatiquement tu signes un contrat de mariage.

Ophélie, encore traumatisée par ma relation sexuelle hâtive, revient à la charge.

— Avez-vous mis un condom au moins ?

— Ben non ! Par en arrière, par en avant, dans la bouche, *envoye*, dis-je, scandalisant Ophélie, qui ne saisit pas l'ironie dans ma voix. Pour qui tu me prends ? *Anyway*, vous avez beau dire tout ce que vous voulez, pour moi, c'est un *turn off* majeur, je ne le reverrai pas, un point, c'est tout.

— Je vais t'en raconter un *turn off*, lance Marilou.

Heureuse de changer de sujet, j'attends avec curiosité les confidences de mon amie.

— Je ne vous ai jamais parlé de Frédéric, l'homme qui a peur de son sperme ?

— QUOI ?

Ophélie est carrément offusquée par de tels propos. Elle prend une pause de nous pour aller à la salle de bain, incapable d'en entendre davantage.

— Je baisais avec ce gars. En passant, ce n'est pas Benjamin. Au moment où il est venu pour éjaculer, il a carrément paniqué à l'idée que son sperme puisse souiller ses draps. Il a sorti un plastique de sous son lit pour recueillir sa… comment dirais-je ?… sa semence.

Mon visage exprime de l'incompréhension en tentant de visualiser la scène… Marilou jouait l'actrice de soutien. Non ! Trop d'images, ce n'est pas bon. Elle poursuit.

— J'ai un autre « vrai » *turn off* pour toi, mais cette fois je n'ai pas couché avec ce gars. Que dirais-tu de sortir avec un artiste qui se spécialise dans « l'art séminal » ?

— Non, mais tu délires.

— Je te jure sur la tête de ton Roméo que c'est vrai. J'ai lu dans le journal qu'un gars, se disant artiste, fait des toiles avec son sperme et les expose.

Je pouffe de rire au moment où Ophélie revient à la table. En entendant le mot « sperme » encore une fois, elle se bouche les oreilles.

— Je te relance, Marilou, avec Jordan. Un homme qui a lâché un pet au moment de l'orgasme et qui a fait comme si rien ne s'était passé.

Au tour de Marilou de s'esclaffer.

— Pauvre lui! Ce n'est pas sa faute, ça peut arriver à n'importe qui. Il aurait pu au moins s'excuser, mentionne Ophélie en se retenant elle aussi de rire.

— Revenons à Louis. S'il ne t'avait pas déclaré son amour, l'aurais-tu revu?

— Oui, mais juste pour baiser.

— Ça ne te tenterait pas des fois de penser à autre chose quand tu fréquentes un gars? intervient Ophélie, désappointée.

— Pourquoi penser à autre chose? Le sexe est bon pour la santé. Non seulement ça diminue le stress, mais ça améliore le sens de l'odorat, ça procure un effet analgésique, ça aide à perdre du poids, ça apaise l'humeur…

— Ça suffit, Docteure Courtemanche, vous n'êtes pas de service ce soir, me coupe Marilou. D'accord, on fait un marché avec toi : tu acceptes l'offre de Louis pour le café et…

Ophélie poursuit :

— … et en échange je te cuisine des petits plats pour une semaine !

— De la bouffe, je peux m'en commander, puis Micheline me donne presque quotidiennement des restants.

— Alors une journée dans un spa ? renchérit Marilou.

Hésitante, je réfléchis quelques secondes et décide de tenter une contre-proposition.

— Une de vous deux ira jouer au golf avec mon père à ma place.

— D'un, on ne joue pas au golf, et de deux, les occasions d'activité père-fille avec Marcel sont tellement rares que tu dois y aller. C'est non négociable, affirme Ophélie.

— Alors je passe, dis-je à la Danièle Henkel. Louis est maintenant chose du passé. Je ne vois pas de potentiel d'investissement dans cette histoire, je tourne la page : *kaput, finito, ciao…*

— Ça va, on a compris, Séléna, dit Marilou, exaspérée.

Un homme d'environ quarante-cinq ans s'approche de notre table. Il porte un jeans noir délavé avec un chandail inséré dans son pantalon trop court (l'expression « avoir de l'eau dans la cave » prend ici tout son sens). Sa ceinture lui arrive au nombril et sa chevelure bouclée poivre et sel est garnie d'une épaisse couche de gel coiffant. Il s'adresse à nous trois, mais son regard est dirigé vers moi.

— Avez-vous vu Nic ?

— Pardon ?

— Nic, le gérant.

— Euh non. On ne sait même pas de qui vous parlez.

— Lâche-moi le « vous », ma belle, je ne suis pas si vieux que ça ! J'ai l'impression de te connaître, dit-il, toujours en me regardant.

— Tu ne me dis rien. Désolée !

— Qu'est-ce que tu fais dans la vie ?

— Je fais partie d'une congrégation de bonnes sœurs. J'ai une permission spéciale pour être ici ce soir.

— Arrête de me niaiser, belle comme t'es, ça ne se peut pas. T'es même pas habillée comme une religieuse.

— OK ! Je te l'avoue, je t'ai menti. Je sors de prison. Je suis présentement en maison de transition, tu veux voir mon bracelet de surveillance électronique ? ajouté-je en tentant de conserver mon sérieux.

— *Anyway*, je m'en vais au Beaugarte. Tu viendras me rejoindre.

Il quitte notre table et nous éclatons de rire.

— Séléna, tu réalises à quel point tu es sélective ? Tu viens peut-être de passer à côté de l'homme de ta vie, blague Marilou.

— Si l'homme de ma vie ressemble à ça, je vous confirme que je préfère rester seule.

Au même moment, je remarque un appel entrant sur mon téléphone : «Private number». Je le prends. Personne ne parle, mais je sens qu'il y a quelqu'un à l'autre bout de la ligne.

— Qui c'était ? demande Marilou lorsque je raccroche.

— Je ne sais pas, c'est la quatrième fois que je reçois un appel d'un numéro confidentiel et que personne ne parle. J'entends seulement une respiration. Étrange…

— Effrayant, tu veux dire, me coupe Ophélie.

— Ne t'en fais pas, sûrement un ex de Séléna encore amoureux, plaisante Marilou. Avant que nous quittions le restaurant, j'ai une proposition à vous faire. J'ai gagné une session de Zumba, mais je n'ai vraiment pas envie de m'habiller en fluo et de me rendre là-bas toute seule. Ça vous dirait de m'accompagner ? J'appréhende d'être l'unique rondelette dans la place…

— Et avec nous, ça ferait trois, c'est ce que tu veux dire ?

Ophélie rit de ma plaisanterie et accepte la suggestion de Marilou sur-le-champ.

— J'ai besoin de faire autre chose que des commissions pour ma maison.

— Avec mon horaire qui change constamment, c'est difficile de m'inscrire à un cours.

— Tu peux y aller quand tu veux dans la semaine, Séléna, il y a plusieurs plages horaires. Mais ce serait sympa de s'initier à cette activité les trois ensemble, insiste Marilou. Le premier cours est dans deux semaines.

— Alors j'accepte pour le premier cours et ça reste à voir pour la suite. C'est quoi, au juste, de la Zumba ?

— C'est une combinaison d'aérobie et de danse latine, lit Ophélie qui a déjà fait une recherche sur son téléphone.

Il me revient en tête une image de la salsa avec Louis… Je la chasse immédiatement de mon esprit. Mon téléphone sonne de nouveau.

— Excusez-moi, les filles, un autre appel de mon « maniaque ».

— Ne dis pas ça, Séléna, lance Ophélie, terrifiée.

— Bonjour, papa !

Mon père ne me téléphone jamais, je suis donc surprise de son appel. Je me retiens de lui demander pourquoi il n'a pas donné la mission à Diane de le faire à sa place, comme d'habitude.

— Les prévisions météo sont bonnes pour mercredi. Es-tu libre pour notre partie de golf ?

— Attends que je réfléchisse… je suis libre, mais le matin seulement.

— Pas de problème, nous ferons un neuf trous. La réservation sera à mon nom au Golf de la Faune à Charlesbourg.

En raccrochant, je fais appel aux filles.

— Souhaitez-moi bonne chance, je vais aller me ridiculiser sur un terrain de golf, ou plutôt souhaitez-moi des orages. Ça me donnerait une bonne raison d'annuler.

Mon téléphone se fait entendre pour une troisième fois, c'est la sonnerie du film *Back to the Future* qui annonce Christophe.

— Salut, beauté ! J'ai une question pour toi. Qu'est-ce que tu choisis entre tromper ton chum ou te faire tromper ?

— Ça va pas ?

— Réponds à ma question, s'il te plaît.

— Tromper, sans hésitation.

— Moi aussi…

— Je m'apprête à quitter le restaurant, tu veux qu'on aille marcher ?

— T'es où ?

— Au Cochon dingue, rue Maguire.

— Attends-moi, je passe te chercher.

♥♥♥

J'entends le moteur de sa moto gronder au loin. Pour le faire rire, je m'installe sur le trottoir, le pouce en l'air avec l'attitude d'une prostituée qui s'offre sur la rue. Il se gare et me tend un casque.

— C'est combien, mademoiselle, juste pour discuter ?

— Pour vous, c'est gratuit !

J'enfile le casque et m'installe derrière lui.

 « Envoye embarque ma belle j't'amène n'importe où, on va bûcher du bois, gueuler avec les loups ouais… » me chante-t-il.

Confessions

Nous nous dirigeons en direction de la rue Saint-Jean, située dans le Vieux-Québec. C'est une belle soirée chaude d'été, le soleil est couché, mais les étoiles, elles, commencent leur quart de travail. Chères lectrices, je ne suis pas une poète dans l'âme, mais sachez que la nuit est douce.

Christophe porte une chemise à carreaux agencée à son jeans, il place sa casquette à l'envers pour cacher ses cheveux aplatis. Il est fier, mon Christophe !

L'ambiance est à la fête, une partie de la rue est réservée aux piétons, les terrasses sont bondées, ça bourdonne de vie tout autour. Certaines boutiques étant encore ouvertes, nous en profitons pour faire un peu de lèche-vitrine. Tout en marchant, Christophe se confie.

— Tu te doutes bien que je vais te parler de Julie. Nous avons discuté hier soir jusqu'à tard dans la nuit. Son « remaniement de vie » n'a pas eu les effets escomptés. Elle a analysé de long en large notre vie de couple pour en arriver à la conclusion que si ça va mal, c'est à cause de moi. Elle doute de mon amour pour elle, de ma capacité d'engagement, de mon désir de fonder une famille, de notre amitié… Bref, elle doute de tout. Nous avons passé plusieurs heures à essayer de nous comprendre, de trouver des solutions, mais elle se borne à dire que la seule chose qui peut sauver notre couple, c'est que je consulte un psy. Je me suis évertué à lui expliquer qu'un couple est composé de deux personnes et que tout ne repose

pas uniquement sur mes épaules. Elle est bien placée pour le savoir, étant psychologue spécialisée en thérapie de couple, elle écoute des gens se confier à longueur de journée.

— Et toi, comment te sens-tu ?

— Écœuré, mon gars ! Chu pu capable, je te jure, je suis vraiment à boutte.

— Je ne suis pas un gars, je suis une fille, m'écrié-je pour diminuer la tension.

Ça ne réussit pas à le faire sourire. Il reprend, toujours aussi découragé.

— Tu ferais quoi si tu étais à ma place ?

— Tu me connais, je fais toujours exprès pour ne pas me retrouver dans ta situation. Je ne suis pas la bonne personne pour te répondre. J'ai beau essayer d'être empathique, de me mettre à ta place, mais la seule chose qui me vient en tête, c'est l'image d'un coup de pelle ronde dans le visage. Je suis fâchée qu'elle ne se regarde pas le nombril.

— N'en parle à personne, mais je commence à penser à prendre le large.

— Ma chambre d'amis est disponible, si ça peut te rendre service. Et puis, ça nous rappellerait des souvenirs du bon vieux temps.

Il sourit enfin.

— Roméo sera jaloux!

— Julie aussi!

Assis confortablement sur mon divan, habillés *en mou*, nous réécoutons, pour la centième fois, notre film fétiche tout en mangeant du maïs soufflé au caramel.

Dès les premières minutes de *Back to the Future*, je sens la fébrilité monter en moi à l'idée de retrouver mes personnages préférés: Doc Brown et Marty McFly. Les effets spéciaux sont dépassés, mais rien ne peut m'empêcher d'entrer dans l'histoire encore une fois. C'est pareil pour Christophe. Je l'observe du coin de l'œil, la DeLorean semble avoir un effet thérapeutique sur son moral.

Après le premier film, nous décidons d'écouter immédiatement la suite, malgré la fatigue qui nous assaille. Les fenêtres du salon sont ouvertes pour laisser entrer la brise d'été. Une odeur de marijuana nous chatouille les narines, ce qui éveille subitement Christophe.

— Tu penses-tu la même chose que moi?

— Que ça pue?

— Nonnnn! Que ça serait bon, un petit joint, comme dans le temps. As-tu encore des provisions dans ton congélateur?

— T'es malade! Je n'ai pas eu ça depuis notre cohabitation. Déjà que je n'étais pas très friande à l'idée que t'en conserves dans notre appartement.

— Je suis certain que ton voisin d'en dessous en vend. Il me semble qu'il a une face de *poteux*.

— Depuis quand connais-tu mon voisin?

— L'hiver dernier, je l'ai aidé à déprendre son auto d'un banc de neige.

— T'es pas *game* d'aller lui demander.

— Tu crois ça…

Il se lève, n'enfile même pas ses chaussures et descend au premier étage de l'immeuble. Accotée contre le mur en haut des escaliers, j'entends la sonnette du logement voisin retentir. Je me croise les doigts pour que Micheline et Raymond soient déjà couchés à cette heure-ci.

Christophe remonte quelques minutes plus tard avec des cocottes de marijuana et du papier à rouler.

Pendant que Biff s'affaire à déconstruire la vie de Marty McFly, dans l'avenir qui est en fait devenu le passé, nous commandons une poutine italienne extra sauce, des rondelles d'oignon, une salade César et deux millefeuilles. Orgie de nourriture en vue. Christophe mange comme si sa vie en dépendait et s'endort le ventre plein. Je le recouvre d'une couverture, arrête le film et m'aperçois que son téléphone indique sept appels manqués. Je le laisse sonner, encore une fois, en sachant que rien ne pourra le réveiller dans cet état. Trop fatiguée, je m'étends sur mon lit, sans avoir brossé mes dents ni retiré mes vêtements.

Je lève ma tête, les yeux légèrement entrouverts, je constate que je suis couchée dans la même position que je me suis endormie la veille, ou plutôt cette nuit. Le soleil réchauffe déjà mon appartement. Le bulletin météo prévoit une chaleur caniculaire. Je me hisse péniblement hors du lit, la bouche pâteuse. Une odeur de restants de nourriture me monte au nez. J'en ai la nausée. Je me dirige tout droit vers la salle de bain pour avaler deux comprimés d'ibuprofène. J'ingurgite un litre d'eau, mais c'est comme si je n'avais rien bu. Mon estomac me donne l'impression de ne pas avoir encore digéré la poutine de la veille. Je me rends à la cuisine pour m'y préparer un thé, un excellent remède dans ma situation. Ce qui est le plus drôle, c'est que le thé de ma collection DAVID's TEA se prénomme « Lendemain de veille » : thé vert chinois, racines de pissenlit, baies de schisandra, citronnelle, zeste d'orange.

Le téléphone de Christophe sonne de nouveau. Je m'approche de lui pour vérifier son pouls. Ses yeux sont fermés, il ne bouge pas d'un poil. Soudain, il lève sa main pour me faire signe qu'il est réveillé, les yeux clos.

— Qu'est-ce que tu choisis entre du Pepto-Bismol ou du Tylenol ? On n'a plus vingt ans, n'est-ce pas, beauté ?

— Je vais te chercher un verre d'eau et des cachets. Et en passant, ça fait plusieurs fois que Julie appelle.

Il ouvre les yeux subitement.

— *Fuck !*

12
Happy Gilmore

Mon père m'attend dans le stationnement du club de golf, le sac déjà sur le chariot et ses nouveaux couvre-bâtons bien en place. Vêtu d'un bermuda rose, de bas vert lime montés jusqu'aux genoux et d'une casquette à visière blanche (comprendre ici que le crâne est dégarni et que les yeux uniquement sont protégés du soleil – je n'ai d'ailleurs jamais compris la grande utilité de ce type de casquette), il ne manque plus que des drapeaux du Canadien sur sa voiture pour avoir le profil du parfait Québécois en vacances en Floride. Désolée pour mon humeur, mon syndrome prémenstruel familial a débuté hier soir. Mon père s'élance pour m'accueillir.

— Bon matin, ma fille! Un départ à huit heures, ce n'est pas trop tôt pour toi j'espère?

— Avec mon horaire de travail, j'ai développé la capacité d'être efficace à toute heure de la journée.

Efficace est un bien grand mot en ce qui concerne le golf dans mon cas.

Mon père est un maniaque de golf. Il ne rate jamais une occasion de jouer et de regarder une partie à la télévision.

Je n'ai d'ailleurs jamais compris ce qu'il y a d'intéressant à admirer sur un écran de la verdure et des gens en silence qui applaudissent après un bon coup. Mon père est tellement adepte de ce sport que l'hiver, avec mon oncle Denis, ils vont jouer au centre de golf virtuel.

— J'aime bien être sur le tertre de départ à huit heures. Il y a moins de *shoeclacks* sur le terrain.

En termes *golfiens*, ça signifie qu'il y a moins de débutants, habituellement chaussés d'espadrilles parce qu'ils n'ont pas de souliers de golf munis de crampons.

Nous nous dirigeons vers la boutique du pro (gênée d'être en espadrilles !) afin que je puisse louer un équipement de golf et un chariot. Mon père connaît tout le personnel.

— Est-ce que c'est ta fille, Marcel ? Il me semble qu'il y a un peu du père dans ce visage-là. Belle de même, elle doit retenir de sa mère.

Mon père répond fièrement par l'affirmative et me présente à tous les membres du personnel présents ainsi qu'à tous les autres golfeurs qu'il côtoie régulièrement.

Au premier trou, j'ai droit et surtout «j'ai besoin» de quelques conseils de sa part pour être capable de survivre au parcours de neuf trous qui m'attend. Mon père m'enseigne le positionnement des mains, du corps et des pieds. Il se place à l'arrière de moi, met ses mains sur les miennes pour me

montrer de quelle façon je dois m'élancer (très *sexy* quand c'est un beau pro du golf, et très embarrassant quand c'est ton père, en particulier le mien, avec qui je n'ai pas eu de rapprochement depuis plus de dix ans).

— J'ai joué avec ton oncle Denis la semaine passée.

Étant avocat, mon oncle Denis est membre du Club de Golf Royal Québec (club semi-privé haut de gamme situé à Boischatel). Mon père est toujours très enthousiaste lorsqu'il a la chance d'y être invité.

— Tu aurais dû voir le terrain. Pour moi, c'est le plus beau.

— Denis est en forme ? s'informe la docteure en moi.

— À part un peu de cholestérol, il pète le feu.

— Parlant de cholestérol, as-tu reçu les résultats de tes tests ?

— Tout est beau. Un peu de cholestérol moi aussi. Ma tension est belle, mais le médecin m'a dit qu'en faisant un peu d'exercice et en mangeant mieux tout devrait être correct. Il veut me revoir dans six mois.

— Tu fais bien de surveiller ce que tu manges. Les patates jaunes pis ta mauvaise habitude de nettoyer le fond de la poêle avec une tranche de pain, c'est mauvais pour tes artères, papa. Le gras peut les boucher et provoquer une crise de cœur.

— Séléna, lâche ton vieux père et profite des heures de détente que nous avons la chance de passer ensemble, veux-tu ? Pour revenir à Denis, je te dis qu'il ne change pas avec les années, il est toujours aussi impatient. Tu aurais dû l'entendre.

Mon père sort ses talents d'imitateur, le bâton de golf dans les airs : « Tabarnak, chu pas bon. Je *swingue* trop vite, pis j'ai la maudite manie de lever la tête. Encore une maudite *slice*. Je vais m'accrocher un hameçon en dessous des *gosses*. Je vais arrêter de la lever. »

Je ne saisis pas tout de son langage, mais je souris, sachant très bien de quoi mon oncle est capable. Je visualise facilement son bâton qui vole dans les airs à la suite de ce moment de crise.

— Il chiale, mais il joue bien : quatre-vingt-trois pour lui et quatre-vingt-un pour moi cette journée-là. Ton père ne perd pas la main avec les années, dit-il fièrement.

Le troisième trou se déroule en silence. J'ai beau suivre ses conseils à la lettre, je réussis une fois sur cinq à toucher la balle. Mon orgueil en prend un coup.

Rendue au quatrième coup, je bous de rage. Mon père parle de *bird* et de *par*, et je n'arrive même pas à frapper la balle.

— Regarde ailleurs, papa, lancé-je avant de tenter mon coup. J'ai trop honte.

— Là je reconnais ma fille. Tu ne peux pas exiger la perfection, tu n'as jamais joué ou presque. Essaie seulement d'entrer en contact avec la balle. Ne cherche pas à l'envoyer loin.

J'ai juste envie de jouer dans les trappes de sable et de ramasser des fleurs.

Une famille de renards traverse le terrain. Émerveillée, je cherche mon téléphone pour prendre une photo.

— Là je reconnais ma fille, répète-t-il, l'amie des animaux. Ça me rappelle la fois où on avait vu une marmotte et que tu avais voulu la capturer pour la ramener à la maison.

Je dois avouer que le terrain est d'une beauté remarquable. L'ambiance est calme, seuls les oiseaux chantent. J'ai toujours aimé les grands espaces verts. Et je comprends aussi les adeptes du golf qui disent venir jouer pour décompresser. Il n'y a pas de place pour le stress ici. À part si on s'appelle Denis!

Après deux heures et demie de travail et non de détente, nous terminons notre partie. Mon père a joué trente-neuf et moi j'ai arrêté de compter au troisième trou.

— Suis-moi, Séléna. Je t'offre un hot-dog comme dans le bon vieux temps.

Nous entrons dans le bar et la serveuse dépose un vingt onces de bière en fût sur le comptoir pour mon père, sans même lui demander.

— Et pour vous, mademoiselle, ça sera quoi ?

— Un Perrier seulement. Je travaille cette nuit, précisé-je à mon père.

— Est-ce que c'est ta fille, Marcel ? demande Marc, un partenaire de golf de mon père et adepte du dix-neuvième trou (comprendre ici le bar en termes *golfiens*). Belle de même, m'acceptes-tu comme gendre ?

— N'écoute pas ce qu'il dit, Séléna. Viens plutôt t'asseoir à côté de moi.

Mon père s'intéressant à ma carrière, nous discutons de médecine. Je n'ai pas eu de conversation aussi longue avec lui depuis des années. Quand j'étais petite, nous étions comme les deux doigts de la main. Il passait des heures à jouer avec moi et à me lire des histoires. Mécanicien industriel de profession, il m'amenait de temps à autre dans l'entreprise où il travaillait. J'étais toujours très impressionnée de voir la machinerie, et je me souviens que nous devions porter un casque, des lunettes et des bouchons. Lorsque ma mère est tombée malade, il a pris en charge la famille. Ma mère a cessé de travailler et n'avait plus la force de s'occuper de moi. Je n'ai jamais manqué de quoi que ce soit. Nous magasinions mes vêtements pour l'école, il venait me reconduire chez mes amis et assistait aux réunions de parents. Je parlais toujours de lui avec une grande admiration. Jusqu'au jour où j'ai su qu'il avait une autre femme dans sa vie. Ça a eu l'effet d'un coup de poignard dans le cœur…

Pendant plusieurs autres minutes, je l'écoute me parler de ses projets de retraite prévue dans cinq ans. Certains pourraient croire que mon père se prépare trop à l'avance, mais au contraire. Cette période de vie peut être aussi longue que celle que nous avons vécue sur le marché du travail.

— Diane et moi avons l'intention de nous acheter un Winnebago et de partir faire le tour du Québec. Ta mère et moi rêvions de faire ça à la retraite, ajoute-t-il, songeur.

Touchée, j'ignore son dernier commentaire.

— Tu pourrais sortir du Québec, papa. Tu n'as jamais voyagé. Faites le tour des États-Unis ou rendez-vous au Mexique.

— C'est ce que j'aimerais, mais Diane trouve que c'est dangereux.

— Tu n'es pas obligé de tout faire avec Diane. Demande à Denis ou à un de tes amis. On a une seule vie à vivre.

— Tu ne la portes pas dans ton cœur, n'est-ce pas ?

— C'est important de penser à soi et à son couple. Il faut avoir un équilibre pour être heureux, et pas seulement à la retraite.

— Tu ne désires pas répondre à ma question et je comprends… Je sais bien que tu m'en veux et que tu crois que je suis responsable de la mort de ta mère. J'aimerais avoir la chance de t'expliquer ce qui est arrivé.

Les yeux de mon père se remplissent d'eau. Ce n'est pas le moment pour parler de maman et de la rancœur que j'éprouve envers lui et Diane. Je me lève pour me rendre à la salle de bain, mon lieu de prédilection en situation d'urgence.

Mon père n'a jamais abordé le sujet de sa maîtresse de cette façon. Je ne l'ai jamais vu pleurer depuis le décès de ma mère. Je ne le laisserai pas gâcher cette journée comme il a pu le faire avec la vie de ma mère. Frôlant la crise d'apoplexie congénitale, je sors de la salle de bain, lui envoie la main au loin et déserte le club de golf.

13
Bibi et Geneviève

— As-tu apporté une bouteille de vin blanc ?

— UNE bouteille ? J'en ai apporté cinq.

— Dieu du ciel, Marilou ! Tu veux qu'elle tombe dans un coma éthylique ou juste la saouler pour qu'elle soit plus encline à participer au projet ?

Ophélie et Marilou saluent Raymond et Micheline qui désherbent leurs boîtes à fleurs. Elles montent l'escalier, les bras chargés de bouteilles et de sushis. Vêtue de mon ensemble de yoga, je m'apprête à prendre la posture du chat afin d'éliminer le stress de ma journée de travail. Bien sûr, mon pantalon noir en Lycra avec une fine touche de rose pastel s'agence parfaitement à ma camisole. Ce n'est pas parce que je suis seule avec moi-même que je ne peux pas être belle. Alors que la sonnette de l'entrée m'annonce la venue de quelqu'un, je pense à voix haute.

— *Please !* Faites que ce soit Micheline avec un restant de son souper, mon frigo est vide.

J'aperçois plutôt mes deux meilleures amies. Étonnée de leur visite, je leur ouvre la porte et les invite à entrer dans mon château bordélique à l'image d'une jeune professionnelle trop occupée pour bien tenir sa maison. Ma mère ne serait pas fière de moi.

— Sushis et *vino*, s'écrient en chœur les filles, toutes souriantes.

— Ah, que je vous aime, leur dis-je en les serrant dans mes bras pour les embrasser.

Elles me repoussent, désirant déposer leur attirail. Aussitôt leurs bras libres, nous reprenons le câlin collectif. L'amitié procure autant de bonheur qu'un thé glacé en plein désert. Depuis que nous nous connaissons, se retrouver a toujours été un immense plaisir. Et Dieu sait à quel point nos personnalités sont différentes. Avec le temps, nous avons réalisé que ce sont ces différences qui créent la chimie qui existe entre nous. Nous sommes complémentaires. Ophélie la rassurante, Marilou la Germaine, et moi l'indépendante. Un beau trio, bien meilleur que ceux de chez McDo.

— C'est quoi cette musique ? ricane Marilou.

— Je m'apprêtais à faire du yoga et Roméo adooore le style zen de ce disque.

— Ah, Roméo ! T'es tellement beau ! Veux-tu que tante Ophélie te donne un petit morceau de fruit ?

— Non. C'est mon tour, c'était toi la dernière fois.

De vraies gamines ! Je sors Roméo de sa cage. Les trois en même temps, nous nous amusons à faire valser notre index pour faire chanter Roméo. De l'extérieur, la scène doit être digne de l'émission *Drôles de vidéo*.

Ce soir, le vin se boit bien, ou coule à flots, c'est selon. En deux heures de discussion, nous sommes passées par le travail, la relation amoureuse Marilou-Benjamin, la maison en construction d'Ophélie et, bien sûr, le sexe. Les filles s'interrogent sur la façon dont je comble mes besoins sexuels depuis la fin abrupte de l'histoire Séléna-Louis. Même Ophélie me questionne sur le sujet, elle qui possède des oreilles chastes qui ne tolèrent habituellement pas ces propos croustillants.

— Ne vous en faites pas pour moi, je gère très bien mon corps. Le premier tiroir de ma commode offre une variété d'accessoires affriolants.

Fou rire général. Je me lève pour leur laisser croire que je veux leur faire une démonstration de produits érotiques. Ophélie, telle une poule pas de tête, court se réfugier dans le salon, en me suppliant de lui éviter ce traumatisme. Marilou, pompette, la poursuit pour la ramener de force à la table. Je ressors de ma chambre, avec uniquement une photo entre les mains plutôt qu'un stimulateur clitoridien.

— Aaaaaaaah! À qui appartiennent ses fesses? crie Ophélie, scandalisée et saoule.

— Vous ne pensiez tout de même pas que j'allais vous dévoiler ma collection d'accessoires érotiques personnels!

Je me lance dans la description d'un épisode de ma vie concernant James, l'homme aux fesses poilues rencontré sur une plage de Jamaïque lorsque j'avais vingt ans. Les filles aiment que je leur raconte cette histoire, mais cette fois j'ajoute davantage de détails.

J'avais fait la rencontre d'un trio de surfeurs américains masculins très amusants. Toute la semaine, nous avions profité ensemble de la plage et des diverses activités sur le site de l'hôtel. Ils riaient de moi avec mes expressions québécoises et je riais d'eux en les entendant prononcer «tébeurnak».

Le dernier soir avant notre départ, l'un d'entre eux, James, est venu me voir pour m'avouer son *crush on me*, pour reprendre ses termes. Plutôt que de lui avouer à mon tour mon intérêt, je l'ai repoussé sous prétexte que notre relation s'avérait impossible. J'avais même refusé des rapprochements avec lui, souffrant d'une vestibulite. L'amie qui m'accompagnait avait été plus intelligente

que moi. Elle avait passé la soirée à embrasser, à gorge déployée, un des autres membres du trio. Une fois dans l'avion, j'avais regretté mon attitude et réalisé qu'il m'intéressait vraiment, mais il était trop tard.

De retour au Québec, en regardant les photos prises lors de mon voyage, je me suis aperçue que les gars m'avaient laissé un souvenir… Le pauvre James s'était fait photographier les fesses, sûrement sans son consentement. C'est donc cette photo qu'Ophélie reluque depuis cinq bonnes minutes.

— Les filles, si je retrouve ce gars-là, je le marie, dis-je, pompette, pour conclure mon récit.

— Tu veux nous faire croire que tu n'as pas vu ces fesses-là *live*?

— Je te le jure, je souffrais d'une vestibulite.

— Vestibule comme dans « entrée d'une maison » ? demande Ophélie, pas habituée à consommer de l'alcool.

— Vestibulite comme dans « inflammation du vestibule », soit la porte d'entrée du vagin.

— Docteure Courtemanche, vous faites quoi pour guérir une vvvvvvvestibulite ?

Les filles répètent le mot sans relâche, le trouvant rigolo.

Je m'efforce de retrouver mes esprits, embrouillés par le vin, et je leur transmets le meilleur de mes connaissances médicales.

— C'est sûr qu'on peut subir une chirurgie. Le spécialiste nous greffe alors un nouveau vagin.

— Hein! Le vagin d'une morte, dit Ophélie, scandalisée, les deux mains appuyées sur la table.

Je ris tellement que ma rate va exploser.

— Nonnnnnnnn! C'est juste une greffe de peau. À l'époque, le médecin que j'avais consulté m'avait parlé d'un site Internet sur lequel je devais me procurer des pénis en plastique de différentes grosseurs.

— Je viens de comprendre d'où vient ton obsession pour le magasinage en ligne, lance Marilou, fière d'être encore vive d'esprit.

— Je devais m'insérer quotidiennement l'objet en question. Le tout dans le but de rendre plus élastique mon muscle vaginal.

— C'est pratique quand tu tombes sur un gars qui en a une grosse! songe Marilou, les yeux dirigés vers le plafond.

— Parlant de vagin…, s'écrie Ophélie.

Marilou et moi nous regardons, surprises par les mots qui viennent de sortir de la bouche de notre pudique amie.

— Je suis en train de lire un livre intitulé *Les Monologues du vagin*. Je sais que c'est bizarre de m'entendre dire ça, mais c'est très bon. Attendez une minute.

Elle se dirige vers l'entrée pour récupérer son livre dans son sac à main pendant que nous rions encore de son aveu. Le plus sérieusement du monde, elle nous fait la lecture d'un passage :

> Aimer les femmes, aimer nos vagins, les connaître et les toucher, se familiariser avec ce que nous sommes et avec ce dont nous avons besoin. Arriver à nous satisfaire nous-mêmes, apprendre à nos amants à nous satisfaire, être présentes dans nos vagins, parler d'eux à haute voix, parler de leur appétit et de leur souffrance, de leur solitude et de leur humour, faire qu'ils soient bien visibles pour qu'on ne puisse plus les saccager dans l'ombre, et pour que ce qui est notre clé de voûte, notre épicentre, notre essence, notre rêve ne soit pas plus longtemps brimé, mutilé, paralysé, brisé, invisible ou honteux[2].

---

2. Eve Ensler, *Les Monologues du vagin*, France, Éditions Denoël, 2005, p. 125.

— C'est sérieux, les filles, poursuit Ophélie. Les femmes avant nous ont appris à se cacher et à ne pas être en contact avec leur corps. Le sexe féminin était, et est encore pour certaines, tabou. Ce livre devrait faire partie de la bibliothèque de chaque être humain sur terre. Il permet de modifier notre manière de penser.

— Je ne te savais pas aussi près de ton vagin, commente Marilou, en se retenant de ne pas éclater de rire, non pas en raison du texte qu'Ophélie a lu, mais bien par le sérieux dont cette dernière fait preuve en ce moment.

— Parlons-en, de mon vagin. Il ne sert plus à rien depuis des semaines.

Nous nous redressons sur nos chaises, nous demandant ce qu'elle s'apprête à nous révéler encore une fois ce soir.

C'est à croire que le couvercle de son Presto saute littéralement !

— Tu parles d'une idée de se construire une maison ! Au début, l'idée de bâtir un nid douillet est romantique, mais plus le temps avance, plus tu te rends compte que c'est juste un projet qui te ruine la vie. Je le sais bien que je vous tape sur les nerfs quand je vous parle du choix de ma rampe d'escalier ou de la couleur de mes rideaux, mais j'en ai plus qu'assez de toujours être en train de penser à ça. Tout mon temps en dehors de l'école est consacré à ma foutue baraque. Maintenant que c'est le congé estival, je ne vais faire que ça à temps plein. Je panique! Si quelqu'un a dit un jour que construire une maison, c'est un beau projet de couple, j'ai deux mots à lui dire. Ça *scrappe* un couple plutôt que de le solidifier. Nous n'avons pas fait l'amour depuis six semaines! C'est sûr que le fait de vivre dans le sous-sol de la maison de mes beaux-parents ne favorise pas la chose. Mais c'est surtout que nous sommes trop fatigués le soir, que dis-je, la nuit quand on revient. Puisque mon père et Xavier tiennent à faire les choses par eux-mêmes, le projet s'éternise. Si nous avions engagé des experts, ça serait beaucoup moins compliqué. Là, je passe mon temps à entendre mon chum dire: «On n'a pas la sorte de vis qu'il faut! Ophélie, va m'en chercher à la quincaillerie. Il nous manque un outil, Ophélie, va le louer s'il te plaît.» Et j'allais oublier les gens qui nous entourent et qui viennent se prononcer en experts: «Avez-vous pensé que ce type de matériau n'est peut-être pas assez solide?» Alors que le mur est déjà monté! Ou encore: «D'après moi, vous allez regretter d'avoir construit la salle de bain dans cette partie de la maison.» Alors que nous ne pouvons plus changer les plans! Et le comble de la critique, c'est lorsque mon beau-père est venu voir la céramique que Xavier venait de poser dans la cuisine. Il a sorti une pièce de monnaie de ses poches sous nos yeux et l'a fait rouler pour vérifier si le plancher était bien droit!

Elle est si anxieuse qu'elle enroule et déroule une mèche de ses cheveux blonds autour de son doigt.

— Tu sais, Ophélie, je peux te prêter des livres érotiques bien plus stimulants qu'un livre sur des femmes qui parlent de leur vagin, lance Marilou pour diminuer la tension.

Ophélie agit comme si rien ne venait de se passer et me demande si elle peut garder la photo de James. Je la lui offre avec plaisir. Elle la dépose sur son cœur en me disant qu'elle en prendra soin. Si je tiens compte du contenu du sac psychologique qu'elle vient de vider, je préfère ne pas user d'imagination en ce qui concerne l'utilité de cette photo...

Je sors un restant de tarte à la rhubarbe de Micheline du réfrigérateur et prépare des cafés Baileys. J'entends les filles ricaner dans le salon.

— Et si elle ne veut pas...

— Séléna ne dira pas non, Ophélie, elle est saoule !

— Oui, mais elle tient mordicus à son statut de célibataire.

— Ça suffit, Ophélie. Donne-moi son ordinateur.

À mon arrivée dans le salon, j'aperçois Marilou qui tente d'arracher mon portable des mains d'Ophélie. Comme deux enfants venant de se faire surprendre lors d'un

mauvais coup, elles laissent tomber l'ordinateur sur le divan (heureusement !).

— J'ai une bonne idée, les filles. On va voir des photos de gars sur Internet, propose Marilou.

— Nous devons être inscrites sur un site de rencontres pour y avoir accès.

Les filles me regardent, l'air espiègle.

— Tu es la seule parmi nous qui est célibataire. On pourrait te créer une fiche sur un de ces sites ? lance Ophélie.

Trop saoule pour réaliser ce qui se passe vraiment, j'accepte.

— OK ! Mais juste pour ce soir, après on la supprime.

— Va te mettre une belle robe, on va prendre une photo de toi.

— Êtes-vous folles ? Il est hors de question que nous mettions une photo de moi. Je suis médecin tout de même.

Leurs yeux de Bambi (comprendre ici que les filles me supplient du regard) me font céder et je pars me changer immédiatement.

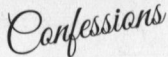

Pendant ce temps, les filles remplissent ma fiche sur le site Ça clique. Lorsque je les rejoins, plusieurs informations «pertinentes» sont déjà inscrites:

 le site de rencontres par excellence

Nom : Maria Lopez
Âge : 31 ans
Ville : Québec
Taille : 5 pieds 8 pouces
Physique : Mince
Occupation : Journaliste

Type de relation recherchée : Pour fonder une famille

N'importe quoi!

— Qu'est-ce qu'on écrit dans la section «Description» du profil, demande Marilou.

— Pas besoin de ça, c'est juste pour avoir accès aux photos des gars.

— Non! On joue la *game*, répond Ophélie d'un ton décidé.

— Tu as juste à écrire que j'aime le bon vin et les soirées entre amis, ils disent tous ça.

Le merveilleux monde du flirt sur Internet nous ouvre ses portes. Des gars de toutes sortes se dévoilent sous nos yeux : petits, torses nus, boutonneux, musclés, maigrichons, bedonnants, vieux et jeunes. Il y a aussi ceux qui portent une cravate, avec ou sans lunettes, avec ou sans cheveux. Ceux qui ont l'air de s'aimer et de se trouver beaux, ceux qui ne savent pas utiliser un appareil photo, ceux qui croient que la photo de passeport sans sourire, ça leur fait bien. Il y a ceux qui sont photographiés en compagnie de leur chien, de leur moto, de leur auto ou de leur bateau. Et enfin ceux qui sont étendus sur leur lit ou qui gardent la pose devant le miroir de la salle de bain. En veux-tu des gars, en v'là !

— *Pleaaase !* Mets une chemise, tes abdos ne vont pas s'envoler ! Et mes yeux n'ont pas envie de voir ça. Tu t'aimes trop, pis ça m'énerve.

Les filles sont absorbées par la parade de mecs qui défile sous nos yeux.

— Clique sur la fiche d'*Alex21*.

— Est-ce qu'on va voir Kevin Parent ?

— Non. Clique sur *Gentil32*. Il a l'air pétard, crie Ophélie.

Une fois la photo de ce dernier agrandie, Marilou exprime rapidement sa déception. Ophélie prend sa défense.

Confessions

— Nous ne pouvons pas juger quelqu'un uniquement sur une photo. Il est gentil, c'est écrit dans son surnom, et il est sûrement plus beau en personne.

— Clique sur *Ninja500*, crié-je à mon tour.

— Avec ce nom-là, je suis certaine que c'est un *douchebag*.

À cet instant, je comprends pourquoi le site se nomme Ça clique !

Nom : Ninja500

Âge : 29 ans

Ville : Québec

Taille : 6 pieds

Physique : Léger surplus de poids

Occupation : Journalier

Type de relation recherchée : Relation d'un soir

Description : Je cherche un petit cul racing pour fère de la moto avec moi. J'aime les bons vin et les soupés entre amis. Si le cœur t'en di, écris-moi !

— Il fait beaucoup de fautes. Mes élèves écrivent mieux que lui, commente la professeure.

— Qui n'aime pas le bon vin et les soupers entre amis ? Je n'imagine pas celui ou celle qui écrirait : « Salut, j'aime le vin qui goûte la merde et je recherche la mauvaise compagnie pour manger mon filet mignon ! »

— Il devrait faire l'amour à sa moto plutôt que de chercher une fille, dit Marilou.

Tout à coup, notre regard se porte en même temps sur *Steevelecharmant*. Watatow !

Nom : Steevelecharmant

Âge : 29 ans

Ville : Lévis

Taille : 5 pieds 7 pouces

Physique : Poids proportionnel

Occupation : Ingénieur

Type de relation recherchée : Pour fonder une famille

Description : Je ne m'éterniserai pas sur une description quétaine à n'en plus finir, j'irai droit au but. On me décrit comme un gars travaillant, sociable et souriant. Je fais beaucoup de sport et j'adore les voyages. Je cherche une complice qui aime la vie tout autant que moi.

— C'est l'homme de ta vie, j'en suis certaine, s'excite Ophélie.

— Pas question, il est plus petit que moi !

— Franchement, Séléna ! On parle d'un pouce, pas d'un pied de différence, le défend Marilou. Tu lui prêteras des talons hauts.

— Nous devons lui envoyer une phrase préfabriquée puisque nous ne sommes pas un membre privilège, dit Ophélie, captivée par la fiche de *Steevelecharmant*.

— Il y a des gens qui n'ont vraiment pas de vie. Payer pour voir plus de photos...

— Fais attention à ce que tu dis, Séléna, je l'ai déjà fait ! admet Marilou.

Nous choisissons la phrase préfabriquée suivante : « J'ai bien aimé ton profil. As-tu toi aussi envie de me connaître ? Si oui, j'attends de tes nouvelles. »

Moins de deux minutes plus tard, il me propose d'avoir une conversation sur Facebook. Les filles sont hystériques. Marilou va dans la cuisine chercher une autre bouteille de vin. Ophélie se connecte à mon compte.

— Comment ça se fait que tu connais mon mot de passe ?

— Ton mot de passe c'est « Roméo ». Houuuu ! Très original ! Si tu fais la même chose pour ta carte de débit, tu risques de te faire dévaliser si la personne te connaît le moindrement.

Puisque *Steevelecharmant* me fait une demande d'ajout à ma liste d'amis, je me dois de rectifier mon nom. Je passe donc de Maria Lopez à Séléna Courtemanche.

Steeve : À ce que je vois, tu n'es pas Portoricaine comme je le croyais. As-tu le sang chaud quand même ?

Ouf ! Pas si charmant, ce Steeve. Nous nous empressons de jouer les voyeuses en allant regarder ses photos qui, pour la plupart, le montrent torse nu devant le miroir de sa salle de bain. Sinon on le voit à côté d'une fille à la poitrine généreuse ou d'une autre au nombril percé mis en évidence par la soie dentaire qu'elle porte en guise de bikini.

Séléna : Tu as l'air de savoir que t'es beau.

— Pourquoi tu as écrit ça ? C'est méchant ! lance Ophélie.

Steeve : Ah oui ? Tu me trouves beau ? ☺
Attends de faire la rencontre de mon anaconda…

Séléna : Tu veux dire quoi par « anaconda » ?

Steeve : J'ai besoin de te faire un dessin ? Grrr… As-tu une webcam ?

Ophélie me chuchote à l'oreille de lui mentir en disant que ma caméra est brisée, mais qu'il peut ouvrir la sienne.

— Il ne peut pas t'entendre, pas besoin de chuchoter, dit sèchement Marilou.

— Voyons, t'es vraiment en manque, Ophélie, lui dis-je.

— Ouiiiiiiiiiiiiiiiiii !

L'image apparaît : Steeve, torse nu, une cigarette entre les lèvres, est en train d'arranger sa caméra. Ses yeux sont presque fermés à cause de la fumée qui se dégage de sa cigarette. Une grosse canette de bière trône fièrement sur son bureau et *Miss Juillet* pose sur le calendrier de *boules* accroché sur le mur derrière lui. Il porte une grosse chaîne en or à son cou.

Ophélie, scandalisée, ferme la fenêtre de conversation. *Steevelecharmant* est banni de mes amis Facebook sur-le-champ.

On sonne à la porte. Ophélie, toute excitée, prend l'initiative de répondre. Des cris de joie parviennent à nos oreilles. Elle se précipite dans le salon, un bouquet de fleurs dans les mains.

— C'est pour toi, Séléna !

Touchée par cette petite attention, je m'empresse de lire la carte pour connaître l'expéditeur : « Appelle-moi… A. xx »

— Anaconda ? s'écrie Marilou.

Nous éclatons de rire.

— « A » pour Alexis, je crois. Mon ex-« ami santé » doit être en manque, dis-je, déçue.

Nous éteignons l'ordinateur. Visiblement, il n'y a aucun potentiel sur ce site. Nous regagnons la cuisine, l'alcool commençant à se dissiper, et Ophélie se sent triste à l'idée de dormir dans le sous-sol de la maison de ses beaux-parents. Marilou semble aussi dans un piteux état. Probablement l'effet dépresseur de la chute d'alcool dans le sang. De mon côté, j'ai de l'énergie à revendre.

— Que diriez-vous de passer la nuit ici comme dans le bon vieux temps ?

— Tu parles comme si on avait soixante-quinze ans ! rétorque Marilou, offusquée.

— Je ne peux pas, je n'ai pas apporté ma brosse à dents, dit Ophélie.

— Aucun problème, j'en ai une panoplie.

— Pas usagées, j'espère ? me demande-t-elle le plus sérieusement du monde.

— Bien sûr, Ophélie ! J'en ai une belle pour toi. Ses poils sont frisés par l'usure et quelques morceaux de nourriture y logent, dis-je, sarcastique.

— Je vais appeler Xavier pour ne pas qu'il s'inquiète.

— Non, Ophélie ! Donne-moi ton téléphone, je vais lui parler, lui dis-je en lui arrachant l'objet des mains.

— Bonjour, chérie !

— C'est pas ta chérie, c'est Séléna.

— T'es saoule, je peux sentir ton haleine d'ici !

— Mets-en ! Je te téléphone pour te dire que ta blonde dort chez moi ce soir. Elle ne veut pas que tu t'inquiètes. À part ça, je ne sais pas si tu es au courant, mais Ophélie a besoin d'une pause.

Je sens monter l'inquiétude à l'autre bout de la ligne.

— Une pause de quoi ? De nous deux ?

— Pas de toi ! Une pause de maison-en-construction-qui-la-fait-suer !

— C'est elle qui t'a dit ça ?

— Chuuut ! Écoute-moi, Xavier ! Je te propose d'aller moi-même bâtir ta maison pendant que ta blonde se repose. Je suis une pro de la rénovation.

— Nous ne rénovons pas, nous construisons.

— Tu sauras que j'écoute Canal Vie. Tu connais l'émission *Chic Shack* où des designers réaménagent des chalets ? Tu vas voir, j'ai plein d'idées. Je me sens prête.

— Je ne sais pas de quoi tu parles, mais je ne suis pas en train de construire un chalet non plus, Séléna. T'es drôle, toi !

— En tout cas, ta chérie dort chez moi cette nuit, alors ne la cherche pas dans le lit. Bonne nuit, lui dis-je, en mettant fin à la conversation.

Marilou suggère que nous dormions toutes les trois dans mon grand lit. Collées les unes contre les autres, nous nous remémorons les émissions et les films de notre enfance en chantant.

> *« C'est l'histoire du petit castor, le plus petit, mais le plus fort. Dans la forêt au milieu de tous ses amis… »*

> *« Je te ferai découvrir un monde merveilleux splendide, dis-moi, princesse, si parfois c'est ton cœur qui, seul, décide… »*

> *« Passe-Montagne aime les papillons, les souliers neufs et les beaux vestons. Passe-Carreau culbute, saute et tourne en rond. Où est Passe-Partout ? Le nez dedans son baluchon… »*

> *« Une rencontre inespérée, un rendez-vous prédestiné, c'est Bibi et Geneviève… »*

Marilou s'endort. Le sommeil me gagne, mais Ophélie qui a repris du poil de la bête m'empêche de sombrer dans les bras de Morphée.

— Sélénaaaaaaa, j'ai un secret à te dire : pitchou pitchou pitchou.

— Ça fait dix minutes que tu me dis le même secret. C'est assez, Ophélie, je veux dormir.

Deux minutes s'écoulent avant qu'elle ouvre la bouche de nouveau.

— Pitchou pitchou pitchou pitchou.

— *Please*, Ophélie ! Si tu n'arrêtes pas, je t'étouffe avec mon oreiller.

Ophélie se redresse subitement dans le lit, apeurée.

— As-tu bien barré la porte ? Tout d'un coup que ton « maniaque » veut t'agresser cette nuit…

Découragée devant l'énergie débordante d'Ophélie, je l'assaille avec mon oreiller. Elle se met à rire et réveille ainsi Marilou, qui a la mèche beaucoup plus courte que moi.

— Les filles, ça suffit, je veux dormir !

14
La rupture

En arrivant dans le stationnement de l'hôpital, je croise Julie qui en sort, visiblement furibonde. Je ne suis qu'à quelques mètres d'elle lorsqu'elle passe devant moi. Je la salue et elle poursuit son chemin sans me répondre ni même m'adresser un regard. Elle marche d'un pas rapide, monte dans sa voiture et claque la porte. Ça sent la soupe chaude ! Sachant que je n'ai pas le temps d'aller voir Christophe, je lui envoie un texto :

> Julie en colère dans le stationnement, on s'en reparle ce soir. Un thé chez moi à 19 h après mon cours de Zumba.

Toute la journée, je suis préoccupée et surtout curieuse de savoir ce qui s'est passé ce matin entre mon ami et sa capricieuse. Entre deux patientes, je vérifie mes messages et la seule réponse que j'obtiens de sa part, c'est : « Je serai là… » Il faudra donc que je prenne mon mal en patience.

D'après moi, Christophe a enfin mis ses culottes, il était temps. Un couple ne repose pas seulement sur une personne, et si Julie croit qu'elle manipulera Christophe en essayant de lui faire porter le chapeau, elle se met un doigt dans l'œil.

Lorsque Julie exprime sa jalousie envers ma relation avec son mari, ça alimente mon aversion pour elle. Si j'avais voulu faire de Christophe ma victime sexuelle, ce serait fait depuis longtemps. J'avoue avoir ressenti un petit pincement quand ils se sont mariés, mais trois secondes et quart plus tard il s'était envolé. Julie ne se rend pas compte de la chance qu'elle a d'être mariée à Christophe. Il est intelligent, attentionné, drôle, travaillant, et il cuisine merveilleusement bien. Elle doit faire attention à son homme, parce que bien des femmes voudraient être à sa place. La preuve, il a son troupeau de *groupies* à l'hôpital. En particulier Jenny, qui lui confectionne des macarons et lui sert un café chaque fois qu'elle en a l'occasion. Certaines m'ont posé des questions sur son statut matrimonial, afin de savoir s'il était libre. Une d'entre elles est même entrée dans la chambre de repos où Christophe dormait. Elle a retiré ses vêtements et s'est étendue à côté de lui. La tension sexuelle étant à sens unique, elle a été chassée rapidement.

C'est pourquoi je dis que, s'il avait voulu tromper Julie, il aurait eu maintes occasions de le faire. Comme psychologue, elle devrait être en mesure de se regarder le nombril. C'est peut-être elle qui a envie d'être infidèle. Je n'ai pas fait un baccalauréat en psychologie, mais ça ressemble à de la projection (mécanisme de défense où la personne projette sur l'autre ou lui attribue ses émotions, ses désirs, ses valeurs, etc.). Selon moi, une femme qui a envie d'un «remaniement de vie », ça sonne : « J'ai envie de séduire et d'être séduite. » C'est évident qu'après quinze ans de vie commune il y a des hauts et des bas, c'est là qu'il faut être capable comme couple de se renouveler et d'accepter la routine comme faisant partie de la relation, comme quelque chose de positif. De toute façon, qu'est-ce que j'en sais ? Je suis loin d'être experte en relation conjugale.

— Tu t'en vas où habillée de même ? À un cours de Zumba ou de danse poteau ?

— On peut être *sexy* même si on est ronde.

Marilou ne saisit pas mon commentaire. Elle est *sexy* avec son maillot de gymnastique même si elle est ronde. Je croyais seulement que faire de la Zumba nécessitait davantage de tissu sur le corps. Celle que nous surnommons « Miel » doit avoir besoin d'attirer les regards.

— Je ne veux pas te décevoir, mais la clientèle du cours est majoritairement féminine. C'est Benjamin-trop-gentil qui provoque un questionnement ou ton orientation sexuelle ?

— Ça suffit, les filles, intervient Ophélie.

Ne sachant pas ce qui m'attend, je me place complètement à l'arrière de la salle pour que personne ne me voie. Le cours débute, une musique latine entraînante se fait entendre. La fille à l'avant semble plus énergique que Diane. Son micro bien en place, elle nous dicte les mouvements à faire et nous encourage en criant des « wouhou » et des « yaaaaaaaaaa ». Étant novice dans ce domaine, je tente du mieux que je peux de suivre les mouvements. Après deux chansons, je réalise que je ne semble pas du tout avoir le rythme latino dans le sang. Orgueilleuse, je redouble d'efforts.

— Je suis censée brûler quelques calories, pas devenir mince comme une échalote.

— La description du cours mentionnait que c'était facile à suivre. Es-tu certaine que nous sommes au bon endroit ? demandé-je, frustrée.

Ophélie, concentrée à suivre les conseils de l'animatrice, ne porte pas attention à nos commentaires.

J'éprouve tellement de difficultés à reproduire les mouvements que je commence à me poser de sérieuses questions sur mes compétences neurologiques. Toutes les autres filles arrivent à tenir le rythme, certaines ayant à peine une seconde de retard sur les autres, alors que je suis incapable de faire un seul mouvement correctement. Dès que mon cerveau commence à comprendre ce qu'il doit exécuter, il est trop tard, nous changeons de mouvement. Avoir su que j'allais être aussi poche qu'au golf, j'aurais refusé de faire subir une telle honte à mon orgueil encore une fois.

« Excellente idée de me placer à l'arrière de la salle. Lorsque les filles tournent sur elles-mêmes ou doivent exécuter un mouvement, le corps tourné vers l'arrière, je suis là, FACE À ELLES. La prochaine fois, je porterai un masque ou… IL N'Y AURA PAS DE PROCHAINE FOIS ! »

— C'était génial ! J'ai déjà hâte au prochain cours, dit Ophélie qui s'amuse à refaire certains mouvements au vestiaire.

— Ça va être beau, la gazelle. Le cours est terminé.

— À l'entendre, je pense que Séléna nous abandonne, Ophélie.

Je serre les dents jusqu'à ce que le vestiaire soit vide.

— Ne me dites pas que je n'ai pas un problème au cerveau. JE N'AI PAS UNE GOUTTE DE SUEUR SUR LE CORPS. Ça vous donne une idée à quel point je n'ai pas réussi à suivre !

Les filles éclatent de rire, ce qui a pour effet de faire diminuer la tension.

— Ça exige de la pratique, Séléna. Tu ne peux pas être parfaite dans tout.

— J'ai acheté un DVD pour en faire dans le sous-sol, chez mes beaux-parents. Je te le prête, si tu veux.

— Non, merci! Des plans pour que Roméo se foute de ma gueule lui aussi. Je vous quitte, Christophe m'attend.

Le thé étant, selon moi, propice aux confidences, j'ouvre l'armoire qui contient l'inventaire complet de DAVID'S TEA.

— Qu'est-ce que tu choisis? J'ai «Rose bling-bling», «Flamant rose», «Limonade rose», «Vert et fruité»...

— Ne sors pas toute ta collection, beauté, le premier va faire la job.

— «Rose bling-bling»? validé-je, étonnée de son choix.

— Ben quoi? J'assume totalement mon côté homme rose.

— Tu es inscrit au congrès de la semaine prochaine?

— Évidemment! Je suis déçu que ça soit à Québec. Si ç'avait été ailleurs, on aurait pu en profiter pour y aller en moto.

— Le veux-tu froid ou chaud?

— Chaud. C'est réconfortant.

Je prépare sa tasse et, pendant que le thé infuse, je m'assois devant lui.

— Vas-y, je t'écoute.

— Pour faire une histoire courte, j'habite chez mon frère. Tu as croisé Julie ce matin parce qu'elle est venue me porter mes trucs personnels. La connaissant, elle devait espérer que je lui dise que j'avais commencé une thérapie et que je m'excuse d'être ce que je suis. Malheureusement pour elle, ce n'est pas le cas. Je vais super bien et je me rends compte que, prendre une pause, ça m'ouvre de nouvelles perspectives.

— Qui a décidé de faire cette pause ?

— C'est moi. Ça fait des mois que j'essaie de la comprendre, de l'accompagner et de la soutenir…

— Oui, en effet. Ça, c'est une job à plein temps.

— Je n'en peux plus. J'ai besoin que les choses soient moins compliquées. Est-ce que c'est possible de ne pas se poser de questions, de ne pas analyser tous nos faits et gestes, et de juste vivre et profiter du ici et maintenant ? De profiter des petits plaisirs de la vie ? Lorsque je l'ai rencontrée, nous nous contentions de peu pour être heureux. Je me souviens de l'avoir émerveillée en lui offrant un simple *Kinder Surprise* acheté au dépanneur du coin. Alors que maintenant, je ne sais pas si ça vient avec le salaire de médecin, mais il faut avoir la grosse maison, l'auto de l'année et le chalet au bord de la mer. On dirait qu'elle n'est jamais contente. Je n'ose pas imaginer ce que ça serait si on avait des enfants. Elle dit que je travaille trop, mais elle savait dès le départ ce que la carrière de médecin exigeait en termes de temps et de disponibilité.

— Et comme elle n'a pas de vie «personnelle», elle doit en attendre davantage de toi.

— C'est peu dire. Il me semble que j'ai lu quelque part que, dans un couple, il doit y avoir un équilibre entre le «je» et le «nous». On doit prendre soin de soi, au même titre qu'on prend soin de notre couple. Julie investit tellement dans le «nous» qu'elle s'est oubliée comme femme, et là, c'est sur moi qu'elle vide sa frustration. Probablement que c'est inconscient, mais c'est chiant!

— Coudonc, as-tu acheté un abonnement à *Châtelaine* dernièrement?

Il rit de bon cœur et recrache sa gorgée de thé.

— Sors-moi donc une bonne bière plutôt!

Je lui sers une bière, comme une «bonne p'tite femme des années 1950» qui répond aux attentes de son homme, et décide de revenir sur son incartade.

— Qu'est-ce que tu as dit à Julie le lendemain de ta nuit passée sur mon divan?

— La vérité. Que nous avions baisé comme des bêtes toute la nuit dans ton grand lit et sur ta galerie. Que je la quittais. Et que nous partions, toi et moi, nous marier à Las Vegas.

Je ne réagis pas, sachant très bien qu'il se moque de moi. Sinon il serait probablement mort à l'heure qu'il est.

Ça sonne à la porte.

— Tu peux aller répondre, s'il te plaît ? Je viens de penser que je n'ai pas encore nourri Roméo.

Raymond se tient devant la porte, surpris de se faire accueillir par un homme.

Christophe, saisissant l'étonnement du visiteur, brise la glace.

— Oui, je sais, Séléna est plus belle que moi… Est-ce que je peux vous aider ?

— Ah ! Oui oui, je vous replace : l'ami médecin. Est-ce que la petite Séléna est là ?

— Ça ne sera pas long, Raymond, j'arrive. Je change l'eau de Roméo.

— C'est vous le jeune homme à la voiture bleue ?

— Vous faites erreur, je crois. Je voyage à moto la plupart du temps depuis quelques semaines.

— Dis à Séléna de ne pas se déranger pour moi. Je voulais juste lui donner quelques tomates fraîches de notre petit jardin. Et puis ma femme s'inquiétait et voulait savoir si elle allait bien.

— Si je comprends bien, les tomates, c'est un moyen détourné de vérifier qui est en compagnie de votre chère Séléna.

Le commentaire de Christophe décroche un sourire sur le visage de Raymond.

— Vous savez, ma femme et moi aimons beaucoup la petite. Nous l'avons prise sous notre aile depuis qu'elle vit ici. Et puis, c'est rassurant de savoir que nous avons un médecin pas loin. Vous savez, à notre âge, nous sommes chanceux d'être encore autonomes et en bonne santé.

Pauvre Christophe, j'entends Raymond au loin profiter de son oreille attentive pour déverser son trop-plein de social accumulé dans les dernières semaines. Micheline et lui ne reçoivent pas beaucoup de visites.

— Mon frère est entré à l'hôpital il y a deux jours, peut-être l'avez-vous vu…

— Vous savez, Raymond, je croise beaucoup de patients dans une journée.

Raymond reprend sans tenir compte du commentaire de Christophe.

— Il attend pour consulter un urologue. Il aurait peut-être un problème avec sa prostate. Pendant que vous êtes là, j'aimerais ça vous montrer quelque chose, dit-il en faisant voir un grain de beauté dans son dos. Pensez-vous qu'il y a du cancer là-dedans ?

— Je ne vois pas de rougeur, il est symétrique, les bords sont réguliers. Ça me semble normal.

Un troisième homme se présente à ma porte, une grosse poutine dans les mains. Je salive déjà juste à sentir l'odeur qui se répand dans tout le corridor.

— Bon, eh bien, je vous laisse, les jeunes.

Raymond nous quitte et Christophe revient à la cuisine avec le repas.

— Quand as-tu commandé de la *scrap*?

— Je savais que ça te ferait plaisir et, en plus, j'ai sorti *Back to the Future 3*! Nous n'avons pas terminé la trilogie la dernière fois.

— T'es la meilleure, ma beauté, me dit-il en m'embrassant sur le front, sachant très bien que je ne suis pas très à l'aise avec les marques d'affection. Assez parlé de moi. Quand vas-tu te décider à briser ta carapace?

— Le film commence…

— Ne change pas de sujet, Séléna! Tu vas avoir trente-deux ans dans un mois, et depuis que je te connais, tu n'as jamais eu d'amoureux. Excepté Cédric, quand tu avais seize ans, dit-il en levant les yeux au ciel.

— Tu veux vraiment savoir ce qui se passe dans ma tête?

— Évidemment!

Voyant que le sujet semble sérieux, il dépose sa fourchette, avale sa patate et s'appuie au dossier du fauteuil.

— Vas-y, beauté, je t'écoute !

— En fait… je suis mariée à un Marocain que je pense aller rejoindre d'ici peu. Non ! Ce n'est pas ça : mon père a donné ma main au fils de Diane… Non ! OK ! Je te dis la vérité : je suis hermaphrodite et je ne suis pas à l'aise du tout avec mon corps.

— Séléna… Si tu dis encore des niaiseries, je garde toute la poutine pour moi, dit-il en tirant le plat vers lui.

Je remets le plat au centre de la table.

— D'accord. Alors… Je suis une espionne russe en mission auprès de Raymond et Micheline.

— Tu vas me dire qu'ils sont aussi des espions, je suppose ? ajoute Christophe, un sourire en coin.

— Exactement ! Et tu devras signer un pacte de silence avec ton sang maintenant que je te l'ai dit. Sinon je devrai te tuer.

Son regard insistant me signifie qu'il ne lâchera pas prise.

— Ma mère s'est suicidée quand j'avais quatorze ans, elle est morte d'une *overdose* de médicaments, lui lancé-je, coupée de mes émotions.

— Séléna, arrête ça ! Ce n'est pas drôle.

Voyant que je ne lève pas les yeux, Christophe saisit que j'ai dit la vérité. Je poursuis sur le même ton monocorde.

— Mon père a quitté ma mère pour Diane. Ça l'a tuée. Cédric a été ma bouée de sauvetage. Ma carrière et mes amis me suffisent. Si je ne tombe pas amoureuse, je ne risque pas de me faire mal. Encore…

— Tu ne m'en avais jamais parlé avant aujourd'hui.

— Ophélie est la seule à connaître toute l'histoire. Marilou ne sait rien. Elle croit que ma mère est décédée d'une maladie.

— Est-ce que tu sais si…

— Christophe, le coupé-je, je n'ai pas du tout envie de me lancer dans un discours sur ma vie ce soir.

— As-tu déjà consulté un psy ?

— C'est toi qui me dis ça ?

— T'as ben raison, de quoi je me mêle, rétorque-t-il.

Je me lève et vais à la cuisine pour y jeter le plat maintenant vide. Je nous sers deux verres de Perrier pour faire passer le tout.

— Alors, on l'écoute, ce film ?

Assis côte à côte, Christophe dépose son bras sur le dossier du divan.

— Je suis heureux que tu te sois confiée à moi, beauté, me chuchote-t-il à l'oreille.

15
Les ensorceleuses

Le magasinage en ligne est :

1) bon pour le moral ;

2) efficace pour regarnir une garde-robe ;

3) excellent pour se créer des besoins.

J'opte pour cette troisième fonction en passant devant mon ordinateur. Après ma traditionnelle visite sur le site de Victoria's Secret, je parcours ceux de Simons, de la boutique Le Château et de quelques designers québécois, tels que Ève Gravel et Muse.

Je décide finalement de refaire la décoration de ma chambre à coucher, puisque ça fait au moins six mois que je n'ai pas pensé à bouger les meubles, changer mon couvre-lit ou repeindre les murs. Pendant que je tombe amoureuse d'une horloge rouge, blanche et noire de chez Zone maison, ma boîte de courriels me signale la réception d'un nouveau message. Plus précisément, un message de *David007*. Avant que je n'aie le temps de comprendre de qui il s'agissait, toute la scène de ma soirée avec les filles me revient en mémoire : le vin, le *pétage* de coche d'Ophélie, le vin, Marilou ivre, le site de rencontres, le vin, ma fiche sur le site de rencontres, MA PHOTO en ligne… Furibonde, j'appelle Marilou.

— Salut, miss, tu ne m'avais pas dit que tu avais supprimé mon inscription sur Ça clique ?

— Bien sûr… Pourquoi tu me dis ça sur un ton qui annonce une tempête tropicale ?

— Parce que je viens à l'instant de recevoir un message d'un *loser* fini à la recherche du grand amour !

— Ah oui ? C'est bizarre, je ne comprends pas… Pourtant j'avais bien effacé toute trace de ta présence sur le site de rencontres… Et il dit quoi, dans son message, le *loser* ?

Là je reconnais Marilou et ses manigances. Je sens bien que je suis la tête de Turc de mes copines depuis quelques semaines. J'ouvre tout de même le message, afin de prouver à ma supposée meilleure amie que la seule chose que les gars ont à dire sur ce genre de site, ce sont des infos déplacées sur leur engin.

— C'est juste des incapables qui s'inscrivent. Des mauviettes qui ont peur d'aborder une fille en personne ! Ne me dis pas que tu as déjà oublié Steeve le charmant ?

— Ne généralise pas, quand même.

Je lis à haute voix le message en question. Puisque *David007* est un membre privilège, je ne reçois pas une phrase préfabriquée, mais bien une longueeeeeee lettre : « Bonsoir Séléna, j'espère que tu vas bien. Merci de ta réponse si rapide à mon message… »

— Mais de quelle réponse il parle ? Je ne lui ai jamais écrit, dis-je, confuse.

Silence au bout du téléphone. Je poursuis ma lecture : « Ton profil personnel m'a beaucoup plu, c'est pourquoi j'aimerais avoir la chance de te connaître davantage. Comme dans ton message tu me disais que tu n'étais pas friande des discussions en ligne, je te propose qu'on se rencontre en personne. Que dirais-tu d'un pique-nique sur les Plaines ? »

— Ils veulent tous baiser sur une couverture ou quoi ! Il doit y avoir erreur sur la personne.

Enfin, il conclut en écrivant : « J'attends de tes nouvelles avec impatience. David »

Lorsque je m'aperçois que Marilou n'a pas prononcé un mot depuis le début de la lecture, je finis par comprendre ce qui se passe.

— Qu'est-ce que tu as encore fait ?

— Tu devrais plutôt dire : « Qu'est-ce que tu as encore fait pour aider ta meilleure amie à trouver l'homme de sa vie ? » J'ai pris en charge sa fiche personnelle sur Ça clique !

— GERMAINE !

— Tu dois absolument lui répondre.

— T'es malade ! Un autre Anaconda ? Non, merci !

— Fais-moi confiance, il est super beau sur sa photo et son profil correspond tout à fait à ton genre.

— Quel genre ? J'ai un genre, moi ? Il est hors de question que je lui réponde. Je supprime ma fiche à l'instant.

Silence au bout du téléphone. Je tente par tous les moyens d'accéder au site. Je ne sais pas si c'est mon taux d'alcoolémie d'hier soir qui m'empêche de me souvenir de mon mot de passe, mais ça ne fonctionne pas.

— Bizarre..., commente Marilou, se jouant de moi.

— Qu'est-ce que tu as encore fait ? répété-je.

— Séléna, je dois te laisser. Benjamin a besoin de moi pour sortir les vidanges. *Ciao !*

Au moment même, je reçois un texto d'Ophélie :

C'est à qui la paire de fesses sur la photo qui est dans ma sacoche ? Xavier l'a trouvée en cherchant une facture de RONA.

Après notre soirée bien arrosée, j'ai repensé à la déclaration d'Ophélie. J'ai cru bon de prendre au sérieux son appel à l'aide. C'est donc moi, vêtue de ma ceinture à outils et de mes bottes Kodiak roses, qui irai, tel que je l'ai promis à Xavier au téléphone, remplacer Ophélie toute la fin de semaine. Cette dernière a choisi une activité plutôt douteuse à mes yeux : un atelier de *scrapbooking* avec sa belle-sœur. Je ne peux pas croire que des professionnelles du *scrapbook* enseignent à différentes clientèles (niveau débutant, intermédiaire et avancé) l'art de coller des brillants et des cœurs sur du papier de couleur. *Please !* On faisait ça à la maternelle. Avis aux pratiquantes, ce n'est pas de l'art !

Nous roulons sur l'autoroute 20, en direction de Saint-Anselme. Ophélie nous a déniché une tireuse de cartes. Elle tient mordicus à ce que nous accordions un sens à notre vie sur terre. RI-DI-CULE ! Toutefois, connaissant son état d'esprit ces jours-ci, j'ai plié devant sa demande. Et Dieu sait que ça sent le purin en $%?%$ par ici. Elle qui voulait changer d'air, elle est servie !

En regardant défiler le paysage à vive allure, Ophélie nous fait part de sa tristesse quant à la situation des jeunes fermiers.

J'ai soudain un haut-le-cœur. Elle passe plusieurs minutes à nous répéter à quel point ces hommes sont travaillants et ont de bonnes valeurs, particulièrement en ce qui concerne la famille. À quel point c'est dommage qu'ils éprouvent de la difficulté à rencontrer des femmes parce qu'ils travaillent trop. Marilou interrompt son plaidoyer pour lui rappeler qu'ils peuvent s'inscrire sur Ça clique! Arrivées au bout du rang, nous avons le choix entre tourner à droite et tourner à droite. Étrange, étant donné que notre plan nous indique de tourner à gauche.

Évidemment, Ophélie panique.

— Nous allons être en retard!

Je décide de prendre les choses en main. Facile, c'est moi qui conduis. Après trois kilomètres de champs de maïs, j'aborde une dame qui cueille des bleuets sur le bord de la route. Quelle patience! J'aurais envie de lui suggérer d'en acheter à l'épicerie du coin.

— Je cherche le 142, rue de la Colline. Ça vous dit quelque chose?

— Ah! Vous cherchez la voyante? Vous n'êtes pas dans le bon boutte.

Honteuse qu'elle ait découvert notre projet, j'écoute attentivement ses directives.

— Vous retournez sur vos pas. Une fois rendues à l'église, vous tournez à gauche, vous passez devant le dépanneur, pis vous allez voir juste à droite le rang 3. Vous continuez jusqu'au boutte, pis c'est la maison mobile jaune avec plein de statuettes en plâtre.

Une fois à la maison jaune en question, je frissonne en voyant la quantité industrielle de nains de jardin qui agrémentent le terrain de Mme Dupuis.

— Êtes-vous certaines qu'on est au bon endroit? doute Ophélie.

— Vois-tu d'autres maisons mobiles jaunes dans le coin? Pas moi, juste des champs de patates.

Nous entendons les gargouillements dans le ventre de Marilou qui signalent sa faim.

— Savez-vous comment cueillir des patates? J'ai un petit creux.

— Si tu veux briser ta manucure, vas-y, mais je n'irai certainement pas en déterrer. *Anyway*, tu ne seras pas rassasiée avec la grosseur qu'elles ont à ce temps-ci de l'année.

Ophélie nous ramène à la réalité en nous disant de nous grouiller parce que nous avons vingt minutes de retard.

En nous dirigeant vers la porte d'entrée, nous apercevons un vieux camion rouge abandonné dans la cour arrière.

— Ça ressemble à une fourgonnette de maniaque, panique Ophélie.

— Toi pis tes « maniaques ». Tu écoutes trop le Canal D, rétorque Marilou.

Le carillon se fait aller dans le vent pour accompagner le scénario de film d'horreur d'Ophélie. Mme Dupuis nous répond avant même que nous ayons eu le temps d'appuyer sur la sonnette. Sans nous saluer, elle nous pointe notre voiture en nous ordonnant d'y retourner pour attendre notre tour pendant qu'elle termine avec une cliente. Nous refermons la portière et j'observe autour afin de découvrir par quel moyen de transport la cliente en question a bien pu venir. À moins qu'elle ait stationné son motocross en arrière de la maison, une seule explication est possible… Je regarde vers le ciel!

— Avez-vous vu ses vêtements? Elle était habillée comme la chienne à Jacques.

— Fais attention à ce que tu dis. Il doit bien y avoir un Jacques qui habite dans le coin, dis-je à Marilou en jetant un œil aux alentours.

Après une dizaine de minutes d'attente, Mme Dupuis ouvre la porte et nous fait signe qu'une d'entre nous peut entrer. Elle porte des lunettes démodées style vintage, mais un vintage désabusé. Rien de très *glam*, avec des cordes reliant ses lunettes à son cou. Ses cheveux sont coiffés négligemment

(pas un « négligé voulu » qui donne un effet mode, mais plutôt un « négligé » comme dans je-ne-fais-pas-attention-à-mon-look-plus-que-ça-je-reçois-une-contravention-de-style).

— Où est passée la cliente ? Nous ne l'avons pas vue sortir de la maison.

— Je pense qu'elle l'a mangée.

— Ne dis pas ça, Marilou. Je ne veux plus y aller.

Je pousse Ophélie en dehors de ma voiture et la force à briser la glace, puisque c'est elle qui a insisté pour venir ici ; et ce, sous les conseils d'une collègue qui avait supposément appris des choses qui se sont TOUTES réalisées après avoir vu Mme Dupuis.

— Il fait trop chaud dans ton auto. Baisse les vitres, s'il te plaît. Avec toute cette buée, on va avoir l'air de baiser.

Nous nous amusons à compter les objets sur le terrain : des nains de jardin, une fontaine avec une déesse grecque qui verse de l'eau, des anges qui s'aiment, des lions qui rugissent à côté de la porte d'entrée et des fleurs en plastique. Elle pourrait écrire un livre intitulé *Les 100 techniques pour ne pas entretenir son aménagement paysager*.

À l'intérieur de la maison mobile...

Ophélie observe les moindres détails de tout ce qui se trouve autour d'elle. Elle est tellement stressée qu'elle a les mains moites et une envie de pipi pressante. Mme Dupuis décèle son anxiété.

— Veux-tu aller au pepi, ma grande ? La toilette est juste à ta droite.

Son anxiété augmente, ayant l'impression que la dame lit en elle comme dans un livre ouvert.

Elle prend place de l'autre côté de la table, face à Mme Dupuis. Trois jeux de cartes et un bol de chips natures trônent sur la table.

— En veux-tu ? Gêne-toi pas, ma grande, prends-en si t'as faim.

— Non, merci, dit-elle la voix tremblotante.

Les filles devaient préparer chacune une question avant leur rencontre. Ophélie lui pose donc la sienne.

— Oui… En fait… J'aimerais savoir si la construction de ma maison va briser mon couple.

Pendant ce temps, dans la voiture…

— Il est temps que je voie mon esthéticienne, on dirait que j'ai deux nids d'oiseaux dans le front, dit Marilou en s'inspectant les sourcils dans le miroir du pare-soleil.

— Je ne voulais pas te le dire, mais maintenant que tu en parles…

À l'intérieur de la maison mobile…

— Ah oui ? Vous pensez vraiment ?

— Les cartes le disent, ma belle. As-tu une dernière question avant de partir ?

— Est-ce que ça sera grandiose ?

Ophélie revient en gambadant entre les décorations du terrain.

À mon tour d'entrer. Une fois assise à la table, j'observe la dame sans dire un mot.

— Ce sont tes amies qui t'ont amenée ici, n'est-ce pas ?

Je lui adresse un oui de la tête en guise de réponse.

— Quelle est ta question ?

— Je n'ai pas préparé de question.

Mme Dupuis me regarde du coin de l'œil et n'insiste pas davantage.

— Je vois que tu as une belle carrière. Tu sembles seule malgré le fait que tu sois bien entourée. Je vois beaucoup de souffrance cachée au fond de toi. Un homme et une femme sont en lien avec cette souffrance. Tu éprouves de la rancœur que tu dois guérir. Après ça, tu vas être capable de laisser entrer un homme dans ta vie. Je le vois dans mes cartes, cet homme, il est près de toi. Il y a aussi un autre personnage qui rôde autour de toi, je ne vois pas bien si c'est un homme ou une femme, mais c'est quelqu'un qui te veut du mal.

C'est n'importe quoi! Je la paie et je sors, nonchalante, contrairement à Ophélie à sa sortie. Au tour de Marilou d'entrer.

Une trentaine de minutes s'écoulent avant que notre amie ne revienne. Lorsqu'elle entre dans la voiture, Ophélie et moi ne disons pas un mot, attendant qu'elle nous déballe tous les détails de sa rencontre avec Mme Minou.

— Ma question était: est-ce que Benjamin est l'homme de ma vie? Elle ne m'a pas répondu clairement. Elle a seulement dit qu'elle voyait un homme qui correspond à sa description. J'ai tout ça sur cassette. Je vais l'écouter à la maison.

— Elle t'a remis une cassette? C'est tellement pas techno! lui dis-je.

— À quoi tu t'attendais, dans le fin fond du rang 3 à Saint-Anselme? rétorque Marilou.

— Je ne crois pas du tout à ces histoires de voyantes. N'importe qui peut faire ça pour gagner sa vie.

— Alors comment expliques-tu le fait qu'elle savait que mes parents sont séparés? l'affronte Ophélie.

— Facile ! Cinquante pour cent des couples le sont !

— OK ! Comment expliques-tu qu'elle ait vu dans ses cartes que j'ai perdu un bébé quand j'avais dix-neuf ans ? demande Marilou.

— Tu veux dire ton avortement ?

— Oui ! J'avoue qu'elle était *weird*…, dit-elle, pensive.

— *Weird* dans quel sens ? Elle a vu un fantôme ? Elle a kidnappé la cliente avant nous ? Elle ne nous a pas saluées en arrivant ? Elle a une collection d'objets inanimés sur son terrain ? Elle collectionne les anges en plâtre ?

Marilou hésite à répondre et finit par nous confier ce qui s'est passé pendant sa rencontre avec Mme Dupuis.

— Elle m'a fait bercer l'enfant que je n'ai jamais eu.

— PARDON ! m'exclamé-je, stupéfaite.

Je m'arrête sur le bord de la route, incapable de me concentrer sur autre chose que la bombe que Marilou vient de lâcher. Il y a des limites à rire des gens. Je regarde dans mon rétroviseur la réaction d'Ophélie qui est sans mot, ses yeux exprimant la peur.

— C'est pas si pire que ça. Elle m'a dit de mettre mes mains ouvertes vers le ciel, à la hauteur de mes épaules. Elle m'a laissée seule pour vivre ce moment.

Je redémarre la voiture et fais demi-tour sur-le-champ. Ma conduite un peu brusque sort Ophélie de sa torpeur.

— Tu fais quoi, là ?

— Je retourne voir Mme Dupuis. Je dois lui dire ma façon de penser. Elle était censée lire dans ses cartes, pas t'inventer un bébé imaginaire. Ça ne se fait pas, jouer de cette façon-là avec les sentiments des gens.

Marilou et Ophélie essaient de me convaincre de changer d'idée. J'arrête de nouveau sur le bord de la route.

— Allô ! Réveillez-vous ! Est-ce qu'il y a juste moi qui réalise que cette femme s'est foutue de notre gueule ? Ophélie, toi qui semblais si joyeuse en sortant, qu'est-ce qu'elle t'a dit ?

— Que ma maison serait bientôt terminée, que j'aurais deux enfants et que Xavier est l'homme de ma vie.

— C'était quoi, ta question ?

— Je lui ai demandé si la construction de ma maison allait ruiner mon couple.

— Ophélie, je suis certaine que sans t'en rendre compte tu lui as fourni toutes les informations nécessaires pour te dire ce que tu voulais entendre.

— Et toi, Séléna, quelle était ta question ? Qu'est-ce qu'elle t'a dit ? m'interroge Marilou.

— Je n'avais pas préparé de question. Elle m'a dit qu'une personne me veut du mal. C'est n'importe quoi ! Propos trop général qui peut concerner tout le monde. Booooooouuuuuuuuuuuhhhhhhhhhhhhh, m'exclamé-je, ironique. Un patient m'en veut parce que j'ai été bête avec lui ? Micheline m'en veut parce que je ne lui ai pas rapporté son plat Tupperware ? Diane m'en veut parce que j'ai botté les fesses de Brandon, son petit chien adoré ? Et quoi encore ?

— Tu as pensé à Julie ? La femme de Christophe a-t-elle des raisons de t'en vouloir ?

— Comme toujours, elle s'en invente. De toute façon, je la vois mal établir un plan machiavélique contre moi.

— C'est vrai que Julie n'est pas du tout méchante, dit Ophélie pour prendre sa défense.

— Ce n'est pas une question de méchanceté ou de gentillesse, c'est plutôt qu'elle n'a pas les couilles pour faire ça.

Couchée en étoile dans mon immense lit, je repense aux propos de Mme Dupuis. Et si quelqu'un m'en voulait vraiment ? Et si les deux personnes avec qui j'ai des choses à régler étaient Diane et mon père ? Je ne vois pas ce que j'ai à régler avec eux... « Tu fais du déni, chérie. L'évidence saute aux yeux. » Et même si je m'aperçois que c'est le cas, je n'ai pas l'intention de faire des efforts en ce sens. Le passé reste le passé et il vaut mieux ne pas le déterrer. S'il faut ça pour qu'un homme entre dans ma vie, je m'en fiche. Je suis bien seule. Je n'ai pas besoin d'être en couple pour sentir que ma vie a du sens. Elle est parfaite telle qu'elle est. Et puis, c'était quoi l'idée de me parler de solitude ? S'il y en a une qui a des amis et qui est entourée, c'est bien moi !

Ma nuit est des plus agitées. Les cauchemars s'enchaînent. Julie me poursuit dans les corridors de l'hôpital, un couteau à la main. Diane insiste pour que je participe avec elle à l'émission *Un souper presque parfait*. Christophe ne veut plus m'adresser la parole. Marilou est enceinte de Xavier et Ophélie est désespérée. Ma mère tente de me consoler…

Je me réveille en sursaut et constate que j'ai pleuré. Voilà des années que je n'avais pas rêvé à ma mère. Incapable de me rendormir, je décide de me lancer dans la confection de *cupcakes* à la vanille. Une fois les ingrédients secs bien mélangés, je me rends compte que je n'ai plus de lait. Je laisse le tout en plan sur le comptoir et je retourne me coucher, morte de fatigue.

Vu ma courte nuit, j'ai fait taire mon cadran plus d'une fois. En retard, pour faire changement, je descends les escaliers à vive allure et, en arrivant à ma voiture, je m'aperçois que mes quatre pneus ont été dégonflés…

En entrant dans l'hôpital, j'arrache au passage le cocktail de fruits qui m'attend dans les mains de Christophe.

— Tu diras à ta femme de payer mon taxi, lancé-je en lui jetant la facture au visage.

— De quoi tu parles ?

Il me suit et tire sur mon bras afin que je me retourne.

— Mes quatre pneus ont été dégonflés. Qui d'autre que Julie a pu faire ça ?

— Julie est à Paris présentement avec sa sœur…

Je travaille toute la journée, les nerfs à fleur de peau, pensant à ma mésaventure avec Anabelle, ma Fiat 500. Heureusement, je mets au monde deux beaux bébés en santé qui me font oublier mes soucis l'espace d'un instant. Vivement le congrès de demain, qui me permettra de décrocher.

Un congrès représente l'occasion de parfaire nos connaissances et de discuter avec des collègues. J'assiste à ma deuxième conférence de la matinée. Trois journées bien remplies m'attendent. Bien sûr, il y a la partie plus festive de ces séjours qui se veut aussi très agréable, voire digne d'une revue à potins.

Confessions

Je m'efforce de garder les yeux ouverts. C'est toujours intéressant de participer à un congrès, mais comme j'ai mal dormi la nuit précédente, je combats le sommeil malgré les propos pertinents du conférencier.

Christophe me tend un bout de papier. Ce geste me rappelle certains de nos cours à l'université.

Je vais te surnommer la Belle au bois dormant à force de te voir cogner des clous. Tiens, j'ai fait ton portrait...

Je ris en silence et je suis incapable de m'arrêter. Me sentant impolie, je me lève discrètement et quitte la salle de conférences au moment où une collègue a une quinte de toux, ce qui fait diversion.

Christophe me suit du regard, étonné.

Il me rejoint à la pause-café.

— As-tu un nouveau dossier masculin pour avoir les yeux aussi cernés ?

— Très drôle ! lui dis-je en lui faisant une grimace.

Heureusement que du café nous est offert. J'en ai bien besoin.

— Je dois aller voir un représentant. On se revoit au cocktail à dix-sept heures.

Règles à respecter lors d'un cocktail :

1- Ne pas trop consommer d'alcool.

2- Être sur son 36.

3- Avoir avec soi des cartes professionnelles.

4- Ne pas rester dans son coin.

5- Bavarder avec des inconnus.

Le Dr Sloane entreprend de me raconter en détail ses derniers exploits en salle d'opération. Il me paie trois verres en l'espace de trente minutes. Je refuse le dernier avant d'être trop pompette. Notre conversation est unidirectionnelle. En plus de faire un monologue, il tente de voir mon nombril en passant par mon décolleté.

Christophe arrive au moment où le Dr Sloane s'apprête à me parler de sa collection de voitures antiques.

— Je suis désolé de vous interrompre. Séléna, j'ai affaire à toi.

Je m'excuse auprès du Dr Sloane, qui semble offusqué par mon départ. Il se trouvera sûrement une autre oreille pour vanter ses exploits.

Christophe m'amène hors du champ de vision de ce narcissique et, le plus sérieusement du monde, il me demande :

— Que choisis-tu entre passer la nuit avec lui et faire une conférence nue ?

— Sans hésitation, j'anime la conférence à poil. Merci de m'avoir sauvée.

— Rien n'est gratuit dans la vie. Tu me dois un massage de pieds.

— Beurk ! Ça sera pour une autre fois. Je rentre chez moi. Je veux être en forme pour demain. J'ai deux collègues qui font une conférence. Tu as prévu aller à la soirée dansante demain soir ?

— Évidemment. J'ai réservé une chambre au Hilton au cas où je ne serais pas en état de conduire. Il y a deux lits doubles si jamais tu prévois aussi t'intoxiquer à l'alcool.

— C'est ta pause avec Julie qui te donne cette envie de déraper comme un célibataire ?

— Je me considère déjà comme célibataire…

Je mets fin à ma discussion avec Christophe et quitte le bar. Au même moment, je reçois un texto étrange d'Ophélie :

Appelle-moi, c'est urgent !

Elle pleure à l'autre bout de la ligne au point où elle manque d'air par moments. Je lui dis de se calmer, de respirer, afin que je puisse comprendre ce qui se passe. La première chose qui me vient en tête est que Xavier s'est blessé sur le chantier de construction de la maison. Ophélie tente de m'expliquer la situation, mais les seuls mots que je saisis sont « téléphone » et « belle-mère ». Je m'imagine très bien mon amie en train de se tourner les cheveux entre ses doigts comme elle le fait chaque fois que quelque chose l'irrite ou lui fait de la peine. Je pense sauter dans ma voiture pour aller la rejoindre, mais je dois d'abord lui demander où elle est.

Ophélie semble se calmer.

— Il est arrivé quelque chose à Xavier ?

— Non. Ce n'est pas ça… Je suis gênée de te le dire…

— Franchement, Ophélie ! C'est juste moi, c'est pas la reine d'Angleterre. Allez, parle !

— Tu te souviens que je t'ai dit que ma vie de couple était, disons… monotone ces temps-ci ?

— Oui, et…

— Eh bien, j'ai voulu mettre un peu de piquant dans ma relation et j'ai décidé de me photographier avec un déshabillé un peu *sexy*…

Je me retiens de rire, surprise qu'Ophélie puisse avoir de tels projets.

— Et…

— Eh bien, ma belle-mère est entrée au même moment dans la chambre ! J'ai TELLEMENT honte, Séléna. Je ne pourrai plus jamais la regarder en face. J'habite dans sa maison. Ça va être l'enfer !

Incapable de me retenir plus longtemps, je ris aux éclats. Ne voulant pas vexer Ophélie davantage, j'éloigne mon téléphone. Connaissant mon amie, elle doit vivre cette situation comme si

un tsunami venait de passer dans sa cour. Elle qui se soucie tant du regard des autres et qui veut toujours plaire.

Je tente de la rassurer en dédramatisant la situation. La tâche est ardue.

— Tu devrais voir ça comme une bonne raison de terminer ta maison au plus vite pour que vous puissiez retrouver votre intimité. Dis-toi que ta belle-mère est aussi mal à l'aise que toi, sinon plus.

Visiblement, mes tentatives ne lui font aucun effet puisqu'elle recommence à pleurer.

— Tu ne le sais pas, mais ta belle-mère surprend peut-être tous les soirs ton beau-père qui s'excite en portant ses soutiens-gorges. Et même peut-être qu'ils font l'amour chaussés de bottes de cowboy.

— Et c'est censé m'aider, ça ?

— Assurément ! Tu viens de leur offrir la chance de développer leur créativité sexuelle en leur donnant une nouvelle idée.

Elle rit à peine. Sentant que mon humour n'est pas efficace, je me tourne vers l'élément-clé de toute situation : la communication (j'ai bien appris mes leçons, n'est-ce pas ?).

— Pourquoi ne vas-tu pas la voir immédiatement pour en parler ? Si tu attends, ça sera de plus en plus gênant. En plus, tu vas sans cesse te torturer mentalement en te remémorant la scène.

— La situation est tellement ridicule, je ne pourrai jamais le dire à Xavier. J'ai trop honte.

— Si ça peut t'aider à dédramatiser, sache que mon « maniaque » a dégonflé mes pneus de voiture.

Automatiquement, Ophélie se décentre de son nombril pour s'en faire à mon sujet, comme toujours.

Une fois mes pneus réparés, avec l'aide de Raymond, je démarre Anabelle avec en tête l'image d'Ophélie en déshabillé. Brrr ! Je la chasse aussitôt.

Après une journée remplie de conférences et de discussions intéressantes, la soirée dansante tombe à point. Ce moment est très attendu lors des congrès. Tous les congressistes sont invités au Charlotte Ultra Lounge, situé sur la Grande Allée.

C'est toujours étonnant de voir certains collègues introvertis et timides lâcher leur fou sur la piste de danse ou tenir des propos inattendus du genre : « Je te trouve tellement *sexy*, ce soir. » Il y a aussi, comme d'habitude, une collègue ivre qui insiste pour que je joigne leur cercle de danseuses autour d'un tas de sacs à main.

Ce soir, j'ai envie d'être contemplative plutôt que participative. J'aime bien ces moments où je m'amuse à observer l'attitude des gens, leurs gestes, leur habillement, leurs

souliers, leurs coiffures et ce qu'ils consomment, à leur insu. Mon jeu secret préféré est de déterminer si un couple est assorti ou non.

Tout à coup, j'aperçois Christophe qui quitte le bar. Je m'empresse de le rejoindre, étonnée qu'il ne m'ait pas avisée de son départ.

— Tu n'as pas pris mon message ? Je t'ai textée pour te dire que je suis écœuré d'entendre la musique trop forte et d'être serré comme dans une boîte de sardines. Je n'ai plus vingt ans.

— J'étais concentrée à jouer à « Assorti ou pas assorti ».

Christophe rigole chaque fois que je lui parle de ce jeu.

— J'ai prévu terminer la soirée à l'hôtel. Tu m'accompagnes ? J'ai acheté une bonne bouteille de vin.

— Du Kim Crawford ?

— C'est un vin de filles, ça, Séléna. Je n'étais pas certain que tu allais venir.

J'accepte tout de même son invitation, voyant qu'aucun nouveau dossier ne sera ouvert ce soir.

Assis en indien, face à face sur le divan, une coupe de vin après l'autre, Christophe et moi jouons à « Pareil ou pas pareil ». Le principe est simple : la personne qui prend la parole doit énoncer un fait vécu. Les autres joueurs doivent boire une gorgée s'ils n'ont pas vécu ce fait (pas pareil) et ils s'abstiennent de boire s'ils l'ont vécu (pareil).

— J'ai fait l'amour dans un avion, dis-je en revoyant Philippe dans une cabine trop étroite lors de mon retour de France.

— Pas pareil, affirme Christophe en buvant une gorgée. À mon tour, maintenant. J'ai fait l'amour dans mon lieu de travail.

Christophe est étonné lorsqu'il me voit boire.

— Tu veux me faire croire que tu n'as jamais fait une petite vite à l'hôpital ?

— Je travaille à l'hôpital, MOI, répliqué-je en riant. Je préfère les patates frites plutôt que les patates au four.

— Pareil. Elle est plate, ton affirmation. Trouve quelque chose de plus stimulant.

Je formule donc une deuxième affirmation.

— J'ai déjà fait l'amour tout en conduisant ma voiture.

— Est-ce que ça compte sur une moto, mais pas en marche ?

— On va dire que ça compte, alors c'est pareil, lancé-je, en imaginant Julie échevelée… En passant, cher ami, ça fait trois fois que ton téléphone sonne, tu ne réponds pas ?

— C'est Julie…

— Tu dois décider : qu'est-ce que tu choisis entre ta vie sans Julie ou ta vie avec Julie ?

Il semble trouver mon choix délicat puisqu'il ne répond pas à ma question. Quelques secondes de silence s'écoulent avant que Christophe me demande :

— Parle-moi de ta mère.

Un coup de deux par quatre dans le front aurait eu le même effet sur moi. Plutôt que d'esquiver le sujet, comme je l'ai toujours fait jusqu'à aujourd'hui, je repense à ma mère. Des souvenirs surgissent soudainement de ma mémoire. Je la revois m'adresser son plus beau sourire, celui d'une mère attendrie par son enfant. Sa santé psychologique fragile l'a éloignée de moi d'une certaine façon, et contre son gré, j'en suis certaine. Il y avait de bons jours et de mauvais jours. Parfois, elle trouvait la force de me faire passer avant sa maladie en m'accordant du temps. Je profitais de chaque seconde lorsqu'elle m'attendait à l'arrêt d'autobus, me lisait une histoire ou me bordait. Sinon je passais des heures à la regarder dormir. Je la trouvais belle. Je disais qu'elle ressemblait à la Belle au bois dormant, comme dans mon film d'enfance préféré. Je tentais par tous les moyens d'établir un contact avec elle. Je lui offrais toujours des cadeaux à Noël, à la fête des Mères ou à la Saint-Valentin. Elle les conservait précieusement dans le tiroir de sa table de chevet.

— À quoi penses-tu ?

— À elle... Elle me manque... Je me demande ce qu'elle dirait si elle me voyait aujourd'hui. Serait-elle fière de moi ? Aurions-nous une relation mère-fille exemplaire ? J'aurais aimé être comme toutes les adolescentes. Celles qui argumentent avec leur mère sur leur habillement, sur la musique qu'elles écoutent trop fort ou sur le désordre de leur chambre. J'aurais aimé qu'elle assiste aux réunions de parents, qu'elle supervise mes devoirs et mes leçons, qu'elle me tienne la main chez le dentiste et qu'elle me rassure à la moindre inquiétude.

Je jette un regard vers Christophe et constate que son oreille est toujours aussi attentive. Je ne perçois pas de pitié dans son regard, mais bien de l'affection et une certaine compréhension. Percevant ma tristesse pourtant bien dissimulée, il dépose ses mains sur mes jambes toujours croisées, les déplie et me tire vers lui.

— Je découvre une autre partie de toi. C'est comme s'il m'avait toujours manqué une pièce du casse-tête pour bien te connaître. Merci de m'accorder cette confiance, ma beauté.

Je ne suis qu'à quelques centimètres de son visage et, étonnamment, je ne cherche pas à fuir. Aucune question ne m'assaille. Il s'approche davantage de moi, plaçant son visage encore plus près du mien. Il hésite, mais guidé par quelque chose de plus fort il joint ses lèvres aux miennes. Nos lèvres s'unissent de façon si naturelle qu'on dirait qu'elles se connaissent depuis toujours. Je me laisse bercer par ce moment de tendresse. Sans dire un mot, il m'attire vers le lit en me prenant par la main. Je m'étends et il m'enlace par-derrière. Nous ne faisons qu'un, chaque partie de nos corps s'entremêlant parfaitement. Nous nous endormons paisiblement.

Au réveil, avant même d'ouvrir les yeux, je savoure le bien-être qui m'enveloppe. Lorsque mes yeux s'entrouvrent, je prends soudainement conscience de la position dans laquelle je me trouve : en cuillère avec Christophe ! Je ferme les yeux, espérant les rouvrir et réaliser que ce n'est qu'un cauchemar. Non, il s'agit bel et bien de la réalité ! Ma petite culotte est en place, nous n'avons pas couché ensemble, c'est déjà ça. Sans talent de téléportation et sans DeLorean, je dois jongler avec les différentes façons de m'en sortir. Si je bouge, il risque de se réveiller et ce n'est foutrement pas mon intention. Que faire alors ? Je me dégage délicatement de son poids en priant très fort le ciel (moments rares dans ma vie) pour ne pas le réveiller. Au même moment, la sonnerie du téléphone de la chambre d'hôtel retentit jusqu'au fond de mes tympans. Christophe sursaute, me regarde, prend à son tour conscience de ce qui se passe, puis répond. C'est la réception de l'hôtel qui l'avise qu'il est l'heure de se lever.

— La première conférence de la journée a lieu dans une heure. Tu viens déjeuner avec moi ? me demande Christophe.

— Pas question que je porte les mêmes vêtements qu'hier. Je vais manquer la première conférence pour aller me changer. On se rejoint plus tard.

Soulagée d'avoir réussi à esquiver une possible discussion sur les événements de l'heure, je décide de me cloîtrer dans mon appartement. Roméo est heureux puisqu'il n'est pas seul. Il peut me chanter la pomme allègrement. Toutes mes décharges émotives remontent. Je bois du thé tout en magasinant en ligne. J'installe la lampe qui traîne depuis des semaines dans le corridor et, dès qu'une pensée me traverse l'esprit, je la chasse aussitôt. Je vais même jusqu'à faire des exercices pour renforcer mes abdominaux et ne m'arrête que lorsque la brûlure est très intense.

Je reçois un texto de Christophe :

La conférence débute, où es-tu?

Ne voulant parler à personne, surtout pas à lui, je place mon téléphone dans une armoire de la cuisine. Une source de stress de moins !

Cette «retraite» dure deux jours. Jamais je n'aurais pensé pouvoir passer quarante-huit heures consécutives seule, sans sortir de chez moi, sans contact avec l'extérieur. Ni qu'un tel événement provoquerait autant de questions et amènerait si peu de réponses. Pourquoi étais-je si bien dans ses bras ?

Est-ce de l'amour ? Impossible, Christophe est comme un frère à mes yeux. Pourquoi m'a-t-il embrassée ? Qu'attend-il de moi maintenant ? Je libère mon téléphone de sa pénitence afin de texter les filles pour les informer que je suis toujours en vie. Quelques secondes s'écoulent et Marilou appelle.

— Où étais-tu, Séléna ? Ça fait deux jours que je tente de te contacter. Avec toutes ces histoires de « maniaque », je m'inquiète.

— Dans un congrès et j'avais oublié mon téléphone.

Heureusement, Marilou n'insiste pas davantage et s'empresse de me partager la raison de son appel.

— J'ai trouvé l'homme de ta vie.

Découragée, mes épaules tombent et je soupire.

— Quel spécimen as-tu déniché cette fois-ci ?

— Tu le connais déjà…

Je retiens mon souffle, de peur que Christophe ait appelé Marilou pour lui parler de notre soirée et de notre nuit…

— C'est Rémi ! La nouvelle version du même Rémi que tu as rencontré, mais sans Karine et sans squelette dans le placard. Il m'a reparlé de toi il y a deux jours. Il voulait savoir si tu étais toujours libre. Je pense qu'il t'a dans l'œil.

Cette annonce suscite un minime intérêt de ma part.

Confessions

Les jours suivants, je continue de fuir Christophe. Je tente de l'éviter le plus possible, allant jusqu'à m'informer de son horaire de travail, passer par de nouveaux chemins dans l'hôpital, arriver plus tôt, partir plus tard et apporter mes propres lunchs. Je fais aussi plus d'heures à la clinique, ce qui m'arrange. Moi qui cuisine si mal, je dois sûrement souffrir de sous-alimentation, incapable d'avaler les tentatives de sandwichs et de potages dont je suis l'artiste. Telle une véritable James Bond, je suis en mission. Une mission qui vise à préserver mon amour-propre, ou du moins à faire comme si je n'avais pas perdu toute dignité dans cette chambre d'hôtel l'autre nuit. Je me demande parfois ce qui m'atteint le plus : avoir partagé mon passé ou avoir répondu au baiser de Christophe. Les deux, je crois, je ne le sais plus. Je veux seulement ne pas y penser. Heureusement que mon « maniaque » ne s'est pas manifesté ces deux dernières semaines, ça évite d'ajouter du crémage sur le *cupcake*.

Faute d'avoir Christophe comme complice, le manque de présence masculine me pousse à me confier à Roméo et même à lui lancer quelques blagues salées. Ce dernier ne pouvant compenser mon besoin de discuter avec mon meilleur ami ou de me faire renvoyer la balle en plaisantant, je décide plutôt de trier les vêtements que je ne porte plus. Marilou nous a convaincues, Ophélie et moi, d'aller à Trois-Rivières dans deux jours pour participer à une soirée de filles intitulée « Cosmo, Choco et Talons hauts », organisée

par deux auteures de la région, également anciennes collègues de Marilou. Cette soirée très *glamour* permet de faire des échanges de vêtements et de livres usagés, de magasiner sur place aux différents kiosques des boutiques invitées (coiffure, bijoux, produits de beauté, friandises, objets d'art, etc.) et d'assister à la conférence d'une styliste. Me *chickser*, boire un Cosmo, parler sacoches, romans de filles et bijoux me feront le plus grand bien.

16
Frissons

La présence de Rémi dans mon lit pour une quatrième nuit consécutive s'avère être un exploit. Si l'on tient compte que ma dernière relation remonte à mes seize ans, tout porte à croire que je suis rouillée. Après le mandat de Marilou, qui consistait à me transmettre l'intérêt de Rémi pour moi, j'ai eu des nouvelles de ce dernier deux jours plus tard.

Comme je suis en manque de testostérone, Rémi comble mon besoin physique, mais pas mon besoin affectif comme Christophe le fait. Je ne réussis pas à retrouver le bien-être que j'ai ressenti dans ses bras. Pourtant, Rémi est charmant, il fait bien l'amour, me concocte de délicieux soupers, a un bon sens de l'humour… Mais, je dois me l'avouer, à mes yeux, il n'est qu'un simple « ami santé », rien de plus. Je persiste, dans ma tentative à peine subtile, de me convaincre que je suis mieux seule qu'en couple. Les émotions ressenties avec Christophe découlaient probablement du moment de confidences.

Plus tard dans la journée, Marilou me téléphone pour m'apprendre que la réputation de Rémi fait jaser au bureau. Il fréquenterait, selon ses propres dires, plusieurs filles à la fois. Marilou semble visiblement mal à l'aise de m'avoir transmis un mauvais dossier. Je décide donc de questionner Rémi dès son arrivée à mon appartement.

— Tu n'as pas cru bon de me mentionner que tu dors dans plusieurs lits différents ?

Nullement mal à l'aise devant mon attitude de fille offusquée qui exige des explications, Rémi me fait part de son point de vue.

— Séléna, j'étais convaincu que tu désirais la même chose que moi, soit aucun engagement. Je ne te dois rien, tu ne me dois rien. Qu'est-ce qui te dérange au juste ?

Sans comprendre pourquoi, son honnêteté m'irrite davantage. Incapable de lui répondre, je tente d'identifier les émotions et les pensées qui s'entremêlent dans ma tête. Il a raison, je n'ai pas à éprouver de jalousie. D'ailleurs, ai-je déjà ressenti ce sentiment pour un homme ? À part pour Cédric qui aimait bien ma voisine de casier à l'école secondaire, non ! Alors, qu'est-ce qui m'offusque ? Mon orgueil est touché ? Je désire inconsciemment une relation sérieuse ? Cette conversation clôt le chapitre « Rémi » définitivement. Avant qu'on ne se quitte pour de bon, je profite de son corps et de ses mains habiles une dernière fois.

Ma fête arrivant bientôt, je soupçonne les filles de m'organiser une surprise, puisque contrairement à d'habitude elles

ne m'ont posé aucune question sur mes désirs à exaucer lors de ma journée d'anniversaire. Cette idée me redonne le sourire en pensant à la possible fête dont je serai la vedette dans moins d'une semaine.

En sortant de l'hôpital, j'aperçois un bout de papier glissé sous l'essuie-glace de ma voiture. Merde ! J'ai dû oublier ma vignette de stationnement. Un chandail de moins dans mes dépenses ce mois-ci. En voulant regarder le montant de cet oubli, je constate qu'il ne s'agit pas d'une contravention.

GARE À TES FESSES, SALOPE !

Mon cœur fait trois tours. Je scrute partout autour de moi et j'aperçois une voiture bleue qui démarre en trombe.

À mon arrivée au logement, je cogne chez Micheline et Raymond.

— De la belle visite ! Raymond, viens voir ! Qu'est-ce que je peux faire pour toi, ma petite ?

— Vous m'avez dit l'autre jour que vous aviez aperçu une voiture bleue à plusieurs reprises devant l'immeuble. L'avez-vous revue dernièrement ?

— Justement, ce matin nous en parlions. N'est-ce pas, Raymond, que nous la voyons tous les jours, cette voiture ? Est-ce que ça t'inquiète ?

Ne voulant pas les alarmer, je leur avoue seulement qu'une certaine appréhension m'habite. En rentrant chez moi, je verrouille la porte à double tour, ferme les rideaux et vérifie que rien n'a été déplacé.

Mon téléphone indique que j'ai deux messages. Le premier est de Diane. Je ne prends pas le temps de l'écouter et je saute au suivant. Encore Diane ! Elle semble si paniquée que je ne saisis pas ce qu'elle me dit. Les seuls mots que je capte sont « hôpital » et « père ». Je me hâte de la rappeler.

— Marcel est tombé en bas de l'échelle en voulant réparer la gouttière sur le côté de la maison, dit-elle en pleurant.

— Il est à l'hôpital ? demandé-je fermement en espérant qu'elle se ressaisisse. Les médecins ont dit de quoi il souffre ?

— Nous sommes à l'hôpital. Je dois retourner au chevet de ton père justement. D'un coup que le médecin me cherche pour me parler.

— J'arrive tout de suite.

Lorsqu'elle me voit, Diane me prend dans ses bras et pleure sur mon épaule. Je réussis à savoir que mon père a une fracture du bassin.

— J'ai eu tellement peur qu'il meure. Je ne sais pas ce que je deviendrais sans lui.

Ce type de fracture peut entraîner des conséquences dramatiques. Je consulte son dossier et constate que le diagnostic est moins sérieux que je ne le croyais. Il n'a aucun dommage neurologique. Il devra rester allongé pendant un certain temps et porter un corset. Je suis soulagée de la chance qu'il a eue.

— Pauvre chéri! Je lui dis chaque fois que ce n'est pas prudent de grimper dans une échelle. Il ne m'écoute pas. Il a la tête dure. Cette fois-ci, il n'a pas hésité à se rendre à l'hôpital.

J'entends la voix de Christophe derrière moi. Mon corps se crispe.

— Bonjour, beauté! Tu t'es déguisée en fantôme ces dernières semaines. Ne me fais plus ça, s'il te plaît, me chuchote-t-il gentiment à l'oreille.

Confessions

— Ce n'est pas le moment de parler de ça. Mon père est hospitalisé pour une fracture du bassin. Rien de trop grave. Je vais bien, ne t'inquiète pas.

— Je t'offre le club sandwich de la cafétéria, celui dont tu raffoles. Demain midi sans faute.

— Beurk! Du poulet froid!

Merde! Je ne peux plus me mettre la tête dans le sable. Moi qui aime bien faire l'autruche.

Les prochaines semaines s'annoncent bien remplies. Diane ne conduit pas et elle panique à l'idée de voir son homme souffrir. Je vais donc les aider dès que ce sera possible.

Le Courrier du cœur de *Louison Deschâteaux*

Question :

Madame Deschâteaux,

Mon problème est le suivant : je suis mère d'une adolescente de 16 ans et mon conjoint a un fils de 17 ans. Nous sommes ensemble depuis plusieurs

Suite à la page suivante ↳

Réponse :

Chère mère d'une adolescente,

Je sais que cette période n'est pas de tout repos. Cependant, quand vous dites que vous êtes sur le point de briser votre règle, je crois que vous faites

Suite à la page suivante ↳

années. De mon côté, j'ai toujours interdit à ma fille de dormir avec un garçon à la maison. Mon mari, quant à lui, croit que son fils a le droit de dormir avec sa blonde sous notre toit. Selon lui, les filles ne doivent pas être élevées comme les garçons. Nous devons être plus sévères avec les filles. Je suis sur le point de céder. Que faire ?

Une mère qui aime sa fille et qui ne souhaite pas en faire une dévergondée

Question :

Madame Deschâteaux,

J'ai grandement besoin de votre aide. Je suis follement amoureux de ma meilleure amie depuis trois ans. Cependant, elle en aime un autre. Cet « autre » ne prend pas soin d'elle comme elle le mérite. J'ai tenté, en vain, de dissimuler mes sentiments jusqu'à ce jour, mais je ne peux plus continuer de faire semblant. Je l'aime à mourir. J'ai peur de sa réaction et de perdre son amitié. Je n'ose en parler à personne, de peur que mon secret ne soit découvert. Vous êtes la seule qui peut m'aider.

Un amoureux secret qui souffre en silence

erreur. Maintenir ce règlement me semble la bonne solution afin de bien encadrer vos enfants. Fille ou garçon, il ne doit pas y avoir d'exception. Je vous souhaite bonheur, amour et sérénité au sein de votre famille.

Louison Deschâteaux

Réponse :

Cher amoureux secret,

Je comprends la souffrance que vous ressentez. Sachez que l'amour à sens unique n'est pas une relation dans laquelle vous pouvez vous épanouir. Posez-vous cette question : souhaitez-vous préserver cette amitié et étouffer votre amour en souffrant en silence ou lui avouer vos sentiments ? Je crois que cette deuxième option est la plus honnête pour vous et pour elle. Si son cœur ne se tourne pas vers vous, continuez votre chemin et faites confiance à la vie.

Louison Deschâteaux

Confessions

Assise confortablement sur ma galerie, je m'époile, c'est-à-dire que je m'épile à l'aide d'une pince à sourcils. Je m'amuse à dénicher les poils indésirables qui ont tenu le coup après la guerre menée par la cire froide. J'ignore si c'est cette activité typiquement féminine qui me fait penser à James et à ses fesses poilues sur la photo, mais j'ai une soudaine envie de le retrouver. Je sors mon portable et me mets à sa recherche sur Facebook.

— Eh que vous êtes dépendants, les jeunes, de vos bébelles électroniques. Dans notre temps, nous nous en passions et nous n'étions pas plus malheureux, me lance Raymond en direct de sa galerie.

— C'est sûr que, lorsque nous n'en avons jamais eues, nous ne pouvons pas connaître les avantages de s'en servir.

— Je préfère m'occuper de mes tomates pis de mes fines herbes. À mon âge, on n'a plus les capacités de s'adapter à ces inventions-là.

— Je préfère aussi que vous vous occupiez de votre jardin, Micheline, et je vais continuer de mon côté à savourer vos bons petits plats.

«Et je vais m'occuper de gérer ma vie moi-même», me dis-je intérieurement.

Assurément, passer une heure ou deux dans une journée à regarder des photos d'amis du secondaire ou de nos collègues de travail sur Facebook est une totale perte de temps. Je l'avoue et je l'assume, parce que ça rassasie la voyeuse en moi. Ce n'est pas pire qu'écouter *Occupation double*! Il y a près de douze ans que je n'ai pas vu le visage de James. Vais-je réussir à le reconnaître?

Fébrile, j'inscris son nom dans la barre de recherche. Au total, dix-sept résultats avec photos apparaissent. Parmi eux, seulement trois gars sont originaires des États-Unis. Au premier coup d'œil, un seul peut s'avérer être le bon, puisque les autres semblent soit trop jeunes soit trop vieux. Je fais défiler ses photos, incertaine que ce soit bien lui. Je poursuis ma recherche et, lorsque j'aperçois ses deux amis qui l'accompagnaient en Jamaïque, je saute de joie. Je prends une photo de l'écran avec mon téléphone et la fais parvenir à Marilou et Ophélie. C'est après coup que je m'attarde à son physique… Ouin! Cinquante livres de plus, ça change un homme! Quelques cheveux en moins, ça change un homme aussi! Trois enfants pis une femme, ce n'est plus le même homme! Je prends une autre photo de mon écran que j'envoie aux filles, pour faire suite à la première, accompagnée d'un texto:

Je me suis énervée trop rapidement. On oublie James!

17
Duo à trois

Depuis que j'ai reçu le message me disant de prendre garde à mes fesses, il y a quelques jours, je suis devenue paranoïaque. Qui ne le serait pas dans cette situation ? Après avoir dressé la liste des suspects dans cette affaire, j'en conclus qu'un seul individu pourrait être l'auteur de ces gestes. Tout d'abord, les appels anonymes. J'ai cru qu'il s'agissait d'un obsédé sexuel qui s'excitait à entendre ma voix. Ensuite, les pneus dégonflés. J'ai cru que c'était Julie, mais lorsque j'ai su qu'elle était en voyage, j'ai dû revoir mon hypothèse. Puis le message sur le pare-brise. Aucun doute, quelqu'un me veut du mal. C'est là que j'ai repensé aux propos de Micheline et Raymond concernant la voiture bleue. Mes doutes se sont donc portés sur Alexis, mon ex-« ami santé » marié, qui en conduit une. Il faut être dérangé pour agir ainsi. Cet homme me fait peur. Au bout du compte, Ophélie avait peut-être raison de s'inquiéter. J'ai appelé au poste de police. Ils ne peuvent rien faire pour l'instant, puisqu'ils n'ont aucune preuve. Ils m'ont promis de patrouiller davantage dans le quartier. Ce qui me fait le plus peur, dans cette histoire, c'est que cette personne sait où je reste, où je travaille, et elle connaît mon numéro de téléphone. Mme Dupuis avait donc raison…

Christophe m'attend à la cafétéria. Comme promis, un club sandwich au poulet froid m'est servi. Je suis très stressée à l'idée de discuter avec lui, mais je ne laisse rien paraître. Je déteste les conversations qui traitent des émotions, de ce que nous ressentons.

— Comment vas-tu, beauté?

Il semble tout à fait à l'aise d'être en ma compagnie.

— Ça pourrait aller mieux. J'ai un fou à mes trousses et mon père exige de moi beaucoup de temps que je n'ai pas.

— Est-ce que cette histoire a un lien avec les pneus dégonflés?

— Sûrement. La police ne peut rien faire pour l'instant. Et toi, ça va? demandé-je, souhaitant changer de sujet.

— Tu m'as manqué ces dernières semaines.

Mon pouls s'accélère.

— Tu sais, Christophe, même si j'ai eu beaucoup de temps pour réfléchir à ce que j'allais te dire, je n'ai rien trouvé. Je ne sais pas comment expliquer ce qui est arrivé.

Il respire profondément.

— Si je t'ai embrassée, Séléna, c'est que j'en avais envie. Ce n'était pas prémédité. Je suis bien avec toi.

Avant que les émotions ne m'embrouillent, je reprends mon rôle d'amie.

— Et toi, comment ça se passe avec Julie ?

— Nous sommes revenus ensemble.

J'avale ma salive de travers… Je ressens un certain soulagement à savoir que je n'aurai plus à me torturer mentalement à mettre des mots sur ce que j'éprouve pour lui. Ma vie était si simple avant cette « fameuse » soirée. Séléna = célibataire pour la vie.

— Elle m'a contacté en revenant de Paris. Elle m'a dit qu'on avait tellement investi dans notre relation qu'on ne pouvait pas ne pas se donner une autre chance. Je n'ai aucune idée si ça va fonctionner, mais j'ai plongé tête première. C'est ma femme, après tout.

— Tu as raison. Je n'en attendais pas moins de toi…

En revenant à l'appartement, après avoir fait quelques commissions pour mon père, j'appréhende de passer la soirée seule. Ma porte est déverrouillée et légèrement entrouverte. Ne sachant pas si je dois entrer ou m'enfuir en courant, je me rassure en me disant qu'il fait jour et que Roméo ne crie pas à tue-tête. Cet oiseau déteste les inconnus, alors il aurait sûrement réagi si quelqu'un s'était glissé dans mon appartement. Je pousse la porte et avance de quelques pas dans le corridor. Rien ne semble avoir été déplacé ou volé. Ai-je mal fermé la porte en partant? Est-ce que la serrure est brisée? Tout à coup, j'entends des bruits provenant de ma chambre. La peur s'empare de moi et je rebrousse chemin. Pas question que j'affronte ce dérangé.

— SURPRISE! crient Ophélie et Marilou en chœur.

— Vous êtes complètement folles! J'étais sur le bord de faire une crise d'apoplexie congénitale.

Les filles me sortent. Interdiction formelle de mettre mes escarpins et ma *push-up* (comprendre ici mes soutiens-seins-rembourrés-effet-volumineux). Argument: aucune nécessité ce soir. Pourquoi? Aucune idée. Je suis donc chaussée d'espadrilles (dernières utilisations = le golf = Zumba = pas d'orgueil) et vêtue d'un jeans et d'un t-shirt. Mais celles qui me connaissent le savent, je n'ai pu m'empêcher d'agrémenter le tout de quelques accessoires *girly*. En plus, j'ai eu le droit de remplir uniquement un sac et non une valise afin d'y glisser mon pyjama, mon bikini rose à pois blancs et mon oreiller.

Assise à l'arrière de la voiture, je ferme les yeux et les écoute chanter, pour la quatrième fois d'affilée, une chanson d'Elvis. Le pire, c'est qu'elles se croient bonnes !

— Les filles, laissez-moi enlever mon bandeau de torture. J'ai mal au cœur quand je ne vois pas la route. Vous auriez pu au moins penser à m'asseoir à l'avant.

— Tu as un petit sac sous ton banc si jamais l'envie te prend de vomir dans l'auto. *Anyway*, c'est celle d'Ophélie.

— Très drôle, Marilou ! Pauvre Séléna, je suis désolée de ne pas y avoir pensé.

— Si c'est chez RONA que vous m'amenez, sachez que je n'ai aucune rénovation à faire présentement.

— En fait, nous pensons que tu as besoin de te reposer et de réfléchir à ta vie amoureuse inexistante pour ton trente-deuxième anniversaire. C'est pourquoi nous t'offrons une retraite fermée de cinq jours dans un couvent de sœurs sur la Rive-Sud.

À moins que les religieuses acceptent de boire avec nous, je suis certaine que Marilou ment.

À mes vingt-neuf ans, les filles m'ont offert un saut en parachute. Bien que je possède le caractère le plus fort des trois, j'ai dû respirer profondément et me parler très fort intérieurement pour ne pas paniquer. Ophélie, ayant plus peur que nous, évidemment, était restée au sol pour nous filmer. Pour sa part, Marilou, sous le charme de son instructeur pour le saut en tandem, avait sauté dans le vide comme si elle sautait dans la douche. Outre une mise en plis inexistante et des *beurrasses* de mascara sur les joues (le mascara hydrofuge, ça ne fonctionne pas &/!%?&/$%), ce fut une expérience mémorable… que je ne referai pas. Lorsque nous avons quitté l'école de parachutisme, j'avais en poche le numéro de téléphone de l'instructeur de Marilou. Frustrée de ne pas avoir eu la première place cette journée-là, elle m'a boudée jusqu'au retour. L'orgueil de «Miel» en a pris un coup. Lorsqu'elle en reparle aujourd'hui, je peux encore ressentir une pointe de jalousie dans sa voix.

À mes trente ans, les filles ont plutôt opté pour une journée au spa. Après avoir plongé dans l'eau froide, l'eau chaude, l'eau froide et encore l'eau chaude, nous avons conclu que c'était assez. Mon anniversaire le plus court à vie. D'autant plus que je ne désirais pas éterniser le passage à cette nouvelle décennie. Heureusement, le dîner était excellent. À bien y penser, je devrais amener ma prochaine *date* à cet endroit, je suis certaine que leur nourriture est aphrodisiaque.

Soudainement, une odeur de fumier mélangée à une odeur de mouffette écrasée parvient à mes narines. D'un, rien pour soulager mon mal de cœur. De deux, la campagne et moi ne faisons pas bon ménage. Malheureusement, plus j'y pense, plus cette activité est plausible compte tenu de l'odeur et du peu de choses que j'ai pu apporter.

🎵 *« Get down. Get down. And move it all around. Oh baby you're so fine. I'm gonna make your mine... »*

— Vous ne m'aimez vraiment pas pour me casser les oreilles avec les Backstreet Boys.

Elles enchaînent avec un nouvel air.

🎵 *« Yo ! I'll tell you what I want, what I really really want. So tell me what you want, what you really really want. »*

Comme une enfant de cinq ans qui s'impatiente durant un long trajet en voiture, je les assaille de questions.

— Est-ce qu'on arrive bientôt ? Il reste combien de temps ? Où m'amenez-vous ? Est-ce qu'on peut arrêter ? J'ai envie de pipi.

— Prends ça, pis tais-toi.

Un énorme sac est lancé sur mes genoux. Juste à l'odeur, je devine qu'il contient des jujubes.

— J'ai choisi toutes tes sortes préférées. Puisque tu ne peux pas les voir, je vais te les nommer : des grenouilles, des pêches, des oursons, des framboises, des lèvres, des bouteilles de Pepsi, des pamplemousses roses...

— Arrête, Ophélie. Tu vas me faire vomir.

Marilou gare la voiture.

— Tu peux retirer ton bandeau. Nous sommes arrivées. Bonne fête !

Je regarde à ma droite et aperçois un champ avec une, deux, trois, quatre, cinq vaches et, à ma gauche, une maison blanche avec des volets verts.

Les filles sortent de la voiture ; certaine que c'est une blague, je reste assise. Elles vident le coffre de l'auto. Je baisse ma vitre pour leur parler.

— OK ! La blague a assez duré. Vous pouvez remettre les sacs dans le coffre. Je suis prête à connaître la VRAIE destination. Faites ça vite, j'ai envie de pipi.

— Tu peux entrer dans la maison, les toilettes sont à droite au bout du corridor, lance Marilou, comme si je venais de parler dans le vide.

Elle continue de sortir nos bagages et je commence sérieusement à croire que nous sommes véritablement arrivées.

Mon envie étant trop pressante, je sors de la voiture UNIQUEMENT pour soulager mon besoin. J'entre dans la maison, une odeur de cèdre ou je ne sais trop emplit les lieux, mais il s'agit à coup sûr de bois ancien. Cette maison doit bien avoir une centaine d'années. Les planchers et les plafonds nous racontent une histoire, une vieille histoire. Étonnamment, l'atmosphère est chaleureuse et très reposante. Il y a plusieurs plantes et l'ordre règne. La cuisine est somptueuse, un poêle à gaz y prenant presque tout l'espace. Le charme rustique me plaît beaucoup. Ma première impression n'était pas la bonne. Dans la salle de bain, l'unique brosse à dents et le désodorisant masculin qui traînent sur le comptoir me laissent croire que cette maison appartient à un homme seul. Assise sur la toilette, je crie aux filles afin de savoir chez qui nous sommes.

— Dans une belle maison du rang 4 à Saint-Nicolas.

Je réfléchis à toutes les personnes possibles qui peuvent habiter ici, et je n'en vois aucune. Les filles ont probablement loué la maison. J'espère qu'elles ont pensé à apporter des draps propres, parce que dormir dans le lit d'un étranger = beurk!

En sortant de la salle de bain, je visite la cour arrière, comme me l'a suggéré Marilou. Le hamac suspendu entre deux arbres, le jardin et la balançoire me rappellent la maison de mon enfance. Dans le fond de la cour, j'aperçois un petit sentier menant à une grange. Je l'emprunte et termine ma courte promenade sur le bord d'une rivière. Je suis complètement ensorcelée par cet endroit qui me semble magique. Être ici est tellement différent de mes autres anniversaires que j'en oublie que j'aurai trente-deux ans demain. La voix d'Ophélie me ramène sur le plancher des vaches, c'est le cas de le dire, et je retourne rejoindre mes copines à l'intérieur.

— Tu m'as fait peur, j'ai cru que tu étais repartie à Québec à pied.

Marilou nous offre un verre de vin rosé et nous entamons notre séjour à la campagne sur une note très agréable. Nous sommes loin du stress de l'hôpital, de la ville et du « dérangé » qui me harcèle. Ce qui me fait déjà le plus grand bien.

Le souper est délicieux, digne d'un repas dans un grand restaurant. Pourtant, nous avons mangé du fromage, des fruits et des terrines, rien de très *glamour*, comme tout ce qui nous entoure. De fil en aiguille, j'apprends qu'Ophélie et Marilou ont emprunté la maison du frère de cette dernière, parti pour une formation à l'extérieur.

Plus tard dans la soirée, assises autour d'un feu, sous un ciel étoilé, nous discutons d'un sujet, comment dire, très sérieux.

— Je les aime calcinées. Ma grand-mère disait que c'est bon pour éclaircir le sang, affirme Ophélie.

— Parole de D^{re} Courtemanche, c'est n'importe quoi! Et toi, Marilou, tu sembles avoir une technique bien spéciale…

— Je la fais griller une première fois. Je mange la croûte et je la fais griller une deuxième fois. Je mange l'autre croûte…

— C'est donc ben laborieux, c'est juste des guimauves. Quant à moi, les filles, je préfère les saucisses. Quand le bout éclate sous l'effet de la chaleur, c'est délicieux.

Naturellement, la conversation dévie vers le sujet du sexe. Typiquement féminin… et masculin! Mon allusion aux saucisses ne fait qu'alimenter le tout.

— As-tu déjà vu un micro pénis?

— Non, mais j'ai déjà vu un pénis courbé.

— Vous parlez de bâtons de hockey? demande Ophélie.

Chères lectrices, ici s'arrête la conversation puisque ces propos sont de nature confidentielle.

— Si quelqu'un m'avait dit que je dormirais sur un matelas gonflable ce soir, je vous aurais arraché la tête. Mais je dois avouer que j'ai passé une très belle soirée.

Ophélie saute sur son matelas, heureuse de m'avoir fait plaisir. Marilou l'imite, ce qui nous fait rire aux éclats.

Le lendemain matin, Ophélie, toujours aussi matinale, nous prépare un festin de reines. Elle cuisine ses succulentes gaufres maison.

Plus tard dans la matinée, pendant que je profite des rayons du soleil en bikini dans la cour arrière, j'entends la voix de Christophe. Je me tourne et l'aperçois en compagnie de Julie… Je ressens un léger malaise, que je m'oblige à chasser sur-le-champ. Je fais la bise à mon ami et à son épouse. Cette dernière a sûrement posé un geste par amour en acceptant de l'accompagner à ma fête d'anniversaire. Il est évident, à voir son visage, qu'elle n'a pas du tout envie d'être ici. Pendant que Christophe et Julie prennent possession de la cour, j'entre pour me couvrir. Marilou ne peut s'empêcher de se moquer de la situation.

— À mon avis, Julie accumule des *Air Lousse*. Je ne savais pas qu'elle viendrait.

— Je te gage vingt dollars qu'ils se chicanent avant la fin de la soirée, dis-je à Marilou, qui refuse de parier sur une telle évidence.

Benjamin et Xavier arrivent avec des sacs d'épicerie.

— De la bière pour hommes, pas faite pour les filles en mousse de combine comme vous trois, dit Benjamin avant de faire un *high five* à Xavier.

Cet anniversaire s'annonce mémorable. Xavier et Ophélie prennent une pause de leur maison, ce qui leur fera le plus grand bien. Marilou et Benjamin pourront peut-être se réconcilier dans le pré entre deux bottes de foin, mais, quant à moi, je ne peux m'empêcher de m'inquiéter pour mon père. Heureusement, une collègue, contactée par Ophélie, s'occupe de lui pendant mon absence.

En fin d'après-midi, une quatrième voiture se gare dans l'entrée. Je ne vois pas qui manque à cette fête. Un beau grand brun sort de la voiture. Aussitôt, découragée, je foudroie du regard Marilou et Ophélie, certaine qu'elles ont encore une

fois manigancé quelque chose dans mon dos. Lorsque le gars entre dans la cour, Marilou lui saute au cou. C'est alors que je reconnais Daniel, son frère «supposément» en formation à l'extérieur.

— Tu ne devais pas arriver demain?

— Oui, petite sœur, mais la dernière journée de formation a été annulée. Je ne veux pas interrompre votre fête, je suis de passage seulement. Je prends quelques trucs et je repars.

— Voyons, frérot, tu es chez toi… Surtout qu'avoir un chef cuisinier pour nous préparer notre souper, ça serait vraiment parfait, lui lance Marilou, le regard suppliant.

Christophe s'approche et commence à mitrailler de questions le propriétaire des lieux à propos de ses installations culinaires. Les voilà partis pour une bonne heure à discuter de cuisson et des avantages d'un four au gaz.

Julie, laissée à elle-même, essaie d'engager la conversation avec moi.

— Et puis, au travail, comment ça se passe?

— Bien.

Je ne sais pas pourquoi mais, quand je suis en compagnie de cette fille, les mots ne se bousculent pas dans ma bouche. Je fais tout de même un effort.

— Et toi, comment était Paris ?

Elle se lance dans un monologue très descriptif de tous les lieux qu'elle a visités. Je pense aussitôt qu'elle est mal à l'aise, pour avoir la langue qui travaille aussi rapidement. Il est vrai que, lorsque nous nous retrouvons dans une situation anxiogène, nous avons tendance à avoir un débit plus rapide. Je lui suggère, à peine subtilement, d'aller visiter le jardin. Julie semble soulagée de se retrouver seule.

Les gars cuisinent, les gens bavardent, le souper est délicieux, le steak sur le BBQ est cuit comme je l'aime, c'est-à-dire pas de sang qui coule dans mon assiette me rappelant que ce que je mange provient d'un animal. Le tout accompagné d'une purée de patates douces et betteraves, mes papilles jouissent et ne s'en cachent pas. Les filles ont même pensé à décorer la cour de mille petites lumières qui rendent l'atmosphère magique. Lorsque l'air se rafraîchit, nous rentrons poursuivre la soirée dans la maison. Et c'est là que mon gâteau d'anniversaire fait son entrée. Préparé par Christophe, c'est un *shortcake* aux fraises, mon dessert préféré. Deux orgasmes buccaux dans la même soirée. Après le dessert, nous retournons auprès du feu, où la fatigue gagne tout le monde, à l'exception de Christophe et Julie, qui se disputent à propos de la quantité de boisson que celui-ci a bue. Marilou me tend un vingt dollars imaginaire. Les deux tourtereaux nous quittent pour régler cette discussion en chemin dans la voiture. Quant à nous, il est prévu que nous dormions ici ce soir, pour partir

très tôt demain matin, travail oblige. Tous les autres entrent se coucher, mis à part Daniel, moi et Marilou, qui sommeille paisiblement enveloppée d'une couverture de laine à carreaux rouges. J'observe Daniel du coin de l'œil en train de remuer les bûches pour éviter que le feu s'éteigne.

— Et puis, as-tu aimé ton anniversaire ?

— C'était parfait, tout comme la maison. Je ne savais pas qu'il existait de si beaux endroits tout près de la ville.

— J'ai acheté cette demeure il y a six ans avec mon ex-copine. Nous avons rénové plusieurs pièces. Ça valait le coup d'investir parce que je compte bien rester ici très longtemps. J'ai conservé la maison, de toute façon Isabelle préférait retourner vivre en ville.

Les meuglements d'une vache interrompent notre discussion, ce qui nous fait sourire.

— Où avait lieu ta formation ?

— À Mont-Tremblant. C'était un cours de pâtisserie. Tu aurais dû voir notre chef, un Français avec un accent très prononcé. Chaque fois que l'un de nous le faisait répéter, il devenait rouge de colère.

Pendant qu'il me raconte ses anecdotes, je remarque la fossette qui orne sa joue droite lorsqu'il sourit. Daniel a trente-quatre ans, il est grand, ses yeux sont verts et ses cheveux sont bruns. Il est chef cuisinier dans un bistro très réputé, de quoi séduire bien des femmes. Charmant, mais pas du tout mon genre. En plus, il faudrait me payer cher pour venir habiter ici à l'année.

Je file me coucher, laissant Daniel s'occuper de ranimer Marilou, qui déteste les réveils brusques, et d'éteindre le feu.

Je suis certaine de dormir comme un bébé, loin de mon «maniaque» qui me tourmente.

Sur le chemin du retour, en ce dimanche matin, à l'heure des poules (trop tôt pour moi!), je m'étonne que Marilou ne m'ait pas encore dit que son frère était célibataire. Je lui en fais donc la remarque. Ophélie étant retournée à Québec avec Xavier, je suis seule avec la petite Germaine.

— J'allais te le dire, justement, même si je sais que tu vas encore me répondre que ce n'est pas ton genre.

Je lui adresse un clin d'œil complice.

Notre incursion d'à peine vingt-quatre heures à la campagne a suffi pour me dépayser et me rappeler à quel point tout va vite en ville. Mais je suis tout de même heureuse de retrouver mon Roméo.

18
Hitch

Je cogne pour une énième fois à la porte du logement de Micheline et Raymond. Je suis toujours inquiète quand je n'ai pas de réponse. Je sais que leur santé est fragile et je ne voudrais pas être celle qui les retrouve sans vie au milieu du salon avec une odeur nauséabonde empestant l'appartement. Je chasse rapidement cette idée morbide et la porte s'ouvre au même moment.

— Bonjour, ma petite. Désolée de ne pas avoir répondu tout de suite. Nous étions en train de faire l'amour. Tu comprends que, lorsque Raymond prend son Viagra, il faut en profiter dans les heures qui suivent. D'ailleurs, merci pour la prescription, me dit Micheline, vêtue d'une robe de chambre en polar en plein été.

Please! Faites que mes oreilles n'aient pas bien entendu. *Rewind!* Euh… oui! J'éloigne cette idée répugnante de ma tête.

— Merci de vous être occupés de Roméo pendant mon absence, lui dis-je en lui remettant un bibelot blanc en forme d'éléphant.

Sachant qu'ils en font une collection, j'opte toujours pour cette idée de cadeau plutôt que pour une bouteille de vin ou des fleurs.

— Ça nous fait toujours plaisir de t'aider. En passant… Raymond ? Amène le cadeau de Séléna.

Espérons qu'il n'arrivera pas en tenue d'Adam.

— Vous m'avez acheté un cadeau d'anniversaire ? Vous n'auriez pas dû.

— C'est ton anniversaire ? Nous ne le savions pas. Avoir su…, dit-elle, déçue, en me prenant dans ses bras frêles et réconfortants de grand-mère.

Elle part vers la cuisine et Raymond me remet un cadeau entre les mains.

— J'ai trouvé ça sur le pas de ta porte. Un petit amoureux secret… Moi aussi je faisais des cadeaux à Micheline au début de notre relation. Ça fait cinquante ans que nous sommes mariés et nous nous aimons toujours autant…

Micheline l'interrompt pour me donner un morceau de gâteau aux carottes dans une assiette ronde.

— Je suis désolée, je n'avais pas de chandelles. Bon anniversaire, ma petite Séléna. Promis, je vais te tricoter un beau foulard pour cet automne.

J'ai l'esprit ailleurs, occupée à penser à ce cadeau qui provient sûrement d'Alexis.

Une fois dans mon appartement, je me dépêche de le déballer. La boîte contient des chocolats accompagnés d'un message : « As-tu perdu mon numéro de téléphone ? Je te le redonne 418-362-9873. A. xxx »

Hey ! Lui, il a le don de rajouter du crémage sur mon *cupcake* !

Enragée, je prends immédiatement mon téléphone et compose son numéro, décidée à lui envoyer un *char de marde*. Trop, c'est trop !

À la cinquième sonnerie, la boîte vocale se fait entendre. Les dernières secondes qui viennent de s'écouler n'ont fait qu'alimenter ma colère : « Trop, c'est trop, Alexis ! Je ne sais pas c'est quoi, ton problème. Je te rappelle que tu es marié et que je t'ai clairement dit que je ne voulais pas te revoir. La police est au courant que tu me harcèles. Gare à tes fesses toi-même ! »

Je dois rejoindre Christophe ce matin pour déjeuner. J'ai hâte de savoir si Julie l'a laissé sur le bord de la route ou si leur chicane a mené à du *make-up sex* (comprendre ici une forme de pansement rose qui soigne temporairement une plaie ouverte de couple).

Je l'accueille avec une question.

— Est-ce que tu préfères te chicaner jusqu'à la fin de tes jours, mais avoir du sexe, ou jamais te chicaner et jamais baiser, comme un curé ?

— Voyons, Séléna, le choix est simple. Qui voudrait porter une soutane ?

— J'en conclus que vous vous donnez une troisième chance.

— En effet ! Julie accroche sur des détails tellement insignifiants que ça me fait perdre patience. Hier soir, elle chialait sur ma consommation d'alcool et, avant de partir, c'était sur mon choix de chandail. Lorsque nous sommes revenus à la maison, elle me reprochait de ne pas fermer les portes d'armoire. Je comprends que ça peut être fatigant pour elle, mais de là à en faire tout un plat, il y a des limites. Donc, j'ai décidé de faire la grève du sexe.

J'éclate de rire si fort que plusieurs têtes se tournent vers moi.

— Pourquoi tu ris ? Tu penses que c'est uniquement les femmes qui font la grève du sexe ? Tu sauras, Séléna Courtemanche, que les hommes aussi peuvent punir leur conjointe de cette façon. C'est la seule chose qui va bien entre nous deux. C'est pourquoi j'ai choisi ça. Il est primordial de choisir nos batailles dans la vie.

— Et la tienne concerne ton organe sexuel ?

— Oui, madame ! répond-il fièrement.

Une infirmière m'offre un café à mon arrivée sur l'étage. La nuit a été tranquille, à ce que je peux constater. Je prends quelques minutes pour régler des détails de la paperasse qui encombre mon bureau.

Je dois faire la tournée de quelques patientes ce matin pour leur donner congé si tout va bien. J'ai des examens à faire passer aux poupons et de l'enseignement à prodiguer aux parents au sujet de la contraception. Après ça, les familles peuvent retourner dans le confort de leur foyer.

— Docteure Courtemanche, une livraison pour vous, m'avise un infirmier.

Surprise, car je n'attends rien de spécial, je me rends à la salle commune où plusieurs infirmières sont attroupées autour d'un bouquet de roses rouges et sautent sur place afin de connaître de qui elles proviennent. J'espère que ce n'est pas encore une mauvaise blague de mon « maniaque ».

Je les disperse afin d'avoir de l'espace pour respirer.

— Mon *chum* ne m'envoie jamais de fleurs.

— Qui est le mystérieux inconnu ?

— Qui a dit que c'est un homme ?

— Ah… Vous avez le droit d'être lesbienne, Docteure Courtemanche.

— C'est trop *cuuuuuuute*, recevoir des fleurs.

> Je t'invite à souper à la campagne, bonne bouffe et plaisir garantis.
>
> Daniel xx

— Wouuuuuuuuuu, Daniel ! s'exclame une infirmière qui a lu par-dessus mon épaule.

Chères lectrices, vous vous attendez sûrement à ce que je saute au plafond, telle une fille dite « normale ». Désolée de vous décevoir, mais je trouve cette attention plutôt quétaine. Les gestes romantiques à mon égard éveillent toujours un peu ma méfiance.

Je remets la carte dans son enveloppe et j'oublie les fleurs sur la table. Les infirmières qui m'entourent sont sidérées. Je reviendrai les chercher plus tard.

Je croise Christophe dans le stationnement à ma sortie de l'hôpital et discute avec lui.

— Qu'est-ce qui est si quétaine ? Le fait qu'il pense à toi ? Qu'il ait envie de te revoir ? Tu voudrais qu'il fasse quoi ? Qu'il t'envoie un vingt livres de patates ? Il n'y a pas mille façons de faire une invitation. Vous êtes tellement compliquées, les femmes.

— Juste un appel aurait suffi.

— Si je pouvais te prescrire des émotions, je le ferais. *Ciao*, beauté ! On se voit demain.

Pendant la soirée, je tente de faire un effort pour analyser en profondeur ma réaction à cette attention reçue de la part de Daniel. Après cinq minutes d'introspection, ne voulant pas descendre dans les méandres de mon inconscient, j'opte pour regarder la suite de l'émission *The Bachelor*. Rien de mieux que du superficiel pour rester en surface. Les fleurs me narguent du coin de l'œil, même Brad est incapable de me faire penser à autre chose. Elles sont superbes, rien à dire sur le choix. Christophe a raison, c'est gentil de sa part, mais c'est plus fort que moi, je lui en veux. Impossible de ne pas répondre à son message, sinon j'aurais l'air de quoi devant le frère de ma meilleure amie ? Merde ! Marilou m'en voudra si je ne le rappelle pas.

Je profite de la pause de mon émission, pendant que Brad choisit Bianka pour faire une activité, pour aller mettre les fleurs dans l'eau (au moins Marilou ne pourra pas me faire de reproches à ce sujet). Je n'ai pas le numéro de téléphone de Daniel, comment vais-je faire pour le remercier ? Parce que, de toute évidence, je n'ai pas le choix. Je devrai demander à sa sœur et je visualise déjà son haut niveau d'excitation juste à l'idée que je contacte Daniel. Pourquoi il veut me revoir ? Il n'a aucune idée dans quel pétrin ça me met. Bon, je dois faire preuve de délicatesse. Eh oui, j'ai bien dit « délicatesse » et « je » dans la même phrase. Pendant que je réfléchis à l'opération Relations publiques, je songe au fait que je devrai rendre visite à mon père demain. Ce qui signifie que je devrai discuter avec Diane. Pourquoi faut-il qu'elle essaie d'être mon amie celle-là ? Plus je réfléchis, plus je me rends compte que je dois gérer les gens de mon entourage. Je n'ai rien fait et je suis déjà épuisée. Je suis mûre pour une séance de magasinage en ligne. Heureusement que mon fournisseur Internet ne me charge pas à l'heure parce que, depuis quelque temps, mon compte serait dans le rouge. On dirait que les étoiles sont alignées pour me faire réfléchir. La trentaine qui me rentre dans le corps ? Hey ! Un instant, pas de gros mots. Me poser cinquante-six mille questions et faire vingt-deux mille remaniements de vie, ce n'est pas mon truc, je laisse ça à Julie. Au moins, j'ai réussi à dire ma façon de penser à Alexis, un dossier réglé. Je ne devrais pas réentendre parler de lui de si tôt, surtout après avoir mentionné le mot « police » dans mon message. Dix minutes de magasinage en ligne et déjà deux nouvelles tenues à ajouter à ma garde-robe.

Le lendemain, comme promis, je passe chez mon père et Diane, afin de vérifier comment il va. Bien sûr, Diane ne peut s'empêcher de parler à sa place. Mon père a hérité lui aussi d'une bouche et de cordes vocales, bordel ! Pourquoi faut-il qu'elle agisse de la sorte ? Bientôt, elle mastiquera sa nourriture avant de la lui servir.

Diane profite de mon passage pour me montrer ses derniers achats, soit dix paires de chaussures de toutes les couleurs : des fleuries, des jaunes, des vertes, des talons hauts, des talons plats et patati et patata. « Oublie ça, ma grande, si tu t'imagines gagner mon affection en me révélant tes goûts vestimentaires. Continue de parler à Brandon, ton petit Yorkshire que j'ai plus envie de botter que de flatter, lui, au moins, il aime recevoir de l'attention de ta part. »

Je prétexte un nouveau médicament dont mon père a besoin afin de l'éloigner de la maison quelques minutes. Avec un peu de chance, j'aurai le temps de quitter leur demeure, décorée au goût des années 1980, avant son retour.

— Je dois aller le chercher tout de suite à la pharmacie ?

— Absolument.

— Je prends mon sac et j'y vais de ce pas. Attendez-moi.

« Mon père est couché depuis l'accident. Où veux-tu qu'il aille ? » pensé-je intérieurement. Elle prend son sac à main blanc déposé dans l'escalier, agencé à son manteau en cuirette (comprendre ici faux cuir en plastique), avant de filer vers la pharmacie.

— Tu ne l'aimes pas beaucoup Diane, hein ?

— Ça paraît tant que ça ? Ce n'est pas que je ne l'aime pas, mais, comment dire, elle parle beaucoup.

— Oui, c'est vrai, me dit-il en riant de ma blague qui n'en était pas une. Elle se donne beaucoup de mal pour se rapprocher de toi, dit-il la voix teintée de tristesse.

Quoi ? Ai-je bien entendu ? Mon père qui devient émotif ! Je cherche un prétexte pour m'évader de la pièce, mais rien ne me vient. Je suis pourtant douée d'habitude.

— Je sais que tu trouves ça difficile depuis que ta mère nous a quittés et que je n'ai pas toujours été à la hauteur comme père, mais…

— Ce n'est pas grave, papa, tu veux de l'eau ? Tu es confortable ?

Un autre domaine dans lequel j'excelle : changer de sujet. Je réussis à alimenter la conversation avec mon père en lui parlant de golf, succès garanti.

Lorsque Diane revient, elle nous raconte en détail sa discussion avec le pharmacien. Elle n'oublie aucune information non pertinente. Je pourrais presque reconnaître l'homme dans la rue tellement elle nous le décrit. Elle saute du coq à l'âne sans se demander si ses interlocuteurs sont toujours à l'écoute.

— Tu sais, Séléna, j'ai pris ça au sérieux, l'idée de m'inscrire à l'émission *Un souper presque parfait*. J'ai rempli le formulaire d'inscription en ligne l'autre jour. J'ai tellement hâte d'avoir des nouvelles. Je suis certaine d'être choisie, j'ai mis le paquet !

« Mettre le paquet » pour Diane signifie « en mettre beaucoup trop ».

— Tu pars déjà ? Attends, ma belle, j'ai quelque chose pour toi…

Elle revient avec un livre d'environ une centaine de pages, à la couverture brune.

— C'est ma sœur qui m'a parlé de ce livre qui s'intitule *Le Secret*, de l'auteure Rhonda Byrne. J'ai lu quelques passages et je me suis dit que ça t'aiderait à te trouver un amoureux. Il suffit que tu passes ta commande à l'univers.

Je me retiens de réagir devant mon père. J'aurais juste envie de lui dire que tous ces livres de développement personnel me puent au nez.

— Qui a dit que j'avais besoin d'un homme dans ma vie ?

Diane croit comprendre que j'ai un homme dans ma vie et non que je ne désire avoir personne.

— Ah ben ! Si je suis contente d'entendre ça. Tu as entendu aussi, mon chéri ?

— C'est vrai, Séléna ? poursuit mon père. Quand est-ce que tu nous le présentes ?

— Comment il s'appelle, le gentil jeune homme qui t'a tombé dans l'œil ? le coupe Diane.

— Daniel.

Mais voyons, qu'est-ce que je viens de dire là ? En fait, je veux juste qu'ils me foutent la paix avec leurs questions. C'est Alexis que je devrais leur présenter, afin de le punir pour ses mauvais coups des dernières semaines. Dix minutes en compagnie de Diane et il ne voudra plus jamais avoir de contacts avec moi.

— Je vous laisse avant que vous me demandiez quels vêtements porter pour mes fiançailles. On se revoit demain, papa.

Je texte Marilou avant de démarrer Anabelle :

Séléna : J'ai oublié mes boucles d'oreilles préférées chez ton frère. Peux-tu me texter son numéro, stp ?

Marilou : Quoi ? Tu veux le dater ?

Séléna : Très drôle ! Allez, donne-le-moi.

Lorsque j'entends la voix de Daniel à l'autre bout du téléphone, je ne sais toujours pas quels mots sortiront de ma bouche et, surtout, si je dois accepter son invitation à souper. Je le remercie pour les magnifiques fleurs, insistant sur le fait que ce n'était pas nécessaire. C'est alors, sans le savoir, qu'il me surprend avec un choix à la Christophe.

— Tu es de type viande rouge ou fruits de mer ?

Sans hésitation, je lui réponds que tout dépend de la façon de les apprêter. Sans m'en rendre compte, telle une adolescente qui n'a rien vu venir, j'accepte sa proposition. Il est habile. Essayant de me défiler, il me reste une porte de sortie.

— Je suis disponible jeudi soir seulement, car je suis de garde toute la fin de semaine.

— Parfait ! Je m'occupe des déjeuners et des dîners cette semaine au bistrot…

Merde ! Décidément, il a réponse à tout.

« Je ne dois pas dire que je soupe avec le frère de Marilou, fantasme qu'Ophélie projetait. Il est hors de question que les filles entretiennent de faux espoirs. »

Après ma journée de travail, le lendemain, je retourne de nouveau chez mon père, les cheveux ébouriffés et les yeux cernés jusqu'en dessous des bras. Dès mon arrivée, Diane se fait silencieuse, contrairement à son habitude. Alors que je m'attendais à un monologue inintéressant et que je m'étais justement préparé une tonne d'onomatopées, elle s'éclipse chez sa voisine pour son *brushing*. Joie dans mon cœur.

— Bon, je vous laisse. Vous avez sûrement plein de choses à vous dire, lance-t-elle juste avant de partir.

Mon père et moi, plein de choses à nous dire ? Elle vit dans une réalité parallèle.

Pendant que je l'aide à s'asseoir dans la voiture pour le conduire à son rendez-vous chez le physiothérapeute, mon père fait rejouer la scène de la veille.

— Je sais que tu trouves ça difficile, ma fille, depuis que ta mère est morte.

Encore ? Où il veut aller avec ça ? Lui qui ne me parle jamais, surtout pas avec émotion. Qu'est-ce qui lui prend ?

— Je te connais, je le sais que tu ne veux pas aborder le sujet avec moi, mais je crois qu'il est temps que nous en discutions. Ta mère ne s'est pas suicidée à cause de moi.

Comme ça, sans préliminaires, sans préambule ni gants blancs, il entre dans le vif du sujet. Secouée par ses paroles, je ne sais quoi répondre.

— Ta mère a toujours eu le mal de vivre…

— On appelle ça une dépression, papa.

— C'était plus qu'une dépression, Séléna. Ta mère était comme ça avant même notre rencontre. Au début de notre relation, nous étions heureux. Par moments seulement, elle broyait du noir. Puis, avec le temps, c'est devenu son quotidien. La mort de ta grand-mère a été un coup dur pour elle. J'ai fait tout ce qui était en mon pouvoir pour qu'elle se sente bien. Je lui ai même suggéré à maintes reprises de consulter un psy. Elle ne voulait pas se faire aider.

— Avant qu'une personne passe à l'acte, il y a toujours des signes, papa. Tu n'as jamais rien remarqué ? Impossible.

— Ta mère était passée maître dans l'art de dissimuler ses émotions.

Je ne retiens pas des voisins…

— Elle avait déjà fait une tentative de suicide plusieurs années auparavant.

— Alors pourquoi tu es resté avec elle si la vie était si difficile ?

— Parce que je l'aimais profondément. J'ai même consulté un psychologue, car je devais aussi prendre soin de toi malgré tout ça.

— Comment expliques-tu ton infidélité avec Diane alors que maman était encore en vie ? Je vous ai entendus vous disputer un soir. Si je me souviens bien, c'était quelque temps avant qu'elle meure.

— Au départ, Diane était seulement une amie. Je n'ai jamais trompé ta mère. Tu avais quatorze ans à ce moment-là, peut-être as-tu interprété nos paroles avec l'expérience d'une ado ?

— Facile de dire ça dix-huit ans plus tard…

— C'est la vérité, Séléna. Diane et moi sommes sortis ensemble après le décès de ta mère.

Une fois garée dans le stationnement du cabinet du physiothérapeute, je tiens fermement le volant entre mes mains. Mon regard fixé droit devant, je tente de contrôler les larmes qui ne demandent qu'à sortir.

Mon père, lui, ne se retient pas.

— Je t'aime, Séléna. Tu es ce que j'ai de plus précieux au monde, dit-il en pleurant.

Je n'en peux plus, j'éclate en sanglots à mon tour.

Les mots se bousculent pour sortir de ma bouche, entremêlés de larmes et de spasmes.

— Pourquoi tu m'as laissée partir quand j'avais seize ans ? Je n'existais plus pour toi ? Tu étais dans ta bulle avec Diane.

— Je n'ai jamais voulu que tu partes. TU as décidé de partir. Même si j'avais voulu te retenir, mes deux cents livres n'auraient pas suffi contre ta volonté et ta rage. Je sais que je ne suis pas doué en matière de communication…

Je constate, encore une fois, qu'il y a de la génétique…

— J'aurais peut-être dû te le dire bien avant.

Après quelques secondes de silence, je visualise de l'extérieur de quoi nous avons l'air, assis dans la voiture, les yeux bouffis.

Contre toute attente, j'éclate de rire en pensant à la situation. Mon père fait de même.

— Je ne peux pas sortir comme ça.

— Pas grave, papa, t'auras juste à dire à ton physio que tu viens de fumer un joint avec ta fille dans le stationnement.

— Je crois que tu es assez grande pour que je puisse te donner ceci.

Il me remet une enveloppe sur laquelle est inscrit son nom. J'y reconnais l'écriture de ma mère. Elle avait une calligraphie bien à elle, avec des lettres qui semblaient valser.

— Ta mère a écrit cette lettre avant son départ… Elle l'a laissée sur la table de chevet. C'est une lettre d'adieu.

Les rires s'estompent rapidement pour laisser place à une ambiance lourde remplie de souvenirs douloureux. Mon père ajoute qu'il ne l'a jamais relue depuis les événements. Je la range dans mon sac et me promets de la lire quand je serai seule et que j'aurai le moral assez fort pour revivre tout ça.

Pendant que mon père est à son rendez-vous, je texte Ophélie dans le but de prendre de ses nouvelles. Un geste plutôt égoïste si je tiens compte du fait que je veux simplement me changer les idées. Au lieu de me répondre par texto, elle me téléphone.

— Tu vas bien, Séléna ? Ta voix est étrange…

— Ce n'est rien. Je viens juste de clarifier ma vie entière avec mon père. Parle-moi plutôt de ta maison, s'il te plaît. J'en ai vraiment besoin.

Elle ressent mon trop-plein d'émotions et me fait une mise à jour de son chantier.

En me mettant au lit, je sors la lettre de ma mère de son enveloppe.

> Marcel,
>
> Pardonne-moi, je t'en supplie. Tu as toujours été là pour moi et fais le maximum pour m'aider. Ne prends pas ce geste sur tes épaules, tu as fait tout ce que tu pouvais. La souffrance est si ancrée en moi que je ne peux m'imaginer poursuivre cette vie. Je tiens à te remercier pour ton amour envers moi et envers notre fille. Prends soin d'elle et dis-lui que je serai toujours dans son cœur et que je veillerai sur elle...
>
> xx

19
Nuit de noces

J'ai passé ces trois dernières semaines dans le plus grand secret. La tête dans les nuages, le corps sous les couvertures, j'ai travaillé et le reste du temps j'ai profité de Daniel. Eh oui, vous avez bien lu…

Et comble du bonheur, je n'ai plus de nouvelles du «maniaque». Il a dû avoir peur de mon *bodyguard* au cœur tendre. Les allées et venues de Daniel à l'appartement doivent l'empêcher de s'approcher s'il m'espionne.

Notre premier souper a été des plus agréables. Il m'a concocté un plat composé de viande rouge et de fruits de mer. Un pur délice! Tout pour me charmer. Nous avons discuté de tout et de rien jusqu'au petit matin, ne voyant pas le temps passer. La tension sexuelle était pratiquement absente, mais ça ne m'a pas empêchée d'avoir envie de me rapprocher de lui. Il dégage un je-ne-sais-quoi qui attire l'œil, du moins le mien. Le soir de notre premier rendez-vous, il portait une chemise vert menthe qui faisait ressortir ses magnifiques yeux verts. Il a roulé ses manches pour commencer le repas et je pouvais voir les muscles fléchisseurs de ses avant-bras travailler. J'ignore pourquoi j'ai gardé ce moment en mémoire, aussi banal qu'il puisse être. Avant que je le quitte, il m'a embrassée de façon toute naturelle. C'était de loin le plus magique des baisers jamais reçus jusqu'ici. J'ai toujours trouvé très cliché d'entendre les actrices dans les films dire qu'elles avaient vu des étoiles en embrassant un homme. Ce soir-là, j'ai compris. Des émotions nouvelles pour moi…

Les activités sportives, les promenades, le cinéma et les soirées *cocooning* se sont enchaînées les unes après les autres sans jamais créer la moindre envie de tout gâcher ou de partir en courant. Je n'ai jamais été aussi bien dans les bras d'un homme. Tout est simple avec lui. Il se contente de peu de chose pour être heureux dans la vie et sait profiter de toutes les occasions qui se présentent pour en extirper le meilleur. En trois semaines seulement, je me suis laissé entraîner par sa joie de vivre et son authenticité. Ces semaines de bonheur me font le plus grand bien, je me sens en sécurité avec lui.

Bien évidemment, Ophélie serait déçue de l'apprendre et Marilou en serait ravie, nous avons fait l'amour plus d'une fois. Je dis «faire l'amour» et je m'étonne d'utiliser ces mots. J'ai toujours cru à la «baise» et non à l'amour. Pour la première fois, j'ai fait l'acte avec émotions. Sur le coup, je me serais attendue à me faire accoter sur un mur et déchirer mes vêtements, ce qui ressemble davantage à mes expériences vécues jusqu'alors. Avec Daniel, la relation sexuelle est composée de douceur, de tendresse et de gestes lents et savoureux.

Si on m'avait dit qu'un jour je me sentirais aussi bien avec un homme, j'aurais éclaté de rire.

Nos soirées passées ensemble à simplement regarder la télévision, à se promener et à s'observer dans le blanc des yeux me comblent entièrement. Chères lectrices, je vous sais étonnées de lire ces dernières phrases, mais dites-vous que je le suis tout autant de les écrire.

Le secret entourant notre histoire ajoute une touche de piquant et d'attrait. Les filles et Christophe croient que je fréquente un nouvel «ami santé». Personne ne pose de questions. Sachant très bien que Marilou insisterait pour voir cette relation s'officialiser alors que je ne suis pas prête, je préfère ne rien dire pour l'instant. Daniel a accepté de jouer le jeu avec moi, connaissant ma peur de l'engagement.

— Tu sais que je suis vraiment une fille compliquée.

— Je sais que tu es vraiment une fille compliquée, dit-il en souriant.

— Je ne peux pas te promettre quoi que ce soit. Je travaille beaucoup, mes horaires sont variables, je dois m'occuper de mon père…

Il m'interrompt en m'embrassant.

— Ça me va, Séléna.

Il m'embrasse de nouveau et ce baiser atténue mes doutes.

Daniel dort chez moi presque tous les soirs. Avant, j'obligeais les hommes qui passaient la nuit dans mon lit à dormir le plus loin possible de moi, parce que je me sentais trop envahie par leur présence (vous comprenez maintenant mon besoin d'avoir un lit aussi grand). Avec Daniel, c'est tout le contraire. J'ai l'impression qu'il n'est jamais assez près de moi. Nos pieds et nos bras s'entremêlent et nous nous réveillons au petit matin dans la même position.

Étonnamment, Roméo adore Daniel. Celui-là même qui refuse de se laisser approcher par la gent masculine chante à son arrivée et se laisse prendre.

Ce soir, c'est le grand soir. J'ai convoqué une rencontre au sommet pour tout avouer aux filles. J'ai la trouille, mon estomac est noué et j'ai des nausées. Je leur ai donné rendez-vous chez moi. Daniel m'a préparé de succulentes pâtes rosées aux crevettes et vin blanc et des crèmes brûlées.

— Tu n'es pas venue au cours de Zumba ces dernières semaines.

— Premièrement, je n'ai jamais dit que j'y retournerais et, deuxièmement, j'ai fait beaucoup d'heures supplémentaires.

— Ton père va mieux ? demande Ophélie.

Avant même que je réponde, Marilou reparle de l'appel que j'ai fait à Ophélie, curieuse. Je décide de leur raconter la discussion qui a eu lieu dans la voiture avec mon père. N'étant pas au courant du suicide de ma mère, Marilou est abasourdie.

— Ça explique probablement ta phobie de l'engagement.

— Je ne me confie pas à vous afin de recevoir un diagnostic. Si tel était mon désir, je contacterais Julie.

— Tu n'as jamais parlé de ça à qui que ce soit, à part à Ophélie, depuis toutes ces années ? demande Marilou, étonnée.

— J'en ai glissé quelques mots à Christophe récemment, sans plus.

Le souvenir de « la suite » de ces confidences me revient en mémoire…

— Sachant tout ça, est-ce que Diane remonte dans ton estime ?

— Disons que je n'ai pas encore assimilé entièrement toute cette histoire. Ça fait tellement d'années qu'elle est mon bouc émissaire que j'ai besoin de temps.

Je leur sers le plat de résistance cuisiné par Daniel.

— Tu es passée chez le traiteur ? C'est délicieux ! Tu sais que mon frère est cuisinier ET célibataire depuis deux ans. Il pourrait te préparer des plats tous les soirs et des déjeuners au lit tous les matins.

Je n'ajoute rien à son commentaire. Merde! Daniel a-t-il vendu la mèche? Je fais tout pour changer de sujet. Je ne suis pas encore prête à passer aux aveux.

— Et toi, Ophélie, la maison, ça avance?

— Nous avons décidé de faire une pause de trois jours. Puisque je suis en vacances et Xavier aussi, nous profiterons de ces journées de repos afin d'essayer, je dis bien « essayer », de rallumer la flamme.

— Vous faites bien parce que, partis comme ça, vous auriez vendu votre maison deux semaines après avoir emménagé à la fin de l'été.

Je donne une *bine* sur l'épaule de Marilou pour la faire taire. Elle manque de tact et de diplomatie lorsque vient le temps de soutenir Ophélie.

— Vous avez prévu faire quoi pendant ces trois jours?

— Du camping!

Nous éclatons de rire.

— Du camping nudiste pour raviver la flamme sexuelle? lance Marilou.

— Vous n'aviez pas envie d'un hôtel cinq étoiles, question de dormir dans un vrai lit et de vous éloigner du sous-sol de la maison de tes beaux-parents ?

— Mes beaux-parents sont super gentils, je te rappelle. Nous voulions surtout sortir de la ville et ne voir aucun magasin de rénovation et de construction à cent kilomètres à la ronde.

Malgré ces dernières paroles échangées, l'atmosphère est lourde depuis que je leur ai confié le suicide de ma mère. Pour changer le mal de place, je leur sers une crème brûlée.

Marilou n'attend pas que nous lui posions la question et effectue la mise à jour sur sa relation amoureuse, encore aussi houleuse.

— Benjamin est toujours aussi gentil et je suis toujours aussi insatisfaite. Il m'a offert d'emménager avec moi. Vous ne dites rien ?

— Nous ne sommes pas surprises. Il dort toujours chez toi.

— C'est différent ! Il va se sentir chez lui et, si c'est le cas, il va installer son XBox et va y jouer sans arrêt. Quand je vais revenir de travailler, il n'aura pas fait la vaisselle et sera encore en train de jouer à un jeu de guerre insignifiant, deux bières vides à ses côtés. Je vais devoir me débarrasser de ma laveuse parce que la sienne est plus récente. Je vais devoir faire un compromis et accepter qu'il mette son vieux divan vert dans le salon. Le sexe va être de moins en moins bon.

La routine tue le couple! Notre histoire va se terminer par une rupture et je devrai déménager de nouveau, ce qui signifie payer des branchements, louer un camion, acheter de nouveaux meubles, etc.

— Il est situé à quel endroit, le terrain de camping?

— Je parlais, je te signale, Séléna.

— Tu ne parlais pas, tu chialais encore sur le dos de Benjamin. Tu te plains la bouche pleine, j'espère que tu en es consciente.

— Pardon! C'est Séléna Courtemanche qui me dit ça? La spécialiste de destruction amoureuse et porte-parole du regroupement des célibataires du Québec, la professionnelle des «amis santé»?

— Fais attention à ce que tu dis. Tu sauras que ce n'est pas parce que je suis incapable d'être en couple, mais bien parce que je ne désire pas l'être. C'est très différent.

Ophélie, sentant la tension monter entre nous deux, intervient en prenant des nouvelles de «l'ami santé» qui a occupé tout mon temps ces dernières semaines.

Je tente de faire diversion en lui mentionnant que l'histoire du «maniaque» est réglée, puisque ça fait trois semaines que j'ai la paix. Ma tentative de changement de sujet échoue.

Toujours incapable de leur avouer que cet homme est Daniel, je décide de leur monter un bateau pour adoucir leur réaction quand elles apprendront la réelle identité de ce dernier.

— Je dormais tous les soirs avec un millionnaire retraité. Je l'ai rencontré sur son lit d'hôpital. Je l'ai sauvé d'une maladie grave, alors qu'il ne lui restait que quelques jours à vivre. Comme vous le savez, trop de sexe peut tuer un homme et c'est chose faite. Il est mort. Il m'a légué sa fortune et je compte bien déménager à Honolulu dans quelques jours.

Les filles ne semblent pas me croire. Marilou se lève pour aller à la salle de bain et Ophélie envoie un texto à son *chum* pour lui demander d'aller acheter du lait.

— Bon, puisque vous ne me croyez pas, je vais vous dire la vérité, crié-je, pour que Marilou puisse entendre. En fait, l'homme mystérieux est Daniel.

— Arrête de niaiser, lance Marilou de la salle de bain.

Ophélie envoie cette fois-ci un message à sa mère, croyant que je les fais encore marcher.

— En voulez-vous la preuve ?

Marilou nous rejoint tout en remontant la fermeture éclair de son jeans.

Je place le téléphone au centre de la table sur le haut-parleur et compose le numéro de Daniel. Pendant que ça sonne, l'image de Daniel et moi en train de s'embrasser s'affiche sur le fond de l'écran.

Les yeux des filles s'écarquillent et, au moment où une panoplie de questions traverse leur esprit, la voix de Daniel se fait entendre.

— Salut, ma belle !

20
La mariée est en fuite

— Haaaaaaaaaaaaaaaaaaaaaaaaaaaaaaaa! s'écrie Ophélie.

Marilou se laisse tomber sur une chaise, saisie d'apprendre que je fréquente son frère. J'ai l'impression d'avoir fait exploser une grenade dans mon appartement.

— Nous sommes contentes, mais sans blague, quelles sont tes intentions? Mon frère sait-il que tu ne veux pas t'engager?

— Je lui ai dit tout ça dès le départ. C'est toi qui me casses les oreilles en me répétant qu'il est célibataire, et là, tu sembles déçue.

— Inquiète, plutôt. Il a eu suffisamment de peine lors de sa rupture.

— Ton frère est un grand garçon. Il est capable d'assumer ses gestes. Et tu sauras que je n'ai jamais passé autant de temps et de moments de qualité avec un gars. On fait tout ensemble et je ne me tanne pas de lui. C'est bon signe, non?

Mes explications ne rassurent pas Marilou.

— *Oh my God.* Tu ne lui as pas dit que j'étais amoureuse de lui quand j'étais jeune, j'espère?

Marilou lance un regard rempli d'étonnement à Ophélie.

— C'est lui qui a concocté le repas de ce soir.

— Je le trouvais bon, ton traiteur, aussi…

Ophélie sautille sur place alors que Marilou est sous le choc de nos révélations respectives.

— Donc, si j'ai bien compris, tu es amoureuse de lui?

— N'exagère pas, tout de même, Marilou.

— Tu couches avec, tu dors avec, tu manges avec, tu n'as plus de temps pour tes amies… Ça s'appelle un début de relation.

— *Please!* Suis-je obligée de mettre des mots sur ça? Je n'ai pas envie de me poser des questions. Je profite du moment présent, un point, c'est tout.

— C'est beau, le moment présent, mais le cœur de mon frère est impliqué. Tu ne peux pas seulement penser à toi.

— C'est la soirée des révélations, s'exclame Ophélie.

Je dépose une couverture sur la cage de Roméo et m'installe en étoile dans mon lit. Ce soir, il fait tellement chaud que

même mes deux ventilateurs ne fournissent pas suffisamment d'air frais. Pour la première fois depuis trois semaines, je dors seule. C'est parfait ainsi, après la soirée que je viens de vivre. Je ne m'étais, jusqu'à aujourd'hui, jamais questionnée sur les conséquences de cette histoire. Dans ma tête, Daniel est pleinement conscient de ce que je pense. Mais à voir la réaction de Marilou, je m'aperçois à quel point la situation est délicate. Il est vrai que, ces derniers jours, nous avons agi comme si nous formions un couple (juste penser à ce mot me fait peur). Je ne l'ai pas rappelé, tel que nous l'avions prévu ce soir, pour lui raconter l'effet de cette annonce sur les filles. Je m'en sens incapable. Je tourne pendant des heures avant de trouver le sommeil, peu réparateur.

Cette nuit, je fais un cauchemar dans lequel je me retrouve enceinte de Daniel, la bague au doigt. Nous nous chicanons sur la couleur de la tapisserie et je veux divorcer. Au moment où je me réveille, je suis en train d'agiter les papiers sous son nez.

Au petit matin, je texte Christophe pour lui demander d'arriver plus tôt, j'ai quelque chose d'important à lui dire. Il me répond qu'il est déjà à l'hôpital, ayant fait seize heures de travail d'affilée. Je ramasse mes choses en vitesse, prends mon sac au passage, nourris Roméo et roule à vive allure dans la ville de Québec. Arrivée à l'hôpital, je fais appeler Christophe à la salle d'examen numéro six. J'attends plusieurs minutes avant qu'il se pointe. Il a l'air surpris lorsqu'il se rend compte que je suis la patiente de la salle six.

— Ça doit être urgent pour que tu me fasses appeler ici, je ne m'attendais pas à te voir.

Je lui révèle, à une vitesse fulgurante, tout ce qui s'est passé dans ma vie depuis trois semaines ainsi que ma discussion de la veille avec les filles.

— Tu veux mon avis, je suppose ? Pour être franc, je suis entièrement d'accord avec Marilou. Daniel ne peut pas être considéré comme un « ami santé ».

Ses paroles me font l'effet d'une gifle. J'ai été égocentrique et maintenant je dois faire face à l'adversité. À l'heure actuelle, je ne vois aucun moyen de m'en sortir sans blesser personne.

Deux autres jours s'écoulent avant que je me décide à parler à Daniel. Il m'a pourtant envoyé plusieurs textos, auxquels je n'ai donné aucune réponse.

— Si je sais interpréter ton silence, la soirée avec ma sœur et Ophélie ne s'est pas bien déroulée. Ton appel n'augure rien de bon.

— Je serai très brève. Il est préférable qu'on ne se revoie plus. J'ai peur que notre histoire soit déjà allée trop loin et tu ne mérites pas que je te fasse du mal.

Silence au bout de la ligne.

— Je savais que tu étais peu encline à t'engager, mais de là à tout arrêter subitement, je ne comprends pas, Séléna.

— Il n'y a rien à comprendre, je suis une fille compliquée…

21
Le dilemme

Ça cogne à la porte, rapidement et fort. C'est Marilou qui semble de très mauvaise humeur.

— Ça t'arrive parfois de ne pas penser à ton nombril ?

— Daniel t'a téléphonée, je suppose ?

Je me retourne et vais m'asseoir au salon. Elle me suit, mais reste debout. La colère se lit sur son visage.

— Je comprends que tu puisses être déçue, mais tu me connais. Ton frère le savait, je te rappelle. Je te ferai aussi remarquer que c'est à cause de tes commentaires que j'ai pris cette décision. Jusqu'à ce que je te parle de mon histoire avec Daniel, tout allait bien. C'est ta faute si on ne se voit plus.

— De MA faute ? Tu as du culot, Séléna. Ça fait des mois que je m'évertue à essayer de comprendre ton problème d'engagement, que j'essaie par tous les moyens inimaginables de t'aider, et tu choisis l'homme que je respecte le plus sur la terre pour faire de l'autodestruction.

— Tu crois que t'es mieux ? Toujours en remise en question, à créer des tourments à un bon gars comme Benjamin. Pauvre lui! Tu le repousses dès que tu en as l'occasion. Il doit t'aimer en maudit pour rester là. Il y a bien des filles qui aimeraient être à ta place.

— On ne parle pas de moi, mais de toi et mon frère, je te signale. Tu n'as pas d'éthique personnelle pour me faire la morale après ce que tu viens de faire.

— J'ai rien fait de mal. Au contraire, je le protège.

— La meilleure façon aurait été de ne pas t'approcher de lui!

— Je vais encore te rafraîchir la mémoire en te disant que tu m'as presque poussée dans ses bras alors que je ne te demandais rien.

— Décidément, tu comprends juste ce que tu veux bien comprendre.

C'est sur cette phrase qu'elle tourne les talons et quitte mon appartement en claquant la porte.

Une minute plus tard, on cogne de nouveau à ma porte. Certaine que c'est Marilou qui revient pour mettre de l'huile sur le feu, j'ouvre la porte avec force.

— QUOI? crié-je.

Micheline me regarde, les yeux ronds.

— J'ai entendu du bruit, je me suis demandé ce qui se passait.

Je prends une grande inspiration pour maîtriser la colère qui m'habite. Gentiment, la larme à l'œil, je lui dis que tout va bien et qu'elle peut retourner à ses romans-fleuves.

Aussitôt la porte refermée, mon téléphone sonne. Un numéro masqué, pour la troisième fois en dix minutes… Je me sens impuissante, rares sont les moments où je ne suis pas en contrôle sur les événements de ma vie. Tout va de travers. Pour la deuxième fois depuis le décès de ma mère, je pleure à chaudes larmes. L'amitié a toujours eu une place prépondérante dans ma vie, Marilou et Ophélie sont ma famille. Je ne peux pas envisager de les perdre. Roméo, ressentant les émotions qui m'oppressent, ne sait plus sur quel pied danser. Je le fais sortir de sa cage et le pose sur mon épaule. Il picore mon oreille délicatement et fredonne. Je voudrais tellement que ma mère soit à mes côtés en ce moment.

Je décide de me faire couler un bain chaud et espère y ratatiner jusqu'à demain matin.

22
Lendemain de veille

Ce matin, au travail, je n'ai pas une seconde à moi, ce qui m'évite de réfléchir à mes tourments. Je me retrouve rapidement en salle d'accouchement.

— OK ! Sophie, tu me le dis quand tu sens une contraction.

L'infirmière qui est à mes côtés encourage elle aussi la patiente.

— C'est beau, Sophie, je vois sa tête. Pousse, pousse. C'est beau, c'est beau, tiens-la, ta contraction.

— Ahhhhhhhhhhhhhhhhhhhhhhh.

Le conjoint de Sophie grimace en l'entendant, mais ne cesse de la soutenir.

Après plusieurs poussées, une belle petite fille de sept livres et trois onces voit le jour. Je prends le temps de bien la sécher et je la dépose peau à peau contre sa maman. Je demande au papa s'il veut couper le cordon ombilical. Ce dernier accepte avec enthousiasme. Je lui montre l'endroit où couper, soit entre les deux pinces que j'ai installées précédemment pour couper la circulation. Je prends le soin de m'assurer que la

Confessions

famille se porte bien avant de quitter la chambre. Aussitôt que je sors, mes pensées refont surface.

Je ne suis plus moi-même depuis hier, alors ce que je m'apprête à faire ne m'étonne guère... Vers qui puis-je me tourner pour demander conseil si ma meilleure amie et Christophe ne me comprennent pas ?

En signant Lisette, personne ne pourra me reconnaître... *Anyway*, je ne crois pas que cette lettre se rendra à destination et, surtout, que Louison y donnera suite. Simplement l'écrire m'a fait du bien.

Le Courrier du cœur de *Louison Deschâteaux*

Question :

Madame Deschâteaux,

Ne sachant plus vers qui me tourner, j'espère que vous me serez de bon conseil. Dernièrement, pour la première fois de ma vie, à 32 ans, j'ai fréquenté un homme et me suis sentie amoureuse, enfin je crois. Qu'est-ce que j'en sais ?

Suite à la page suivante ↳

Réponse :

Chère Lisette,

Je peux ressentir votre tourment. Il est si triste, pour une jeune fille de votre âge, de se poser de telles questions. Vous croyez si peu en vous que vous rejetez l'homme que vous aimez. Vous préférez une vie solitaire, remplie d'artifices,

Suite à la page suivante ↳

Je suis une fille indépendante qui détruit ses relations « amoureuses » pour éviter l'engagement. Je préfère m'investir dans des histoires de sexe. Jusqu'à ce jour, j'ai toujours cru que ce mode de vie était parfait pour moi, même si mes amies font des pieds et des mains afin de m'aider à trouver « l'homme de ma vie ».

L'homme dont je vous parle s'avère être le frère de ma meilleure amie. Pour ne pas le blesser, j'ai décidé de ne plus le voir, malgré une idylle digne des films les plus romantiques. J'ai cru que c'était la meilleure décision à prendre après que ma meilleure amie m'eut fait part de ses craintes. Je me retrouve maintenant avec une amie qui me tourne le dos et un sentiment de culpabilité envers son frère. Je suis seule, alors que j'étais si bien dans les bras de cet homme. Aujourd'hui, je me demande si ma décision était la bonne. Qu'en pensez-vous ?

plutôt que la complicité d'une vie à deux. Je ne connais pas votre passé, mais je peux imaginer à quel point le chemin a été semé d'embûches. Il n'y a rien de mieux que la communication pour régler tous les maux. Je vous suggère de prendre contact avec votre meilleure amie afin de vous expliquer, de rappeler l'homme pour lui exprimer vos sentiments et, surtout, de prendre contact avec la petite fille en vous.

Je vous souhaite la meilleure des chances.

Louison Deschâteaux

Lisette

— Séléna Courtemanche, ou devrais-je dire Lisette ? C'est quoi ça ?

Christophe pointe du doigt la chronique Courrier du cœur. J'arrache le journal entre ses mains et m'aperçois que ma lettre a été publiée.

— Merde !

— Tu es désespérée à un point tel que tu préfères demander conseil auprès de Louison Deschâteaux plutôt qu'à ton meilleur ami ?

— Merde ! répété-je, absorbée par le journal. *Please !* Dis-moi que Daniel n'a pas vu ça.

— Je ne savais pas que tu étais amoureuse de lui.

— As-tu remarqué que j'ai mis ce mot entre guillemets dans la lettre ?

— Arrête de jouer sur les mots. Assume tes émotions, pour une fois.

Je repars avec le journal caché sous ma blouse et abandonne Christophe. Je reviens sur mes pas.

— Comme ça, tu lis cette chronique ?

— Ce n'est pas moi, se défend-il. Je suis arrivé dans la salle commune et les infirmières commentaient les lettres des – et je cite – «*losers* finis». Quand je les ai entendues lire cette histoire, j'ai tout de suite su que c'était toi. Sachant que tu lis religieusement le courrier du cœur, même

si tu ne l'avoues pas, et que je suis le seul à savoir que Lisette est ton deuxième prénom.

Frustrée, je repars.

— Bonjour à tous ! Ici le commandant Pelletier. Bienvenue à bord du vol 721 d'Air Transat en direction de Las Vegas. Le vol est d'une durée de quatre heures vingt-huit minutes. Nous vous demandons de bien suivre les consignes de sécurité. Actuellement, la température ressentie à Las Vegas est de trente-six degrés. Merci et bon vol.

La consigne de sécurité pour la ceinture est enfin levée. Je déteste les décollages, c'est comme si j'allais mourir chaque fois. Heureusement que j'ai réservé un siège près d'un hublot, ça me permet de respirer et d'oublier pendant quelques instants que je suis à l'intérieur d'un immense engin qui peut voler. C'est incroyable de penser que nous sommes dans les airs à bord d'un appareil aussi lourd. J'abaisse mon siège et m'installe confortablement, du moins j'essaie. Les Gravol que j'ai avalés avant le décollage commencent à faire leur effet. Je prends de grandes respirations, j'insère des bouchons dans mes oreilles et tente de me calmer. Je suis une fille débrouillarde, capable de faire un changement d'huile sur sa voiture, de faire des réparations dans son appartement, mais j'ai peur de prendre l'avion.

Confessions

Le visage de Daniel me vient en tête. Je l'imagine me rassurant... J'écarte immédiatement cette pensée. À quoi bon ? J'ai acheté mon voyage de cinq jours, dans la ville de tous les vices, sur un coup de tête. J'ai besoin de m'étourdir. Un besoin impérieux de fuir, d'oublier. C'est la deuxième fois que je vais à Las Vegas, une ville où tous nos sens sont en éveil, très stimulés, et où on n'a aucune chance de réfléchir. Si j'avais voulu méditer sur le sujet de mes relations amoureuses, je serais partie en Inde.

Je ne peux pas tolérer l'idée d'être en froid avec ma meilleure amie. L'histoire avec Daniel m'a perturbée et rendue triste, bien que ça soit MOI qui ai pris la décision d'y mettre fin. Je ne comprends pas pourquoi c'est si difficile. Habituellement, couper les ponts avec un gars est un geste presque routinier, détruire une relation est une seconde nature. Comme je réussis toujours à garder une distance « de cœur » avec les hommes que je fréquente, je ne ressens jamais de tristesse. Toutefois, avec Daniel, des émotions sont clairement en jeu.

Je me souviens d'avoir déjà mis fin à une relation avec un gars, avec la même désinvolture que si je lui avais annoncé que les pommes étaient en rabais au marché du coin. Mais l'autre jour, lorsque j'ai téléphoné à Daniel, j'ai dû me couper de mes émotions pour réussir à prononcer les mots mettant un terme à notre histoire. Peut-être que j'ai un cœur, finalement...

Je commence à somnoler. Je ne lutte pas contre le sommeil, car je sais que le voyage passera plus rapidement en dormant, et c'est tant mieux. J'ignore d'où provient ma phobie de l'avion. Dernièrement, j'ai écouté un documentaire sur la mauvaise qualité de l'air dans les avions. Étant donné qu'il n'y a pas de circulation d'air, les bactéries sont en quantité industrielle autour de nous. J'ai failli apporter un masque de l'hôpital.

Je fais mentalement le tour de ma garde-robe pour me créer des ensembles de vêtements assortis. Je m'endors tranquillement, en essayant d'oublier l'odeur de l'avion et mon voisin qui tousse sans arrêt.

Tant que les roues n'effleurent pas le sol, j'ai peur que l'appareil s'écrase. Le commandant annonce l'atterrissage. J'ai envie de rire chaque fois que j'entends les gens applaudir lorsque l'avion se pose, c'est comme s'ils disaient au pilote : « Yé ! Bravo ! Nous ne sommes pas morts. » Les risques de mourir dans un accident d'auto sont beaucoup plus élevés qu'en avion. Et pourtant, applaudissons-nous le conducteur d'une automobile ? C'est stupide ! Mais au moins, je suis arrivée en un seul morceau.

Je ne suis pas sortie de l'appareil et je sens déjà la chaleur m'envahir. Tu parles d'une idée, construire une ville en plein désert et s'y rendre par temps chaud. Je prends un taxi jusqu'à mon hôtel, le Bellagio. En arrivant à la chambre, je m'étends quelques minutes, épuisée par le décalage horaire et par tout le cortisol sécrété ces dernières heures (comprendre ici que le cortisol est l'hormone de stress). Je me réveille en sursaut à trois heures du matin, déçue d'avoir manqué ma première soirée de vacances.

J'avais du sommeil à rattraper et cette nuit m'a fait le plus grand bien. Fallait, semble-t-il, que je parte loin de chez moi pour être capable de dormir, loin de tous les tracas.

Soudain, mes discussions avec Marilou et Daniel me reviennent en tête. Pour oublier tout ça rapidement, je m'habille en vitesse et sors déjeuner. À mon premier séjour ici, j'avais remarqué que la moyenne d'âge des serveurs, du moins lors des déjeuners, était d'environ soixante-quinze ans. J'exagère à peine. J'avais une théorie sur le sujet : quand tu vis ici, tu as de fortes chances d'être un joueur qui dépense toutes ses payes dans les machines à sous, donc, forcément, tu ne prends pas de retraite ! Gros jugement, je sais. Ce matin, le déjeuner goûte la même chose que dans mes souvenirs, c'est-à-dire le carton. Tout est mou, froid, sans goût ou sec. Les œufs brouillés sont trop… mouillés ! Petite, je disais toujours à ma mère que je voulais mes œufs brouillés « secs ». Aussi, je détestais que mes aliments se touchent dans mon assiette. J'étais capricieuse, mais me suis beaucoup améliorée avec le temps. Bien que je ne cuisine pas, je possède un talent exceptionnel pour critiquer la cuisine des autres. Et celle-ci n'est pas très appétissante. Heureusement, le café est juste assez fort. Je le savoure en observant les gens autour de moi. Je me surprends à tenter de deviner leur vie. Comme ce couple assis deux tables plus loin. Ils sont mariés depuis quand ? Sont-ils encore amoureux ? Que font-ils dans la vie ? Pourquoi prennent-ils leurs vacances ici ? Si j'étais à la retraite et mariée, il me semble que je préférerais visiter la Thaïlande, l'Italie ou la Grèce.

Le serveur, un homme aux cheveux blancs et à l'air blasé, m'apporte l'addition. Au moins, le total de ma facture est à la hauteur de mon déjeuner.

Je décide d'entamer ce voyage avec un peu de magasinage, à commencer par Victoria's Secret. Après avoir passé deux heures dans la boutique, je me contente de faire du lèche-vitrine. Coco Chanel, Dior, Armani et Gucci me font de l'œil, mais mon portefeuille me retient.

« Chuuuuut ! » dis-je intérieurement à mon inconscient, qui me souffle que j'ai toujours l'option de ma carte de crédit.

Au même moment, Ophélie m'envoie un texto :

Je suis inquiète… donne-moi de tes nouvelles. xx

À la lecture de ce court message, je sens les larmes monter et ma gorge se nouer. C'est la phase la plus crotte de nez de ma vie. Je prends ma carte de crédit…

Quelques achats plus tard, je quitte les magasins climatisés pour retrouver la chaleur du désert. Le soleil est fort, si bien que je me fatigue rapidement. Je m'installe donc sur une terrasse même s'il est à peine onze heures. J'apprécie la bruine envoyée par l'installation des lieux. Ici, on a à cœur le confort des clients. Verre de vin rosé en main, lunettes de soleil et grand chapeau de plage qui me donne un *look* de vedette riche et célèbre, je déguste la vie. Merde ! J'ai oublié ma lotion solaire. Je vais avoir l'air d'une tarte à la noix de coco grillée si j'accumule encore des taches de rousseur. Je me console en pensant que je ne bronzerai pas en habitant vu que je porte une camisole sans bretelles.

Je m'informe des bons restaurants situés aux alentours auprès du sympathique serveur au teint basané, un Mexicain je crois. Il me sort une liste trop longue à énumérer, mais je retiens au passage le *Blue Martini*. Je lui demande les indications et, après me les avoir fournies, il reste à ma table. Peut-être attend-il du pourboire pour ses bons conseils. À voir son sourire niais, il attend autre chose. Je commande un autre verre de vin, même si le mien est encore presque plein, avec l'intention de me débarrasser de lui.

La ville est hallucinante. Les lumières, les bars, les restaurants, les magasins et le bruit constant des machines à sous en entrant dans un hôtel en font un endroit parfait pour ne pas penser. La première fois, j'y suis venue avec Christophe et Julie. Christophe et moi étions sortis seuls presque tous les soirs, Julie étant trop fatiguée ou je ne sais plus quelle excuse. C'est cher payé pour passer presque toute la journée dans une chambre.

En arrivant au restaurant, je m'installe au bar et commande un poulet BBQ. Pas très *glam*, je sais, mais c'est si réconfortant. Je discute avec quatre Québécoises qui célèbrent un enterrement de vie de fille. Elles ont amené la future mariée profiter de sa vie de célibataire une dernière fois. Marilou et moi nous sommes toujours dit que ce serait Ophélie qui se marierait la première. Ce n'est pas chose faite, mais elle attend avec impatience la demande de Xavier. Elle n'en parle pas, mais je sais qu'elle feuillette en cachette des revues de mariage. Les filles m'invitent à me joindre à elles pour la soirée. Elles ont probablement pitié de moi, assise seule au bar.

— Pourquoi voyages-tu seule? me demande la jolie brune.

— Pour oublier ma vie…

— Oh! C'est du sérieux. J'imagine qu'un gars se cache là-dessous. Et tu y arrives?

— Pas vraiment, mais j'accepte votre invitation. Ça ne peut que me faire du bien. Qui dit Las Vegas dit *fiestaaaa*!

Nous levons notre verre à la future mariée, déjà bien émèchée. Elle porte un voile *cheap* pour faire savoir au monde entier qu'elle s'apprête à se marier. Elle s'appelle Mélanie, elle est très jolie et travaille comme psychoéducatrice. Elle me semble intelligente. Je ne comprends pas pourquoi les filles veulent à tout prix se faire passer la bague au doigt. Un peu pompette moi-même – il faut dire que les martinis arrivent à notre table à coups de deux par personne –, je lui demande pourquoi elle veut se marier.

— C'est pour le *trip* de la robe blanche ? De la journée de princesse ?

— Entre autres, mais surtout parce que je l'aime et que je veux faire ma vie avec lui.

— OK ! Mais tu peux le faire sans un bout de papier, non ?

— Tu as raison, Séléna, mais le bout de papier = mariage = robe = argent = dettes, tente-t-elle de m'expliquer en s'écroulant de rire sur ses amies.

J'avoue ne pas trop comprendre, mais ça ne vaut pas la peine de m'acharner sur son cas avec ma question. Elle semble parfaitement heureuse, l'alcool aidant un peu, je crois.

Ce soir-là, en revenant à ma chambre, je ne peux trouver le sommeil. L'effet « Vegas » n'est pas suffisant pour me faire oublier totalement ma vie au Québec. J'ai compté les moutons, cherché quelque chose à réparer, navigué sur Internet, fait des exercices pour renforcer mes abdominaux, écouté la vidéo de Roméo qui chante sur mon téléphone, composé des ensembles assortis avec mes nouveaux vêtements, mais rien ne fonctionne. Je prends mon courage à deux mains et rédige

un courriel à Marilou : « Tu sais à quel point je manque de compétences en matière d'expression de mes émotions, alors ne me juge pas s'il te plaît. J'ai cru que partir à Las Vegas soulagerait ma conscience et apaiserait mes tourments. Même à des milliers de kilomètres, je suis incapable de ne pas penser à notre chicane. Je n'ai pas voulu faire de mal à ton frère, tu dois me croire. Au contraire, j'ai voulu le protéger en mettant fin à notre histoire. J'ai passé trois semaines merveilleuses en sa compagnie et je me suis laissé aller… pour la première fois de ma vie. Dès le départ, je l'ai prévenu en lui avouant mon refus de m'engager. Il a fait le choix de poursuivre notre « relation ». Je suis désolée si je t'ai fait de la peine, si je t'ai déçue, si je t'ai mise en colère… je suis désolée pour tout. Séléna xxx »

Je sors de l'avion et sens mon cœur aussi lourd qu'à mon départ. Des paroles de ma mère me reviennent en tête : « Lorsque tu es triste, cesse de fuir ta douleur, car peu importe l'endroit où tu te trouves, elle ne disparaîtra pas. Tu dois la regarder en face pour qu'elle s'apaise. » J'ai fait tout le contraire de ce que tu m'as enseigné, maman… Heureusement, les beaux yeux de l'agent de douane me redonnent quelques secondes de gaieté.

Je récupère mes valises ornées d'un ruban rose afin de les reconnaître plus facilement. Je souris en me rappelant que je suis partie avec une seule valise et que j'ai dû en acheter une deuxième là-bas pour rapporter mes nombreux achats.

Lorsque je me retrouve à l'extérieur, j'aperçois mon prénom inscrit sur une pancarte aussi grande qu'un réfrigérateur. Sachant que Séléna est un prénom peu populaire, je tire la conclusion qu'on est venu m'accueillir. Je m'approche et des ricanements parviennent à mes oreilles. Je me penche pour regarder sous la pancarte et aperçois des jambes féminines et des chaussures que je connais bien… Ophélie jette un coup d'œil, me voit et crie mon prénom si fort que la plupart des gens se tournent dans notre direction. Laissant la pancarte tomber, Marilou et elle se lancent littéralement sur moi. Un câlin collectif digne des plus belles histoires d'amitié. Tout à coup, mes jambes ramollissent. Heureusement que les filles sont à mes côtés pour me soutenir. Belle gueule, yeux bleus, *gratteux* de guitare, gars-gars, cheveux châtains, accent gaspésien… Kevin Parent se trouve à environ dix mètres de moi.

— Il faut que tu lui demandes un autographe, crie Ophélie, surexcitée, en cherchant un crayon et un papier dans son sac à main.

— Demande-lui de signer son nom sur un de tes seins, lance Marilou.

— Il est hors de question que je bouge d'ici. Juste le voir en personne, c'est suffisant.

Nous passons quelques minutes à l'épier et à analyser ses moindres faits et gestes.

— As-tu vu ses fesses ?

— C'est qui la fille à côté de lui ?

— Est-ce qu'il est marié ? Il a un enfant ?

— Tu crois qu'il baise bien ?

— Ça suffit, les filles, je ne veux pas que nous ayons l'air de trois *groupies*.

— Je m'assume, précise Ophélie.

Dès que mes amies ont le dos tourné, je pointe mon téléphone dans sa direction et je prends subtilement une photo en souvenir de ce moment mémorable pour les yeux.

23
Infidèle

J'entends Roméo crier à tue-tête pendant que je cherche mes clés dans mon énorme nouveau sac à main.

— Deux minutes, Roméo, calme-toi !

Lorsque je franchis le pas de la porte, je sens une présence dans l'appartement, et la chanson *Seulement l'amour* de la comédie musicale Don Juan parvient à mes oreilles. Je m'empresse de me diriger vers ma chaîne stéréo pour l'arrêter. Soudain, l'inquiétude monte en flèche. Quelqu'un me pousse, je tombe par terre. Je veux me retourner pour comprendre ce qui se passe, et un bras se glisse sous ma gorge et tente de m'étouffer. Je vais mourir. La seule chose que je réussis à voir, c'est un coude et une manche de chandail rose. Des effluves d'alcool et de parfum pour femme m'enveloppent. J'essaie de crier, mais la pression sur ma gorge est si forte qu'aucun son ne sort.

— Je t'avais prévenue, salope.

Il s'agit d'une voix de femme, mais je suis incapable de l'identifier.

— C'est quoi ton fun dans' vie ? C'est de t'pogner les *chums* des autres ? Tu te fais payer pour ça, je suppose ?

La femme lâche prise et je réussis à ramper jusqu'à mon divan. Je m'y agrippe et tente de me relever. Je ne trouve pas la force, je suis trop étourdie. Je me laisse tomber sur le sol et cette fois-ci je lui fais face. Son visage me dit quelque chose… Elle tient dans ses mains ma lourde statuette en bois massif de femme aux seins nus. Malgré la torpeur qui m'habite, mon cerveau prend quelques millisecondes pour analyser la situation et j'en arrive à la conclusion que la scène est totalement absurde. Il y a sûrement erreur sur la personne. Je suis dans un mauvais rêve et je vais me réveiller sous peu.

— T'as brisé ma vie et mon couple. T'es juste une sale égoïste, hurle-t-elle à pleins poumons en me crachant au visage.

Roméo assiste à la scène, impuissant.

Elle continue d'exprimer sa hargne avec férocité. Tout mon corps se met en mode défensif, je trouve la force de me lever. Je recule de quelques pas alors qu'elle s'avance vers moi. Je lui fais un mouvement à la Jackie Chan, mais ça ne semble pas l'effrayer. Elle laisse tomber la statuette aux gros seins et me reprend à la gorge d'une main en me tirant les cheveux de l'autre. Ses yeux sont injectés de sang, je commence à manquer d'air. Des larmes coulent sur mes joues, je n'ai jamais été aussi effrayée. Je suis convaincue que je suis en train de vivre

les dernières minutes de mon existence. J'ai peur d'avoir mal. Soudain, en essayant de retrouver mon souffle, un souvenir me revient. C'est la femme d'Alexis. Tout prend son sens : les appels anonymes, les pneus dégonflés, le message à ma sortie de l'hôpital… Si je pouvais m'exprimer, je tenterais de la raisonner. Voyant que je veux parler, elle desserre son emprise et l'air remplit mes poumons graduellement.

— Je… je…

Elle me lâche et me pousse en serrant mes poignets. Ma tête cogne violemment contre le mur.

En ouvrant les yeux, je suis aveuglée par la lumière, ma vision est trouble. J'aperçois un homme penché au-dessus de moi. Tranquillement, les sons et les images qui m'entourent deviennent plus clairs. Je réalise que c'est un ambulancier. Au loin, j'entrevois Micheline et Raymond qui discutent avec un policier. Je comprends que toute cette histoire n'était malheureusement pas un cauchemar.

— J'étais assise avec mon mari, nous écoutions un programme à la télé et nous avons entendu du bruit venant de l'appartement de la petite. J'ai ouvert la porte et j'ai entendu Roméo, son oiseau, crier. Il ne fait jamais de bruit d'habitude. J'ai fait quelques pas dans le couloir et les cris d'une femme me sont parvenus. J'ai dit à Raymond qu'il se passait quelque chose dans l'appartement de la petite. C'est lui qui a appelé la police.

Je comprends à son ton de voix que Micheline est plus qu'ébranlée. Raymond, accablé, ne dit rien.

— Vous m'entendez, Séléna? Si oui, faites-moi un signe de la tête.

J'acquiesce en faisant un effort pour bouger ma tête.

— Pouvez-vous me dire votre nom de famille?

Je réussis à prononcer Courtemanche d'une voix faible.

L'homme se retourne pour parler à son collègue, j'aurais envie de lui dire de rester près de moi, qu'il ne lâche pas ma main. Avec l'aide de l'autre ambulancier, ils me couchent sur une civière et je ferme les yeux, épuisée.

Christophe étant de garde, une infirmière s'est empressée de le prévenir de mon arrivée à l'hôpital. Il est assis à mes côtés sur le lit.

— Tu as une légère commotion cérébrale. Tu l'as échappé belle, beauté.

Sa présence me rassure.

Je passe la nuit en observation et, le lendemain, Diane et Marcel se pointent les bras chargés de cadeaux, comme si je venais d'accoucher de triplés ou de subir une transplantation cardiaque. Diane accourt vers mon lit, émue, elle pleure et me flatte les cheveux. Mon père me dit qu'il a eu peur, qu'il est heureux de me voir.

Je lui souris, sans dire un mot.

— J'ai parlé avec un policier qui m'a tout raconté. Je n'ose même pas imaginer la scène, me dit-il en se mettant à sangloter. Ils l'ont arrêtée, elle était en état d'ébriété avancé et elle avait consommé des médicaments.

Des images de la veille me reviennent, ce qui augmente mes rythmes cardiaque et respiratoire. Cela me replonge dans un état d'angoisse. Je tente de m'asseoir dans le lit pour mieux respirer.

— Je t'ai cuisiné du tapioca, c'est doux doux doux pour l'estomac.

Touchée par son attention, je la remercie, sincèrement cette fois-ci. Mon SPMF ne semble pas vouloir prendre du service. Serais-je maintenant capable de rester dans la même pièce que Diane sans avoir nécessairement le goût de lui cracher mon venin ? La colère se serait-elle évaporée ?

Le tapioca est rose. Elle a mis du colorant pour rendre le dessert plus « fifille », j'imagine. Je ne fais aucun commentaire, contrairement à mon habitude, ce qui permet à mon père de se détendre.

— Tout va bien maintenant, j'ai seulement besoin d'un peu de repos.

— On comprend ça, on va te laisser dormir. Viens, ma *chéroune*.

— On va rester tout près si tu as besoin, me dit Diane.

— Vous pouvez retourner à la maison, je suis entre bonnes mains.

C'est au tour d'Ophélie et Marilou de me rendre visite.

— Je n'ai pas dormi de la nuit. C'est Christophe qui nous a appelées. Je le savais aussi que ce n'était pas juste une blague, cette histoire-là. La prochaine fois, je veux que tu m'écoutes, dit Ophélie en pleurant.

— J'espère qu'il n'y aura pas de prochaine fois.

Marilou, qui n'a reçu aucune dose de tact à sa naissance, tente une blague pour alléger l'atmosphère.

— Tu ne fais pas juste de l'effet aux hommes. On le sait maintenant.

— Mme Dupuis avait raison, quelqu'un te voulait vraiment du mal, ajoute Ophélie.

Elles veulent tout savoir et me bombardent de questions. Christophe entre au même moment et demande aux filles de me laisser seule afin que je puisse me reposer. J'ai droit à un

câlin collectif avant leur départ, ce qui me fait le plus grand bien.

— Qu'est-ce que tu préfères : une aliénée ou un accident d'avion ?

Pour une rare fois, la première en fait, je ne sais pas quoi répondre.

— Tu as envie de me confier ce qui s'est passé ?

Ayant tout déballé à la police ce matin, de façon très rationnelle, je me mets à pleurer dès que je commence mon récit à mon meilleur ami. Il n'y a qu'à lui que j'ai envie de tout raconter, sans aucune censure. Christophe me laisse me reposer, sachant que mon médecin passera sous peu me donner mon congé. Pour une fille qui n'aime pas être en contact avec ses émotions, ces temps-ci, j'y goûte.

Plus tard dans la journée, pendant que je ramasse mes choses pour retourner chez moi, Julie cogne à la porte de ma chambre.

— Christophe m'a suggéré de venir te voir. Peut-être aurais-tu envie d'être accompagnée pour ton retour à la maison ? Je suis une bonne oreille.

Son ton gentil m'irrite. Je refuse en la remerciant poliment. Elle repart aussi vite qu'elle est arrivée. Pourquoi Christophe lui a-t-il proposé de passer me voir ? J'aurais préféré qu'il garde mes confidences pour lui.

Le médecin signe mon congé et me prescrit une semaine de repos.

À mon arrivée à l'appartement, un immense malaise m'envahit. Je veux chasser les images de l'agression de mon esprit, mais elles absorbent malgré moi toute mon attention. Une assiette remplie de carrés de sucre à la crème trône sur mon comptoir, accompagnée d'un gentil message de mes voisins adorés.

> N'hésite pas si tu as besoin de quoi que ce soit.
>
> Micheline et Raymond xx

Mon téléphone affiche cinq appels manqués, dont deux provenant d'Alexis. Je n'ai aucune envie d'écouter ses messages. Je caresse Roméo au passage et le laisse libre de voler dans l'appartement. Après tout ce qu'il a vu et vécu, une nuit en liberté lui fera le plus grand bien. Je laisse la zoothérapie agir sur moi. Je dépose sur le comptoir ma collection complète de thés et arrête mon choix sur «Nuit de rêves» à base de fleurs de camomille, de citronnelle et de pétales de roses.

La nuit fut agitée. Mon inconscient m'a fait cadeau de plusieurs cauchemars d'affilée, tous mettant en vedette la femme d'Alexis. Quand j'étais petite, je rêvais souvent que j'étais poursuivie par une grosse boule recouverte de piquants qui allait m'écraser. J'étais incapable d'avancer puisque le vent soufflait trop fort. Aujourd'hui, les mauvais rêves font partie intégrante de mes nuits. À mon réveil, la première chose que je fais est de vider ma boîte vocale, ne pouvant plus sauvegarder de nouveaux messages. Je dois finalement écouter ceux d'Alexis, à contrecœur.

Premier message : «Séléna… Je suis au poste de police… Je ne comprends pas ce qui s'est passé. Je ne sais pas quoi te dire, à part que je suis désolé.»

Deuxième message : «Encore moi. Je viens de parler à ma femme, elle s'en veut énormément pour ce qu'elle t'a fait.

Elle est détenue et subira une évaluation psychiatrique. Elle avait ingurgité des médicaments et bu trop d'alcool. Je sais qu'il n'y a rien qui peut justifier son geste, mais sache qu'elle se sent vraiment mal. J'espère que tu vas bien. J'aimerais te parler si tu le veux. J'attends de tes nouvelles.»

J'efface les messages d'Alexis en n'ayant aucunement l'intention de prendre contact avec lui. La police a le dossier entre les mains, je ne veux pas m'interposer. En fait, je ne veux plus jamais entendre parler de lui et de sa femme. Nous croyons toujours en écoutant les nouvelles que les drames arrivent seulement aux autres. Maintenant je sais que c'est faux. «Dorénavant, je dois toujours m'assurer que mes "amis santé" ne sont pas en couple.»

J'écoute les autres messages. Il y a mon père et Diane qui prennent des nouvelles, Marilou et Ophélie, et à nouveau mon père. Je pense à prendre congé de mon téléphone, à le mettre dans le fond d'un tiroir ou d'une armoire que je n'ouvre jamais et à ne pas l'utiliser avant mon retour au travail. Pas d'Internet, pas de message, la paix. Qui aurait cru m'entendre dire ça un jour? À peine déposé dans l'armoire, il se met à sonner. Je regarde une dernière fois, après je n'y touche plus. C'est Daniel...

Quand j'entends sa voix, mon cœur manque un battement.

— Ma sœur m'a appelé pour me dire ce qui est arrivé. Je suis tellement inquiet. Je veux m'assurer que tu vas bien.

As-tu besoin de quelque chose ? Peut-être que je peux t'aider ou juste t'écouter si…

— Je suis si heureuse que tu m'appelles. Je suis au repos pour une semaine, as-tu un moment libre pour qu'on se voie ?

Je m'exprime si spontanément que je m'en étonne moi-même.

— Bien sûr, je suis disponible aujourd'hui si ça te convient.

— Parfait ! Je ne bouge pas de chez moi. Passe quand tu veux.

— Dans trente secondes, ça te va ? Je suis garé devant chez toi.

Mon cœur se met à battre très fort.

Je piétine dans le corridor, impatiente de revoir le visage de ce beau grand brun, ses yeux verts et son sourire si apaisant. La première fois que je l'ai vu, je n'ai pas remarqué son charisme, pourtant si évident. J'entends ses pas dans l'escalier, je retiens mon souffle. Lorsqu'il entre, mon cœur se gonfle de joie. Sans hésitation, il accélère le pas pour venir vers moi et me prendre dans ses bras. Son étreinte est si douce, sa respiration me calme, ses bras qui m'entourent m'offrent une sensation de sécurité. Je souhaite que le temps s'arrête maintenant pour pouvoir profiter de son parfum, de sa présence.

Assise à ses côtés sur le divan, je lui décris la scène avec émotion, à l'endroit même où tout s'est déroulé. Je fixe le mur devant moi, incapable de le regarder en même temps que je repense à la violence dont cette femme a fait preuve. Il m'écoute attentivement et pose sa main sur mon dos. Je lui dis tout, n'évite aucun détail, allant même jusqu'à lui confier que j'ai eu peur de mourir. Le fait d'y repenser me donne des frissons et fait monter un flot de larmes. Il me fournit en mouchoirs.

Après une heure de confessions douloureuses, je le vois partir pour aller au travail. C'est lui qui s'occupe des soupers cette semaine au bistro.

— Je ne veux pas dormir toute seule. Est-ce que tu accepterais de venir dormir ici ?

Il accepte sur-le-champ et dépose un baiser sur mon front avant de partir.

Vers vingt-trois heures, je reçois un texto de sa part m'annonçant qu'il sera là dans quelques minutes. Il a pris soin de m'avertir de son arrivée pour éviter que je m'invente mille scénarios en entendant la porte s'ouvrir. Il retire ses chaussures, je l'entends marcher sur la pointe des pieds jusqu'au salon, où je lui ai laissé une couverture et un oreiller.

Il vient tout juste d'éteindre la lumière, puisqu'il fait noir. Le savoir près de moi m'empêche de dormir ; non pas que la peur me tourmente, mais je me rends compte que je tourne et retourne sans cesse dans mon lit en essayant de faire du bruit afin qu'il sache que je ne dors pas. Je me racle la gorge, je tousse, n'assumant pas que j'ai envie de lui exprimer clairement mon désir de dormir avec lui. Rien n'y fait. Peut-être qu'il dort déjà. J'ai donc recours à la tactique du verre d'eau. Je me rends à la cuisine, passant ainsi devant le divan où il est couché. J'ouvre une lumière, les armoires, je fais couler l'eau, tout pour le réveiller. À mon grand bonheur, je l'entends se racler la gorge à son tour.

— Tu ne dors pas ?

— Non, j'ai trop soif… Toi non plus ?

— Non.

Sans le voir clairement, excepté une ombre dans l'obscurité, je lui demande si le divan est confortable.

— Ton lit le serait davantage.

Sa réponse me réchauffe le cœur. Je m'approche de lui, lui prends la main et l'invite en silence à me suivre jusqu'à ma chambre.

Même si nous sommes couchés en cuillère, j'ai l'impression qu'il n'est pas assez près de moi. Pourtant, nos corps s'emboîtent à la perfection. Il me recouvre de son bras et je place le mien par-dessus. Une de ses jambes est glissée entre les miennes, nous sommes cimentés. Je lui chuchote qu'il m'a manqué, les yeux fermés. Il me répond que lui aussi, en me donnant un baiser sur les cheveux. Je m'endors alors qu'il me caresse le bras doucement. Cette nuit-là, aucun cauchemar ne vient déranger mon sommeil. Je dors paisiblement.

J'ouvre les yeux, neuf heures vingt est inscrit sur mon cadran. Voilà longtemps que je n'ai pas dormi autant d'heures consécutives. Daniel est déjà réveillé.

— Bonjour. Je n'ai pas osé bouger, de peur de te réveiller. J'ai pris le temps de te regarder dormir.

— Bonjour, dis-je en recouvrant ma bouche d'une couverture.

— J'ai eu la brillante idée de t'inviter à passer ta semaine de repos forcé chez moi, à la campagne. Ça te va ?

— Ça me va, lui dis-je simplement, en comparant la grandeur de ma main à la sienne et en entremêlant mes doigts aux siens.

Il prend ma main et en embrasse la paume. La dernière personne à avoir fait ce geste était ma mère, mon cœur s'emballe. Nous éternisons le moment avant de nous lever. Je suis si bien, à sentir les frissons qu'il me donne sur l'épaule et le bras. Je ne me sens pas obligée de remplir les silences en lui parlant, tout est simple avec Daniel. Il me suggère de rester couchée pendant qu'il me prépare un délicieux déjeuner. Je

me demande d'ailleurs comment il va pouvoir y arriver avec à peine quelques aliments dans le réfrigérateur.

Au menu, cocktail de fruits et pain doré. Je mange avec appétit, contrairement aux deux dernières journées. Il me propose une journée à «végéter».

— À quoi?

— On reste en pyjama, je te sers toute la journée et je m'occupe de tout. Même de nourrir Roméo.

Ce qu'il fait, après avoir installé mon matelas sur le plancher du salon. Un tour de force avec un matelas de cette grandeur. Le *bed in* débute avec un film plate qui passe à la télé, une comédie romantique allemande traduite en français. Mais peu importe, le film est secondaire. Vers quinze heures, il revient de l'épicerie, les bras chargés de bonnes choses à se mettre sous la dent. Le souper a lieu dans le salon, un délice.

— Nous n'avons pas la même définition d'un *grilled cheese*. Je serais gênée de te servir un des miens.

Il sourit, heureux que j'apprécie ce qu'il cuisine.

— Prête à faire ta valise?

— Je t'ai dit oui ce matin, mais quand j'y repense, je ne veux pas encore demander à ma voisine de s'occuper de Roméo. Je reviens à peine de vacances.

335

— Alors amène-le.

Difficile de refuser une telle offre. Au même moment, je reçois un appel de l'enquêteur de la police, M. Gagné. Bien que je n'aie pas du tout envie de répondre, il le faut, puisque ce dernier a besoin d'informations supplémentaires pour le procès de la femme d'Alexis.

Cet appel confirme l'idée brillante de Daniel de quitter mon domicile pour la semaine et de profiter des bienfaits de la campagne.

24
L'amour est dans le pré

Étrangement, passer plus d'une journée à Saint-Nicolas dans la maison de Daniel, sans téléphone ni bipeur de l'hôpital, ne me déplaît pas. Le seul point de repère de mon train-train quotidien est Roméo, confortablement installé dans le salon de Daniel. Il m'a quelque peu boudée pour le trajet en voiture, n'ayant pas l'habitude de se faire brasser la cage (c'est le cas de le dire), mais maintenant tout va bien. Daniel travaille tous les jours et revient vers minuit. C'est toujours agréable de le retrouver.

Pendant que je marche dans le rang, en observant les vaches, les poules et le blé qui pousse, je m'interroge sur le sexe avec Daniel. L'air est chaud et il me vient une odeur d'herbe fraîchement coupée… sur fond de fumier. Depuis que nous nous sommes retrouvés, nous n'avons eu aucun contact, pas même un baiser. Non pas que l'attirance ne soit pas au rendez-vous. Ce qui est le plus étonnant, c'est que, pour la première fois de ma vie, je pense à m'engager dans une relation sérieuse. Évidemment, il y a eu Cédric quand j'avais seize ans, mais mis à part cette histoire d'adolescents, *nada*. Je me demande si Daniel me rejetterait si je faisais un pas vers lui. Il aurait toutes les raisons de le faire, sachant que c'est moi qui ai mis fin à notre relation. Pourquoi tout d'un coup je voudrais être en couple? L'agression que j'ai vécue m'a fait réaliser que la vie ne tient qu'à un fil et qu'il vaut mieux être bien entouré. Ça me fait sourire de voir que moi, Séléna Courtemanche, je pense à être amoureuse et à me laisser aimer. Le seul fait que je sois ici pour la semaine relève du miracle.

Soudain, je crois apercevoir un animal devant moi, en plein milieu de la route. Je continue d'avancer vers lui et je me rends compte que c'est un veau. La clôture étant brisée, il a dû s'échapper. J'essaie de le ramener vers la ferme, ce qui me permet de faire connaissance avec le couple qui y habite.

— On a remarqué que notre voisin a de la belle visite. Vous êtes la nouvelle conjointe de Daniel? Tout le monde se connaît dans le rang.

— Oui… non… je ne sais pas! dis-je en riant.

— Ah, les jeunes, c'est tellement compliqué, vos relations aujourd'hui. Vous lui direz que son bois de chauffage est prêt pour cet hiver. Il faut juste qu'il vienne le chercher.

De retour à la maison, j'ouvre le réfrigérateur pour me préparer un souper. La campagne ne m'ayant pas encore donné de nouveaux talents, je pense me servir un bol de céréales. Heureusement, Daniel m'a laissé un plat avec un petit mot : « Pour toi, ma princesse, je t'ai ramené du resto un mélange de légumes, pois chiches et saucisses merguez. Bon appétit ! »

Une bonne odeur d'épices marocaines me titille les narines, un autre régal de Daniel. Je dois bien avoir pris dix livres depuis que je le connais. Je fais réchauffer le plat et décide de manger assise confortablement dans la balançoire à l'extérieur.

C'est étrange tout de même de penser que Daniel a vécu des jours heureux ici avec son ex. À cette seule idée, je ressens un pincement… De la jalousie ? Je ne pourrais pas m'installer ici, je ne me sentirais jamais bien, ce serait comme porter les pantoufles de quelqu'un d'autre. C'est sûrement la saucisse merguez ou un ingrédient secret qui me fait divaguer. Je m'imagine déjà en couple ! « Calmez-vous, Docteure Courtemanche, avant que l'idée de porter une robe blanche et d'être enceinte jusqu'aux yeux ne vous prenne. »

En me réveillant le lendemain matin, je constate que j'ai tellement bien dormi que je n'ai même pas entendu Daniel arriver. Il est déjà debout et l'odeur qui flotte dans l'air m'indique qu'il a préparé du café.

— Bonjour, ma belle !

— Je ne me suis jamais fait autant dorloter, je me croirais dans un *bed and breakfast*.

— Tu as bien dormi ?

— Je ne me suis pas réveillée pour aller faire pipi. Ce qui signifie que j'ai dormi profondément.

L'absence des bruits de la ville, du trafic et des fêtards aide sûrement. Il faut avouer que la nature a ça de bon, la tranquillité.

— Est-ce que ça t'arrive, depuis que tu es ici, d'en avoir assez de cette quiétude ?

— Non. De toute façon, je passe mes journées ou mes soirées en ville.

Je déguste mon café en l'observant préparer le déjeuner. Il cuisine des gaufres maison en pantalon de pyjama, torse nu. J'ai toujours aimé les grands bruns. Il a de si belles fesses. Il se tourne et me surprend en pleine séance d'espionnage. Gênée, je ne sais plus où poser mon regard qui finit par atterrir sur les bleuets dans mon assiette.

Après le déjeuner, nous faisons la vaisselle ensemble, tel un vieux couple qui n'a plus besoin de se préciser les tâches respectives. Comme dans toute cuisine, nous nous marchons presque sur les pieds, ce qui ne me déplaît pas. J'essuie une assiette derrière lui, je sens son odeur et l'envie me prend de le serrer dans mes bras. Je dépose mon assiette et mon linge à vaisselle et m'apprête à placer mes mains autour de lui. Et si mon geste n'était pas le bienvenu ? Je récupère mon linge à vaisselle et me trouve autre chose à essuyer. Il regarde par la fenêtre de la cuisine et s'exclame que son amie Simone est dans la cour arrière, et il m'ordonne de le suivre pour faire les présentations.

Nous marchons en direction du jardin, où je fais la connaissance de Simone.

— C'est elle qui détruit mon jardin tous les ans.

Mes yeux se posent sur une jolie chèvre blanche qui broute des feuilles de carottes.

— Salut, ma belle Simone ! dit Daniel en lui caressant la tête. Tu le sais que je t'aime bien, mais veux-tu lâcher mes pauvres légumes, s'il te plaît ? Je vais devoir dire à M. Seguin que tu as encore défoncé la clôture.

C'est à ce moment-là que je tombe sous le charme de Simone. Je la flatte tout en lui tenant un discours élaboré sur la vie et l'amour.

— C'est tellement plus facile d'aimer les animaux : de l'eau fraîche, des caresses et des croquettes. Pas de routine, pas de dépendance, juste l'engagement de prendre soin d'eux en échange de leur amour. Ah ! Si je pouvais être un bouc ! La seule peine à avoir, c'est si l'animal s'enfuit, tombe malade ou se fait frapper par une voiture.

Daniel s'amuse à me voir discuter avec une chèvre. J'avoue que la scène est absurde, à l'image de ma vie ces dernières semaines.

— Roméo va être jaloux !

— Nonnnn ! Roméo sait qu'il est l'homme de ma vie…

— Ah oui ? Vraiment ?

Je me mords la joue de lui avoir ouvert la porte avec ce commentaire. Je me sens rougir, ce qui m'arrive peu souvent. Il est rare que l'on parvienne à me déstabiliser à ce point, Daniel a ce don. Il s'approche de moi, prend mon visage dans ses mains et pose un délicat baiser sur ma bouche avant de m'embrasser avec assurance. Je ferme les yeux et mon cœur se serre. Il s'éloigne de mon visage.

— Tu peux reprendre ton souffle, je ne veux surtout pas que tu perdes connaissance dans mon jardin.

Je prends tout à coup conscience que j'avais arrêté de respirer le temps du baiser. Je m'approche de lui, glisse ma main dans ses cheveux et l'embrasse à mon tour, avec fougue. Notre baiser est interrompu par Simone, qui essaie de brouter l'herbe sous nos pieds.

— Que préfères-tu entre une promenade en canot sur la rivière ou « végéter » dans le hamac ?

Je réfléchis posément aux deux options. Un canot est peu propice aux rapprochements… Il peut s'avérer inconfortable. De son côté, le hamac a l'avantage d'être à l'abri des regards.

— Le hamac, lui dis-je en souriant. J'ai envie d'être collée tout contre toi.

Le soir venu, les filles débarquent à Saint-Nicolas, avec des homards vivants dans un sac de plastique.

— Vous êtes folles ? Pourquoi ne pas les avoir achetés déjà cuits ? Ils ne doivent même plus respirer dans ce sac.

Je leur arrache le paquet des mains et me dépêche à faire couler l'eau du bain pour les plonger dedans.

— Bonjour quand même, dit Marilou pendant que je suis déjà en mission afin de sauver les homards d'une mort par suffocation.

— Ce n'est sûrement pas moi qui vais les mettre dans l'eau bouillante, dis-je, de retour dans la cuisine.

— Le truc, c'est de les plonger la tête la première pour ne pas qu'ils souffrent, tente de me rassurer Ophélie.

Je me bouche les oreilles.

— Blablablablablabla. Je ne veux rien entendre.

— Regarde-moi dans les yeux, Séléna Courtemanche, enchaîne Marilou. Tu as quelque chose de différent... L'air de la campagne ou mon frère ?

— Qu'est-ce que j'ai de différent ? demandé-je, gênée.

— Des étoiles dans les yeux ! s'écrie Ophélie.

Je me dirige subitement vers le réfrigérateur pour leur apporter quelque chose à boire et, surtout, pour changer de sujet.

Nous portons un *toast* à la version « rurale » de notre rencontre au sommet. Ce soir, ça se passe dans le rang plutôt que sur la Grande Allée.

— Piiiiis ? me dit Marilou avec un regard interrogateur.

— Quoi ?

— Tu réussis à te reposer à la campagne ? demande Ophélie.

— Oui, maman, ne t'inquiète pas. Daniel prend bien soin de moi.

Ophélie, réconfortée, saute immédiatement au sujet chaud.

— Est-ce que c'est ton *chum* ?

— Non.

Je réponds aussi spontanément qu'elle a posé sa question. Marilou me regarde d'un air inquiet.

— Rassure-toi, je n'ai pas l'intention de faire du mal à ton frère. Cependant, tu dois comprendre que c'est tout nouveau pour moi. J'ai de la difficulté à mettre des mots sur ce que c'est, mais sache que, pour la première fois de ma vie, j'envisage d'être en couple. Chaque chose en son temps.

Ophélie jubile. Elle porte un autre *toast* aux supposées étoiles dans mes yeux. Je lève mon verre, intimidée.

Nous entamons un sujet plus sérieux. Marilou me demande si j'ai eu des nouvelles de la femme d'Alexis. Je lui réponds que j'ai reçu un appel dans la journée d'hier. J'ai appris qu'elle sera accusée d'entrée par effraction et de voies de fait graves. Elle a été libérée sous caution et, heureusement pour moi, elle doit respecter des conditions de remise en liberté, c'est-à-dire qu'elle ne peut s'approcher à moins de cent mètres de moi. En entendant ces nouvelles, Marilou vocifère des insultes à l'endroit de la femme d'Alexis. Ophélie la prie de se calmer.

— N'alimente pas les tourments de Séléna avec ton agressivité. Elle est au repos cette semaine.

Avant de nous quitter, nous sortons nos agendas respectifs dans le but de prévoir une activité de fin d'été, puisque septembre commence.

Confessions

— Je ne suis pas disponible samedi prochain, je vais à un mariage.

— Toi ça ? Je croyais que c'était contre ta religion. Si tu me dis que tu y vas avec mon frère en plus, je suis prête à manger la sauterelle qui est sur l'épaule d'Ophélie en ce moment.

— Aaaaaaaaaaaaaaaah ! s'exclame Ophélie. Dégueu ! Enlevez-moi ça !

Une fois l'épisode de la bibitte résolu, j'explique à mes amies que c'est le mariage d'une fille que j'ai rencontrée à Las Vegas alors qu'elle célébrait son enterrement de vie de fille.

— Eh non, je n'ai pas encore demandé à Daniel de m'accompagner, mais je compte bien le faire. Maintenant que vous savez tous les détails, y compris la couleur de mes bobettes, on passe à un autre sujet ?

Ophélie lève sa main, comme si elle était en classe.

— Je vous invite officiellement…

Elle prend le temps de formuler sa phrase dans le but de nous faire languir.

— À ton échographie ? ricane Marilou.

— Non ! Je vous invite à une occasion toute spéciale : ma pendaison de crémaillère qui aura lieu le 30 septembre !

Après des mois à entendre parler de l'%/*&?$ de construction de sa maison, nous sommes toutes soulagées. Ce qui vaut bien un câlin collectif.

Les semaines qui suivent sont des plus agréables. J'ai repris le travail, je me sens bien, l'histoire avec la folle est derrière moi, Daniel est merveilleux… L'automne débute et je peux affirmer que Daniel et moi formons un couple. J'en ai même fait l'annonce à mon père et Diane. Cette dernière prépare actuellement mon mariage. Chère Diane ! Elle veut *coacher* Brandon pour qu'il puisse apporter les alliances sur son dos… J'exagère à peine. Christophe m'a prise dans ses bras en apprenant la nouvelle, fier que je fasse enfin mon entrée dans le monde des adultes, comme il se plaît à le dire. Maintenant, les rencontres au sommet ont un point commun à chacune d'entre nous à l'ordre du jour : le couple. Même les repas partagés avec mes collègues infirmières sont agréables, maintenant que je suis en couple (je me plais à répéter ce mot). Avant, ça me puait au nez ; aujourd'hui, j'y prends plaisir.

En quittant l'hôpital, je croise une de mes patientes en attente de sa deuxième césarienne. C'est mon collègue qui s'en chargera. Très détendue, dès que j'arrive à ses côtés, elle me lance : « Pas évident de s'épiler les parties intimes avec une bedaine de cette grosseur. J'ai dû prendre un miroir pour m'aider et c'est mon *chum* qui a fini le travail. »

L'infirmière lui amène une jaquette et vérifie si sa « tonte » a été bien effectuée. Heureusement, Mme Beaubien est de bonne humeur et réussit à rire, malgré le léger malaise qui s'installe. Son conjoint s'habille à son tour avec un *one piece* d'astronaute. Les deux sont resplendissants et attendent l'appel pour faire leur entrée au bloc opératoire.

— On se revoit plus tard, leur dis-je avec un sourire d'encouragement.

Daniel fait un crochet par l'appartement, car nous allons manger chez ses parents en compagnie de ma meilleure amie et Benjamin. Qui aurait cru qu'un jour une situation comme celle-ci se produirait ? Je suis certaine de connaître au moins deux personnes au *party* de Noël !

25
Premier juillet

En cette belle journée ensoleillée du 30 septembre, nous croyant encore en plein été, j'arrive en compagnie de Daniel à la nouvelle demeure d'Ophélie et Xavier. Ces derniers nous accueillent chaleureusement et nous font visiter leur petit nid douillet, enfin terminé. Plusieurs personnes ont été invitées. L'ambiance est conviviale, bien que peu de gens se connaissent. Ça sent la maison neuve, quelques moulures n'ont pas encore été installées et des retouches restent à faire. Rien de suffisamment majeur pour leur donner envie de retourner habiter dans le sous-sol de la maison des parents de Xavier.

Pour une fois, Ophélie a lâché prise sur les trente sortes de canapés qu'elle sert en toutes les occasions, et a plutôt opté pour la livraison…

— Pizza, tout le monde ! Le livreur est arrivé.

Pendant que mon amie s'assure que ses convives ne manquent de rien, je me penche vers elle et lui chuchote à l'oreille :

— Tu sais que, lorsque ta belle-mère te regarde, elle t'imagine en déshabillé ?

Elle me tape le bras avec sa main, dégoûtée par mes propos. Marilou m'observe d'un air complice, me signifiant que c'est le bon moment… Je demande à Daniel d'aller chercher la boîte qui se trouve dans la voiture.

Suis-je la seule à faire des liens entre les prévisions de Mme Dupuis et notre vie actuelle ? Je repense à ses prévisions, et mon côté sceptique en prend un coup : « Un homme et une femme sont en lien avec cette souffrance. Tu éprouves de la rancœur que tu dois guérir. Après ça, tu vas être capable de laisser entrer un homme dans ta vie. Je le vois dans mes cartes, cet homme, il est près de toi. Il y a aussi un autre personnage, je ne vois pas bien si c'est un homme ou une femme, mais c'est quelqu'un qui te veut du mal. »

Daniel revient avec une immense boîte. Ophélie piétine, trop heureuse de recevoir un cadeau. Elle le déballe lentement et avec soin, désirant savourer le moment et conserver le papier d'emballage (ma grand-mère aussi faisait ça !). Elle sort de la boîte la chaise haute que Marilou et moi lui avons achetée. Sa belle-mère regarde son fils, qui soulève les épaules en guise d'incompréhension.

— Est-ce qu'il y a quelque chose que je devrais savoir, ma chérie ?

— Puisqu'on ne voulait pas que tu nous casses les oreilles avec la couleur, la marque et le prix d'une chaise haute le jour où tu seras enceinte et que tu nous traîneras de force dans les magasins, nous avons pris l'initiative de l'acheter pour toi, à l'avance.

Xavier semble soulagé et Ophélie a les yeux remplis d'eau, émue. Avant que la pendaison de crémaillère ne tourne en moment rempli d'émotions, Marilou et moi lui offrons un deuxième cadeau, une bouteille de champagne, pour célébrer ce grand moment. Xavier l'ouvre et le bouchon se dirige directement vers le plafond.

— Nonnnnnnnnn! Mon nouveau plafond! Fais attention, mon chéri!

Xavier lève les yeux au ciel, réalisant ce qui l'attend.

Plus tard dans la soirée, j'aperçois «Miel» en compagnie d'un beau jeune homme. Le voisin de Xavier et Ophélie est assis à côté de Marilou sur la galerie extérieure, les deux pieds dans la terre (l'aménagement paysager n'ayant pas été fait). Me rappelant le grand besoin de Marilou de séduire et de se faire courtiser depuis plusieurs mois, je me dépêche de me mêler de ce qui ne me regarde pas.

— Est-ce que je peux te parler deux minutes, Marilou?

— Pas tout de suite, je suis occupée, me répond-elle sans même me jeter un œil.

Je prends une grande inspiration pour ne pas exploser sur place et, fermement, je lui exige de venir me voir MAINTENANT.

Elle se lève et je l'amène à l'abri des regards du voisin en question et des autres invités.

— À ce que je sache, tu es en couple et ce gars est en couple avec la femme qui joue présentement aux cartes à l'intérieur avec Benjamin. À moins que vous ayez prévu de faire de l'échangisme, je pense que tu es en train de jouer avec le feu.

Marilou, pompette, ne prend pas mes propos au sérieux.

— *Come on*, Sél! Fais-moi pas la morale. Je ne fais rien de mal.

Trop en colère, je serre les poings et fais demi-tour en direction de la maison alors qu'elle reste immobile.

— OK, Sél! J'arrive. Laisse-moi juste le temps de terminer ma conversation.

En entrant dans la maison, je me retourne pour fermer la porte et leur jette un dernier regard. Je les aperçois s'embrasser passionnément…

26
Titanic

Heureuse de déjeuner avec Christophe ce matin, consciente que je l'ai négligé ces dernières semaines, je roule à vive allure dans ma Fiat 500. Lorsque j'arrive au restaurant, situé près de l'hôpital, Christophe m'attend avec un café et un cocktail de fruits, comme d'habitude. Tout souriant, il me fait un câlin et je prends place à la table.

— J'ai un choix pour toi, beauté.

— Il y a longtemps que nous n'avions pas joué à ce jeu. Cela m'a manqué.

— Qui choisis-tu… entre Daniel et moi?

Je fronce les sourcils, pas certaine de comprendre où il veut en venir. Je constate qu'il est nerveux. Il frotte ses mains ensemble et prend de grandes respirations.

— J'ai quitté Julie il y a trois semaines. J'ai déménagé. La maison est à vendre. Cette fois-ci, c'est vrai, c'est fini. Je ne t'en ai pas parlé puisque je voulais mettre de l'ordre dans ma tête. J'ai bien réfléchi et je ne pouvais plus me retenir.

— Te retenir de quoi? lui demandé-je, déconcertée.

— De te dire que je t'aime, Séléna Courtemanche.

Remerciements

Nous tenons premièrement à remercier chaleureusement Les Éditeurs réunis de nous avoir confié ce projet.

À Maxime Gagné, Christine St-Germain, Marie-Michèle Normandin, Myra Beaubien et Marc Beaubien, pour leurs précieux renseignements.

À Joëlle Carle et Madeleine Vincent pour leur «touche» orthographique.

À nos premières lectrices, pour leurs commentaires pertinents: Marie-Ève Bérubé, Mai-Lan Nguyen, Suzanne Jacob et Constance Bernatchez.

Aux participantes des soirées *Cosmo, Choco et Talons hauts* qui prennent part à nos projets et qui nous encouragent.

À ma collègue et amie Julie Normandin sans qui cette aventure d'écriture n'aurait pas la même saveur. Merci pour ta confiance, le partage de tes grandes compétences et nos moments de «folie créative». Aussi, un merci tout spécial à mes étudiantes et étudiants, qui m'encouragent encore et encore dans mes projets (Marie-Philippe, Jade, Catherine, Carol-Anne, Vanessa, Angela, Karelle, Joël, Marc-André et j'en passe!). Il y a un peu de vous tous dans cette aventure d'écriture. **Mélanie** ♥

Confessions

Un merci particulier aux gens qui m'entourent et qui, sans le savoir, m'inspirent jour après jour. À mon époux qui encourage mes élans créatifs avec presque autant d'enthousiasme que j'en suis capable. Et surtout à Mélanie Beaubien, qui m'a permis de vivre cette aventure avec elle et qui m'a donné la chance d'apprendre que partager ses rêves, bien entourés, nous permet d'aller encore plus loin que ce que nous avions toujours souhaité. **Julie** ♥